U0029766

你
也聽說
因為知道你也依然倖存在黑夜裡，
讓我稍微有了一絲絲活下去的勇氣。
If You
Hear
About That

第一部

他的那幾年

那是還見不著一絲天光的凌晨四點半。

男孩背上包包，輕手輕腳溜出家門，跨上腳踏車，開始本週第一次的「例行公事」。

早餐店營業時間一到，鐵門才剛拉開一半，他人就鑽了進去，將一台有錄音功能的錄音機放上櫃臺。

男孩按下錄音機的播放鍵，一道稚嫩的嗓音響起：「老闆叔叔，我要，豬排漢堡。還有，一份蘿蔔糕加蛋，醬油膏跟番茄醬加在一起。還要，特大杯冰奶茶，冰塊多一點。」

從老闆手中接過沉甸甸的早餐，他繼續上路，沿途經過一片片綠油油的農田，在他騎得汗流浹背之際，天空也漸漸曚曨亮了。

最後他抵達一間破舊的紅磚瓦厝屋，他把那袋早餐掛在厝屋的門把上，讓對方一回家就能看見。

獨居於此的是男孩的親哥哥，不過男孩是在幾個月前才得知此事。

八歲的男孩與爺爺、奶奶、爸爸、媽媽，以及分別就讀國一及小五的兩個姊姊住在臨近市區的一棟透天厝。

有天二姊質疑他偷走螢光筆，在男孩堅決否認後，她在盛怒之下竟叫他滾出去，說反正他不是這個家的孩子，是父親從外頭抱回來的。

他去向父親求證，儘管父親有些不知所措，卻也沒隨便拿話打發他，態度慎重地向他解釋，他的原生家庭家境貧困，在他出生的那個月，便透過里長協助，輾轉將他出養。

得知自己與家人沒有血緣關係，男孩所遭受的打擊並沒有想像中大，隨著時間過去，他漸漸對當初不要他的父母湧生興趣，他想知道他們是什麼樣的人。

但父親卻不願再對他透露更多，反倒是母親很乾脆地告訴他：「這件事當年是里長私下安排的，我不知道你的親生父母是誰，只知道他們大概住在哪裡……你問對方姓什麼？好像是姓田吧。」

某天放學，男孩居然徒步走往母親說的那處地區，直至夜深，警察才找到迷路的他，把他帶回家裡。他不敢告訴家人晚歸的眞正原因，只謊稱自己是因爲好玩而跟在一隻流浪狗身後，走著走著就迷路了。

有了前次經驗，這次他選在週末早晨出發，並事先找地圖仔細研究過路線。他騎著手剎車壞掉一邊的腳踏車，在中午抵達一個小菜市場，接著走進對街的警察局，打聽附近是否有姓田的住戶。

找尋親人的計劃，他只說給一台巴掌大小的卡式錄音機聽。

這台錄音機是父親送給大姊，大姊玩膩後再轉送給他的，但他從不用那台機器聽音樂，而是拿來錄下自己說話的聲音。

他天生口吃，自小就無法在人前流暢說出一句完整的話。學校同學故意模仿他口吃的樣子嘲笑他，讓他自卑得不願再開口跟任何人說話，包括家人。

然而有一天他意外發現，當他一個人自言自語的時候，似乎就能說得比平常順暢一點。他開始每晚在房裡用錄音機錄下自己說話的聲音，努力反覆練習，期待哪天能像其他人那樣正常說話。

但一個月後，他便確定這只是妄想。

不過當他獨自對著錄音機說話，只要放慢語速，確實就能流利許多，因此他轉而利用錄音機為自己代言。不管是要問父母什麼，還是要去早餐店點餐，他都會事先將談話內容預錄下來，再播放給對方聽。

有時，他也把錄音機當作日記簿，錄下關於生活的零星紀錄。

而錄音機也在這次的「尋親計劃」中發揮了不小作用，他藉此向警察陳述自己的意圖，總算在警方的協助下，找到一位十五歲的少年，對方極有可能是他的親人。

警察騎車送男孩找過去時，少年並不在家，男孩決定獨自坐在門口等待，他的腳邊是一堆多到從信箱裡掉出來的罰單與繳費單。等了一陣子，他昏昏沉沉地睡著了，直到一台機車停在男孩跟前，他才猛地從長途跋涉的疲憊中驚醒。

從機車上下來的是一名前額頭髮長到快蓋住眼睛的少年，他身形削瘦，肌膚格外黝黑，像是長期曝曬在太陽下所致。

在男孩心裡，已經認定那名少年是他眞正的親人，所以當他一見到少年那雙黑白分明的大眼睛，就覺得他倆的眼睛根本就是同個模子印出來的。

少年細細打量他，問：「你是哪家的小孩？迷路了嗎？為什麼要坐在我家門口？」

他馬上拿起掛在脖子上的錄音機，按下播放鍵，將事先預錄的話播放出來。

「請問，你姓田嗎？」

然後按下停止鍵，忐忑不安地等待對方的回應。

這奇怪的舉動令少年擰眉，「我是姓田啊，怎樣？」

喜出望外的男孩，迫不及待地再次按下播放鍵，男孩的聲音繼續從錄音機傳出：「我、我媽媽跟我說，我其實姓田。我眞正的爸爸媽媽，在我出生後就把我送給別人。你，是我的家人嗎？是我親哥哥嗎？」

少年聽完，仰頭狂笑了好一會兒才停下，他伸手指向男孩的錄音機，「你是啞巴嗎？爲什麼要用這玩意問話？」

雖然知道少年必然會這麼問，但男孩沒料到對方會逕自跳到這一題，他在慌亂下先是搖頭，打算將卡帶快轉到後面，卻被少年冷不防搶走錄音機。

「如果不是啞巴，就用說的。」少年冷冷發話。

男孩不敢違抗，沒了錄音機，他就像失去了防護罩，頓時變得有些驚慌。

他用力吞了口口水，才用細若蚊鳴的音量囁嚅回：「我、講話，會口吃。只有用，這個，我才能，稍微，好好，說話。」

男孩的面容與耳根因爲羞恥而紅透，少年不以爲然地說：「口吃又怎麼樣？還能說話就很好了，哪有人用錄音機交談的？詭異死了！」

少年將錄音機扔還給他，接著連珠炮似的反問了他一連串問題，包括他的名字、年紀、住家地址、家庭成員等，以及他究竟在這裡等了多久。

男孩被問得招架不住，緊張的情緒也讓他的口吃更加嚴重，但他還是努力逐項回答，而少年從頭到尾都沒有表露出一絲不耐。

待所有問題答完，男孩才意識到自己已經很久沒有這樣正常與人對談了。

最後，少年讓他進了屋。

屋內瀰漫著淡淡的灰塵，支氣管敏感的男孩咳了幾聲，放眼望去，這間屋子幾乎只能用「家徒四壁」形容。

少年說，這是他大伯的房子，但他大伯幾年前就不知去向，目前就只有他一個人獨居於此，客廳的牆上掛有兩幀黑白遺照，分別是少年的爺爺和父親。

「我媽在我九歲時跟我爸離婚，此後再也沒出現過，隔年我爸就在工地出了意外死了，過了兩年，我爺爺也因病過世。」少年語氣淡然，像是在博物館裡爲遊客進行導覽介紹。

正當男孩想著，原來自己的親生爺爺和父親已經不在人世時，少年卻像是看穿了他的心思，「我是獨生子，從來就沒有兄弟姊妹。假如我媽眞的在我七歲那年生了你，我怎麼可能不知道？你找錯人家了，傻瓜。」

男孩瞪大雙眼，慌張地指向那兩幀遺照，再指著自己與少年的面孔，結結巴巴地辯駁：「可、可是，你、跟他們很像，我跟你也，長得很像。我們，明明，都很像！」

少年無奈，捏了捏他的臉頰，「小鬼，我說不是就不是，你還硬拗個屁啊？我是看你千里迢迢跑來這裡，才耐著性子跟你解釋。現在騎你那輛破車回去，到家可能也半夜了，所以我好心載你一程，你要是再廢話，我就直接叫警察通知你爸媽。」

男孩不敢再多言，任憑少年騎著機車載他返家。少年在離男孩家還有一小段距離處，就要他提前下車，當時天色尚未完全暗下。

「你跟家人說腳踏車忘在同學家，我會幫你送回來。還有，以後你不准再跑那麼遠亂找人了，聽見沒有？」

由於背光，男孩看不清少年臉上的表情，他胡亂點了點頭，沮喪地轉身就走，占據他胸口的那股失落，讓他連「謝謝」和「再見」都忘了說。

直到踏進家門的那一刻，男孩聽見機車駛離的引擎聲響起，才猛然想起自己忘了問少年叫什麼名字。

翌日，一件神奇的事發生了。

男孩正要出門上學，赫然發現昨天留在少年家的腳踏車，竟已停妥在自家門口。

更讓他吃驚的是，原本壞掉一邊的手剎車修好了。

他確信這一切都是少年爲他做的。

✦

香菸從少年嘴巴掉下來的那一幕畫面，男孩永生難忘。

當男孩牽著腳踏車再度來到少年面前時，少年正與四名年紀相仿的男生一同坐在門口，每個人都驚訝地盯著滿頭大汗的男孩看。

「你怎麼又來了？我不是警告過你別再到處亂跑嗎？」

少年眼底明顯的慍怒，加上另外四道陌生的目光，讓男孩緊張了起來，他拿著錄音機躲到圍牆後方，過了半分鐘才又走回少年面前。

「腳踏車，的手剎車，又壞掉了。」

少年無動於衷，口氣冷峻：「所以呢？你家附近沒有修車行？非要來我這兒修？」

其實男孩原本只是想當面答謝少年幫他修好腳踏車，卻又覺得爲這種理由前來，少年可能會生氣，因此他在前方路口取出預先準備的剪刀剪斷手剎車，以爲這會是個更好的理由，不料卻使得少年怒意更盛。

少年搶過錄音機往地上砸，破口大罵：「我說過如果你不是啞巴，就別用這種東西跟我對談。你現在就給我用嘴巴講清楚，你到底又想做什麼？」

氣氛一瞬間變得緊繃，一名身材微胖的少年放下喝了一半的啤酒罐，起身勸道：「魏仔，別激動，你快把他嚇死了。」

「嘿啊，阿魏，你別發這麼大的火。」另一名戴眼鏡的男生也急忙發話。

少年置若罔聞，依然臉色不善，「就跟你說我不是你哥了，你還來糾纏我幹麼？」

在少年不留情面的咆哮下，排山倒海的委屈與恐懼瞬間淹沒了男孩，他的眼眶盈滿淚水，可憐兮兮地哭了起來，「我不，知道……爲什麼，我就是會，一直，一直想，過來，找你。」

男孩的泣訴讓在場所有人一時安靜無話，包括那個被友人喚作「阿魏」的少年。

「太修，」阿魏冷冷地說，「你打電話通知警察，叫他們把這小鬼帶走。」

太修是那名戴眼鏡的男生，只見他面露猶豫，透過眼神向其他二人求救。

「阿魏，」一名單眼皮少年拍拍阿魏的肩，用意味深長的語氣說：「你就先讓他在你這裡待一會兒吧。」

阿魏閉了閉眼，再睜開時，眼底的怒意已然退去，人也冷靜下來，迅速走進屋內。

綁著馬尾的少年彎腰撿起地上的錄音機，還給哭得上氣不接下氣的男孩，「弟弟乖，那傢伙氣一下就沒事了，別哭了。」

「天色都黑了，你眞的騎了將近二十公里過來？就算現在立刻送你回家，時間也已經很晚了，你爸媽不會罵你嗎？」太修也湊過去男孩身邊，口氣裡除了擔心，也有佩服。

「我，騙爸爸，媽媽，說，這兩天去同學家玩，順便，過夜。所以，我只要，明天晚上前，回到家裡，就好。」

發現男孩是有備而來，四名少年面面相覷，最後單眼皮少年蹲到他面前，溫聲問：「你爲什麼會這麼想來找阿魏？」

男孩漸漸止住哭泣，據實以告：「因爲，我覺得，他是我，哥哥。雖然他，說不是。就、就算不是，我也不知道爲什麼，就是想，再見他，很想，再跟他，多說點話。」

單眼皮少年靜靜凝望男孩半晌，起身走進屋內，想必是去找阿魏了。

這時男孩才發現，這群少年沒有問起他的身分來歷，甚至在聽到他宣稱阿魏是他的親哥哥時，也沒有流露出驚訝的神色，這表示阿魏一定有跟他們提起過他。

三名少年圍坐在男孩身邊陪他說話，直到阿魏和單眼皮少年從屋裡走了出來。

「你眞的跟你爸媽說會在同學家過夜？」阿魏眼中情緒難辨。

儘管害怕，男孩仍輕輕點頭，接著一條乾毛巾往他頭上飛了過來。

「那你有帶換洗衣服吧？今晚你就睡在這裡，先去浴室把你一身的汗臭味洗掉。動作快！」

阿魏一聲令下，男孩馬上拎著毛巾一溜煙衝入屋內。

等男孩洗過澡，屋裡只剩下阿魏一個人，他的朋友都回去了。

「我明天很早就要出去工作，等我回來再送你回家。你去睡我大伯的房間。」阿魏沒有正眼看他，說完就走進浴室洗漱。

深夜十一點，男孩躺在硬梆梆的床上翻來覆去，輾轉難眠。

房間一片漆黑，窗外的強風不斷呼嘯而過，聽起來就像是有個女人正在淒厲哭號，讓他愈聽愈覺得毛骨悚然。

掙扎許久，他裹著薄被爬下床，敲響隔壁的房門。

看著嚇得面色慘白的男孩，阿魏只能無奈地讓他和自己一起睡。

「你也太膽小了，難不成一有颱風，你就會跑去抱著媽媽睡？」

即便外頭風聲依舊可怖，但因為有阿魏在，男孩心中的恐懼已然煙消雲散，「其實，除了，那個風聲，我更怕，黑暗，如果只有我一個人待在，黑漆漆的房間裡，會，不敢睡。」

少年發出一聲低哂，「眞的是膽小鬼啊你。」

聽見阿魏的笑聲，男孩懸在心裡的大石頭才眞正放下，他終於不生他的氣了。

「你的錄音機壞了嗎？」

「沒、沒壞。」聽出阿魏話裡的關心之意，男孩把握機會順勢往下說：「上次，是你幫我把，腳踏車，修好的吧？你是，什麼時候，把車送回我家的？」

「請人把車修好後，我拜託開卡車的朋友幫忙連夜送過去。我想著或許你平常騎腳踏車上學，還是盡早把車送過去給你比較好。」

男孩為阿魏的細心周到而深受感動，正想詢問的他全名時，一陣低低的打呼聲陡然響起，阿魏睡著了。

男孩悄悄起身，拿著錄音機縮在床角，小心翼翼地按下錄音鍵，對著錄音機將今天發生的事鉅細靡遺地講述過一遍。

隔天早上八點，男孩醒來時，阿魏已經離開家了，客廳桌上有一包未開封的吐司，還有一瓶巧克力牛奶。

在這放眼望去都是田地的鄉下地方，別說便利商店，就連最簡樸的雜貨店，都離阿魏家有段距離，阿魏應該是先騎車買了食物回來，才匆匆趕去上班。

想起阿魏昨晚的交代，男孩吃完早餐就拿著錄音機坐在門口，愣愣看著被陽光照得閃閃發亮的稻田，以及幾隻在院子裡逗留的小麻雀。

「阿魏弟弟！」昨晚幫他撿起錄音機的馬尾少年，正站在圍牆外對他招手，原來馬尾少年就住在隔壁數過去第二間屋子。

得知男孩在等阿魏下班，馬尾少年笑著提議：「你想不想去阿魏工作的地方看看？」這個提議無疑讓男孩很是心動，可是他不想再惹阿魏生氣，遲遲不敢應下。

馬尾少年看出他的顧慮，笑著說：「放心，只是在附近偷看，不會讓阿魏發現的，而且也會馬上送你回來。」

男孩這才放心地跟著馬尾少年走到一輛卡車前，而後猛地想起一件事。

儘管阿魏要他正常與人交談，但他還是無法對阿魏以外的人開口說話，因此他從背包裡翻出筆記本和鉛筆。

「上次是你幫我把腳踏車送回家的嗎？」

看著男孩在筆記本寫下的那個問題，馬尾男了然於心地莞爾一笑，「是啊，不然光靠阿魏那台機車，怎麼可能載得過去？他不但花錢請人幫你修車，還拜託我幫忙連夜把車送回你家，不過我是無照駕駛，途中被警察臨檢開了張罰單，阿魏搶著付了那筆錢。」

男孩再次為自己的行為感到無比羞愧，他不該這樣糟蹋別人的心意，故意弄壞手剎車，阿魏昨晚一定也看出來了，才會大發雷霆。

無地自容的男孩，在筆記本寫下大大的「對不起」三個字。

馬尾少年笑了笑：「沒事啦，我明白你這麼做也是為了能再見到阿魏。阿魏他都叫我馬尾，哪天如果你願意開口，就叫我馬尾哥哥吧。」

男孩點點頭，又在筆記本上寫下一個問題：「你剛剛為什麼叫我阿魏弟弟？」

馬尾聳聳肩，「聽阿魏說，你非常堅持他是你的親哥哥。我覺得你挺有趣的，所以就這麼叫你了。」

「可是聽到你這麼叫我，他可能會生氣。」

「那就讓他生氣吧！」馬尾眨眨眼，將卡車開進另一條產業道路，「對了，我認真問你一件事。你過來找阿魏，是因為喜歡他？還是因為你依然認定他是你的親哥哥？」

男孩握著筆思索了好一會兒，先是坦承他其實也不知道確切的原因，接著又寫：「跟他在一起，我覺得特別開心，甚至比跟爺爺奶奶、爸爸媽媽，還有姊姊們在一起的時候還要開心。而且他是第一個不會因為我講話慢吞吞而不耐煩的人，也是第一個不准我用錄音機說話的人。」

「原來如此，」馬尾低喃，「假使阿魏威脅你以後不准來找他，你會乖乖聽話嗎？」

男孩愣愣停下筆，似是不知該怎麼回答，此時卡車也停了下來。

「到了。」馬尾降下車窗，方便男孩得以清楚看向約莫兩百公尺外的田地。幾個熟悉的身影，跟著一台農藥噴灑機，穿梭在瀰漫著一片白霧的農地裡。

男孩看見阿魏，看見太修，也看見那位胖哥哥，馬尾說他叫大發。注意到阿魏手裡扛著一條又黑又長的管線，男孩再度動筆。

「他們在做什麼？」

「噴農藥啊。你哥哥今天的工作，就是替那些農民代噴農藥。」馬尾不假思索地說。

男孩看得太過專注，沒意識到馬尾說的是「你哥哥」。

「他是助手，要負責扛著那根管線，如果不小心弄壞機器，或讓機器壓壞作物，可是要賠錢的。」

男孩有個親戚也在做類似的工作，明白這種工作對身體不好，而且阿魏還沒有採取任何防護措施，連口罩都沒戴。

「他每天都在做這個嗎？噴農藥對身體不是不好？」他擔憂地寫下一行字。

「是啊，但這就是他的工作。阿魏十歲就在幹這行，算是很有經驗了。每次噴完農藥一定要換衣服，並仔細把身體沖洗乾淨，以免藥劑殘留。但偶爾還是會不小心吸入農藥，出現發熱、嘔吐、呼吸困難等症狀，那時就一定得立刻去診所。」

男孩聽得心驚膽顫。

「既然這樣，爲什麼還要做呢？」

「當然是爲了要生活呀。除了小法……小法就是那個單眼皮的男生，除了他今年滿十八，我們全都還未成年，能做的工作十分有限，做得再多再累，領的也是工讀生的薪資。我們四個家境都不好，親人不是死了，就是病倒了，差不多在你這個年紀就出來工作養活自己，沒有選擇的餘地。」

這樣的世界對男孩來說實在難以想像，為他帶來不小的衝擊，他一知半解地寫下：「所以你們都沒有上學？」

「當然沒有。」馬尾笑了笑，眼底浮上不屬於他這年紀的滄桑，「我只念到小學三年級，但現在再讓我回學校，恐怕也無法適應那種生活了。」

注意到男孩面色微黯，馬尾隨即故作開朗道：「沒差啦，反正我又不愛讀書。我們回阿魏家吧，我也得去工作，沒辦法陪你了，抱歉。」

男孩乖巧地點頭，忍不住再次望向還在農地裡工作的阿魏。

阿魏在中午的時候回來了。

送男孩返家前，阿魏先帶他去麵店吃中飯。

見阿魏大口大口吃著肉羹麵，男孩把自己沒動幾口的麵推過去給他。

「怎麼？不好吃？」阿魏納悶地看他。

「我，早上吐司，吃太多，所以，吃不下。」他下意識躲避他的視線。

阿魏擰眉，「可是你吐司根本沒吃多少啊，要是等一下肚子餓，我可不會理你。」

「阿魏，哥哥。你很喜歡吃，肉羹麵嗎？」

「還好，我只是因為這家肉羹很有名，才帶你過來，誰知道你這麼不賞臉。」他撇撇嘴。

「那你，最喜歡吃，什麼？」

「你問這個幹麼？」

「我想，你不會再讓我，去找你了。至少，可以讓我知道更多，你的事吧。我想把，跟你的相遇，當作，重要的紀念。」

「我喜歡豬排漢堡。」他靜默一會兒，不動聲色撈起一塊肉羹。「還有蘿蔔糕加蛋，再淋上滿滿的醬油膏和番茄醬，以及冰塊加特別多的奶茶。可以了吧？」

男孩默默地牢記在心裡。

這次阿魏依舊要他在離家還有一小段距離處就先下車。

「這眞的是最後一次了。」果不其然，阿魏再次警告他，「我拜託朋友幫你把腳踏車送回來也是最後一次，你要是再出現在我面前，我就眞的不會再原諒你了！」

「嗯。」

「拜拜了。」

男孩也依舊在踏進家門後，才聽見少年騎車駛離的聲音。

那日半夜，男孩在三樓的房間裡熟睡，書桌前的玻璃窗突然被什麼東西打碎了一角，他登時驚醒，全家人也都聽到了玻璃碎裂的聲響。

男孩的父親在他房間的地板上找到一顆石頭，立刻與男孩的爺爺下樓查看，卻未發現任何可疑人物，猜測或許是路人喝醉酒亂丟石頭惡作劇，便又各自回房。

餘悸猶存的男孩睡意全無，趴在窗邊從窗戶看出去，不久，竟瞥見兩道人影從後院的樹叢裡慢慢爬出來。

月光照亮那兩張面孔，他驚訝地捂住嘴巴才沒發出聲音，那兩人一與他目光交會，馬上向他揮手。他輕手輕腳地溜出家門，跑到兩名少年的身邊。

「本來我們把腳踏車送過來就要走了，但阿魏說，你跟他說過你房間在三樓，我就想丟顆石子過去看看你睡了沒，結果力道沒控制好，竟打破了窗戶。」馬尾滿臉歉容，「對不起，還好你沒受傷，不然我就死定了！」

「要是你出了什麼事，我們可沒辦法跟阿魏交代。」小法一手壓著馬尾的頭，要他一同躬身賠罪。

能夠見到他們，男孩無疑是開心的，但他還是不敢在他們面前出聲說話，偏偏手上又沒有筆記本和筆，只能頻頻環顧四周。

小法很快讀出男孩的心思，「阿魏今天沒有過來。對了，這次阿魏也幫你把手剎車修好了。」

男孩臉上的神情立即轉為失落，馬尾見了有些不忍。

「阿魏弟弟，你現在去拿紙筆，把你家的電話號碼寫給我，我也把我的手機號碼寫給你。如果阿魏週末有排班，我會在前一天打電話給你，看你要不要偷偷過來看他。」馬尾勾起嘴角，「你接到電話的時候，要是仍然不想說話，就用手指輕敲話筒，敲一次代表你要來，敲兩次代表你不來。當然，你也可以事先錄音，再打來問我阿魏的事，怎麼樣？」

馬尾還補充說明，倘若他打過去的電話被男孩的家人接到，他會說自己是男孩在學校的好朋友。

男孩怯怯地看了小法一眼，發現對方並未表示反對，便趕忙衝回家裡。再次來到兩人面前時，男孩將一張寫著家裡電話號碼的便條紙遞給馬尾，而馬尾把號碼輸入手機後，也在那張紙的背面寫下自己的手機號碼，交還給男孩。

「那我們走了，今天眞的很抱歉，你快去睡覺吧，拜拜。」

馬尾拽著小法匆匆要走，男孩卻抓住馬尾的衣服，再度振筆疾書。

「你們為什麼同意讓我再去找阿魏哥哥？」

小法俯身直視他的眼睛，「因爲我們也很希望你去見他啊，畢竟你確實就是阿魏的親弟弟沒錯。」

男孩震驚的表情，讓小法露出笑容，「你跟阿魏根本是同一個模子印出來的，尤其是你們的眼睛。而且他其實也很高興能見到你，只是考量到很多事，他沒辦法跟你相認，不過你絕對要相信，他這麼做是爲了你好。」

男孩聽得一愣一愣的，內心被無以名狀的歡喜塡充得滿滿的。

小法摸摸男孩的頭，「這件事你絕不能讓你家人知道，只要你遵守約定，我們都會幫你，也許阿魏有一天就會接受你了，你能答應嗎？」

男孩用力點頭，小小的臉蛋上布滿喜極而泣的淚水。

他在被窩裡哭了一夜，抽抽噎噎地對著錄音機傾訴這個令他永生難忘的夜晚。

爲了紀念這一夜，他甚至不讓父親換掉破洞的玻璃窗，就算碰上颳風下雨也無所謂，堅持用膠布暫時貼住缺口就好。

而且他想到了一件自己能爲阿魏做的事。

某個週五晚上，馬尾果眞打電話到家裡找他，說阿魏明早有工作，問男孩要不要過去，男孩毫不猶豫地對著話筒敲了一下。

翌日清晨，男孩先去到早餐店買齊阿魏喜歡吃的餐點，才開開心心地騎車上路，將那袋早餐掛在阿魏家的門把上，最後再到馬尾家會合，由馬尾載他去偷看阿魏工作。

碰上馬尾沒空時，另外三個少年便會輪流載男孩過去，後來更因爲不忍男孩騎那麼遠的腳踏車，他們索性直接開車去男孩家裡接他過來，把男孩當作自己的弟弟般疼愛。

「我覺得，」某次驅車前往阿魏家的途中，太修瞄了男孩一眼，「阿魏已經開始懷疑是他弟弟搞的鬼了。」

「也該懷疑了，每逢週末就有一袋早餐掛在他家門口，也實在夠奇怪的。阿魏弟弟，你這樣不行，太容易被他發現了。」大發也說。

「我倒覺得阿魏一開始就知道是他做的了。」開車的小法此話一出，大家都錯愕地朝他望去。

「爲什麼？」馬尾瞪大眼。

小法笑著對男孩說：「阿魏弟弟，阿魏是不是有跟你提過，他喜歡吃蘿蔔糕加蛋，而且一定要加醬油膏和番茄醬？」

男孩愣愣地點頭，其他人則是一臉問號，紛紛怪叫這是什麼奇怪的吃法。

「兩個月前，我和他吃過一次早餐，當時他就是混合兩種醬料淋在蘿蔔糕上，他說他是最近才開始喜歡這樣吃的。他家門口第一次出現早餐那天，我去市區工作，不可能送早餐給他，也沒理由這麼做。既然你們都不知道阿魏偏愛的口味，那就表示他只跟我和阿魏弟弟提過這件事，況且除了阿魏弟弟，我們之中又有誰會這樣不辭勞苦每週送早餐給他？」

「靠！你明明早看出來了，怎麼不講？」馬尾抱頭，「那阿魏怎麼完全沒吭聲？阿魏弟弟，他有為此質問過你嗎？」

男孩連忙搖頭，見馬尾如此緊張，他也跟著不安起來。

但小法依舊氣定神閒，「別擔心，既然阿魏什麼都沒說，我們也當作沒事。他想說破的時候，自然就會說破。」

抵達阿魏家時，男孩跳下卡車，心情卻不若以往雀躍。

小法安慰他：「別怕，他今天下午才有工作，應該還在睡。我先載馬尾他們去工地，等等回來接你。」

目送卡車駛遠，男孩躊躇了一會兒，正準備把那袋早餐掛在門把上，不料大門卻迎面而開，一道削瘦的身影出現在他的面前。

男孩嚇呆了，一對上阿魏那雙清冷的眼眸，強烈的寒意從他的腳底一路竄升至頭頂。從阿魏的反應看來，像是早就知道他會過來了。

想到自己一再破壞與阿魏的約定，還有可能連累小法他們，男孩就慌亂得快哭出來了。要是阿魏為此與小法他們絕交，那該怎麼辦？

看著男孩毫無血色的臉蛋和滿布驚懼的眼睛，阿魏始終不置一詞，只從門邊的櫃子取出一頂安全帽扔給他，要他戴上。

男孩腦中一片空白，乖乖聽從阿魏的吩咐，顫巍巍地坐上他的機車後座。

機車行駛在田野間，誰也沒有說話。

男孩原以為阿魏要把他送回家，卻很快發現並非如此，阿魏的機車駛上一條陌生的道路。

二十分鐘後，阿魏將車停在一座鄰近道路的墓園旁。從車廂取出一袋水果和一個盤子，阿魏逕自朝墓園內走，男孩不知所措地跟上，直到阿魏在一塊墓碑前蹲下。

阿魏將塑膠袋裡的水果整齊擺放在盤子上，回頭望向站在一旁的男孩。

「今天是我爸的忌日。」說完，他朝男孩伸手，「把你手上的東西也拿過來。」

男孩將早已涼掉的早餐交給他，並盯著墓碑上的名字。

豐盛的早餐和水果，就是他們給父親的祭品。

片刻過後，男孩跑向草叢，摘下幾朵小野花，恭敬地放在那盤水果旁邊。

然後他哭了，不知怎麼地就哭了，還強忍著不發出哭聲。

阿魏失笑，「這是我爸的墓，又不是你爸的，你哭個屁啊？」

阿魏這番話，讓男孩明白阿魏還是不願承認兩人的兄弟關係，因此男孩決定什麼也不說。

只要阿魏能不再拒他於千里之外，他可以不跟阿魏相認，永遠裝作不知情。他如此下定決心。

簡單祭拜完，阿魏沒打算久留，開始動手收拾祭品，把那幾朵野花交還給男孩，「你今天有門禁嗎？」

男孩傻了一下，馬上搖頭，「我爸媽，今天去基隆，喝喜酒，明天才，回來。我可以跟爺爺、奶奶說，今晚去同學家玩。他們，不會生氣。」

阿魏瞄了男孩一眼，「那你等等就打電話回去說一聲。我今天大概七點下班，你在家看電視等我，我帶你去逛夜市。」

男孩欣喜若狂，幾乎不敢相信自己的耳朵。

見到阿魏載男孩回來，在門口來回焦慮踱步的小法明顯鬆了一口氣，他本來也以爲阿魏氣得把男孩送回家了。

「先去屋裡打電話。」阿魏吩咐男孩。

男孩忍不住覷向小法，小法對他微笑眨眼，像是要他別擔心。

男孩不知道那算不算是他美夢成眞的一天。

晚上，阿魏帶著他去逛夜市，他第一次知道阿魏那麼擅長夾娃娃，一下子就夾到五隻布偶，還把布偶都送給了他。

兩人滿載而歸時，小法、馬尾、太修以及大發都已坐在阿魏的家門口等待，一旁還有一大袋啤酒和食物，一群人進到屋裡邊吃邊聊。

趁著阿魏去上廁所，小法問手上抱著布偶、臉上盈滿笑意的男孩：「跟阿魏一起去玩，開心嗎？」

他用力點頭。

馬尾鬆了一口氣，扭頭對小法說：「幸好只是虛驚一場，也幸好向他解釋一切的是你，要是他知道這是我策劃的，不殺了我才怪。」

「不能這麼說。」小法笑了笑，「應該是阿魏弟弟持續送早餐的舉動感動了阿魏，而且我覺得阿魏心裡其實早就接納他了，要不然也不會選在他爸忌日這天，特地等阿魏弟弟過來，帶他一同去祭拜。」

「既然如此，阿魏幹麼不乾脆承認他是他弟弟？」太修不解。

「依阿魏的個性，他恐怕這一生都不會這麼做，別忘了，阿魏弟弟已經是別人家的孩子，或許阿魏認爲維持現狀對他比較好。況且對阿魏弟弟來說，阿魏不再拒他於千里之外，這才是最重要的事，如果硬逼阿魏跟他相認，說不定反而會讓一切前功盡棄，所以就算阿魏今天帶他去掃墓，他也什麼都沒問，對不對？」

男孩點點頭，小法完全看穿了他的想法。就像小法說的，能走到這一步實屬不易，他非常滿足，更清楚不能再要求更多了。

這時阿魏出現了，對男孩說：「我幫你把睡衣準備好了，去洗澡吧。」

「再讓他陪我們聊一下嘛。」馬尾有些不捨。

阿魏眉頭微蹙，「少囉唆，很晚了，他該睡覺了。」

男孩和小法互換眼神，他順從地起身走進浴室。

知道男孩怕夜裡的風聲，也怕黑，阿魏這次直接讓他跟自己一起睡，並打開方才在夜市爲他買的一盞小夜燈。

「以後不准再那麼做了。」阿魏的聲音在男孩耳邊響起，「哪有人每個禮拜都千里迢迢送早餐過來的，你是想弄壞你那台破腳踏車嗎？」

男孩不敢作聲。

「如果想來找我，就打電話給我，我會去你家附近接你，但前提是我那天得要有空。還有，不准再麻煩馬尾他們了，聽懂了沒？」

「聽懂，了。」他小小聲地回。

「聽懂就好，睡吧。」阿魏轉過身背對他。

自此之後，男孩再也沒有破壞與阿魏的約定。

阿魏會在兩人約好的日期去接他，然後帶他去玩，也會帶他參加跟小法他們的聚會。

那是男孩覺得最快樂，也最幸福的一段時光。

只是這樣的美好時光，卻在一年後，因爲男孩雙親的某個決定戛然而止。

男孩的父親與幾名合夥人，在北部成立了一間塑膠工廠，營運狀況十分順利。考量到孩子未來的教育與生活，男孩的母親希望能舉家搬去台北生活。

男孩的兩個姊姊對此樂見其成，唯獨男孩百般不願，他想和爺爺奶奶一同留下。

他不想離開他成長的地方，更不想離開阿魏。

當男孩向那群對他而言比家人更重要的少年們哭訴求助時，大家卻都勸他到台北去，而且領頭這麼說的還是阿魏。

「這樣很好啊。」阿魏平靜地表示，「在台北生活比在這裡好太多了，你就跟你爸媽一塊去吧。」

馬尾也難得一本正經，「是啊，台北很繁華，要什麼有什麼，連我都想去呢。」

太修和大發都紛紛表示贊同。

男孩不可置信地瞠視著阿魏，眼淚嘩啦啦掉個不停。

「可是，我，不想去。」心碎的他，忍不住當著阿魏以外的人面前脫口而出：「我不想，走。我不要，離開阿魏哥哥——」

「別拿我當藉口！」阿魏突然動怒，用力敲了下桌子，碗裡的湯都撒了出來，「動不動就哭哭啼啼的，看了就煩。如果你是因爲我堅持想留下，那我們以後就別再聯絡了！」

阿魏走出小吃攤，其他三人趕緊追上，留下小法陪著男孩。

「阿魏那麼說是爲了你好，你明白吧？」

男孩啜泣點頭，「可是，我眞的，不想離開，他。也不想離開，小、小法哥哥你們。」

「我們也捨不得你離開呀，但這是你父母的決定，如果你決定捨棄他們，他們不是也會很傷心嗎？」小法摸摸男孩的頭，替他抹去淚水，「沒事的。就算搬去台北，你還是可以打電話或寫信給我們，寒暑假也可以回來，又不是一輩子不會再見了，對不對？」

小法的安慰強而有力，讓男孩不再那麼恐慌，漸漸止住眼淚。

「小法哥哥跟你約定，等你去台北，我會不定期寄阿魏的照片給你，你也要寄照片回來，讓我們知道你過得很好。只要保持聯繫，我們一定會再見面的。」

男孩被說服了，同時他也拜託阿魏，讓他在離開前一天留宿他家。

那一天，小法一群人很有默契地沒有出現，只留男孩和阿魏兩人獨處。

阿魏帶著男孩在自家門前的空地放煙火，然而男孩畏懼巨大的煙炮聲，只敢玩仙女棒。

「拜託你到了台北以後，多練點膽量，連煙炮聲都怕，沒有女孩子會跟你在一起的。」阿魏笑他。

我不需要什麼女孩子，我只要阿魏哥哥。男孩在心裡默默想著。

望著他悶悶不樂的模樣，阿魏做出一個有些匪夷所思的提議：「想念我們的時候，就點燃仙女棒朝天空畫圈圈吧，那樣我就會知道你過得很好，也很平安。」

「爲什，麼？」男孩眼神流露不解。

「沒有爲什麼，反正我就是會知道。」阿魏笑得意味深長，「因爲我跟你心有靈犀。」

男孩呆愣不語。

「記得這裡的地址吧？等你到台北就寫信過來，順便附上新家的電話。」

「好。」男孩含淚看著手中的仙女棒靜靜綻放美麗的火花，直至最後一抹光芒消失。

兩人準備就寢時，男孩怯生生地問：「明天你，眞的會，親自送我，回去？」

「會啦，大家不是說好了，要一起送你到你家附近？你疑心病很重欸。」阿魏無奈嘆息，「你去台北要好好讀書，交些優秀的朋友，別再跟我們這種髒兮兮的黑工混在一起。」

「你們，很優秀。一點也不，髒！」男孩難得動了氣，聲音明顯比平時大上不少，「你再，這樣說，我去台北後，就不理你了！」

阿魏一愣，頗爲意外，接著大笑。

「知道了、知道了，你很凶欸。」他用力捏了捏男孩的臉頰，「快睡吧，明天可是一大早就要走了。」

翌日清晨六點，眾人在阿魏家門口集合。

出發前，阿魏氣急敗壞地說：「我找不到小鬼的安全帽。」

「沒關係吧？大清早會有警察臨檢嗎？」馬尾問。

「萬一有呢？你想害我再吃罰單嗎？你知不知道我上個月又被罰了六千？」阿魏思索了

下，「這樣吧，小法，讓小鬼也去坐你的車，他個子小，擠一擠應該勉強還行。我騎車跟在你們旁邊，怎樣？」

小法的卡車不巧載滿貨，只剩前面的副駕駛座能坐人，除了負責開車的小法，所有人都擠在那處空間，而男孩就坐在馬尾腿上，緊鄰窗邊。

一行人浩浩蕩蕩往男孩家出發，少年們叮囑男孩要好好照顧自己，馬尾還說，要是以後他有了喜歡的女生，一定要拍下對方的照片寄回來，車上的氣氛既熱鬧又溫馨。

男孩不時看向窗外，確定阿魏的機車有跟上。

沒過多久，卡車右轉繞進另一條道路，男孩被少年們的話逗得哈哈大笑，不經意地再次瞄向窗外，卻不見阿魏的蹤影。他立刻降下車窗探頭往後方看去，阿魏竟已停下機車，隻身站在清晨空蕩蕩的馬路中央，定定凝視著他。

男孩連忙要小法停車，小法卻充耳不聞，反倒加快了車速。

慌忙無措之下，男孩竟想打開車門，馬尾眼疾手快地牢牢抱住他，而太修和大發從頭到尾都沒再出聲。

男孩頓時驚覺，阿魏從一開始就不打算送他到最後。

他無法接受，又哭又喊，卻掙脫不了馬尾的雙臂，只能眼睜睜看著那道身影愈來愈小。

「不、要，不要！」

他嚎啕大哭，朝著少年佇立的方向，聲嘶力竭大叫。

「阿魏，哥哥。哥哥！哥哥！哥——」

當男孩喊出那兩個字，少年已消失在白茫茫的霧色中。

「因爲我跟你心有靈犀。」

阿魏昨晚說的這句話，男孩怎麼想都覺得，那是阿魏終於肯承認兩人是親兄弟的意思。

至於阿魏最後是否有聽見自己那聲呼喚，男孩永遠無法得知了。

蔣深深

我還記得那是個怎樣陽光焰焰的日子。

無懼滾燙的柏油地面，我跪坐在校門口通往校舍的通道上，望著站在不遠處的女人。她眼神空洞，穿著紫色套裝，孱弱的身軀不時微微晃動，彷彿此刻只要捲來一陣風，就能將她吹倒。

我喚了她一聲，她沒有反應，逕自不斷重撥手機，另一隻手扶著一棵龍柏樹。

愈是有許多人注意我，她愈是表現得置身事外，像是不想讓那些對我投以異樣眼光的人們發現，她是我的什麼人。

一名婦人走過來問我怎麼了，我看著她，一句話也不吭，待婦人訕訕離開後，我才發現站在龍柏樹下的那個女人不見了。

而我繼續跪坐在原處，斗大的汗珠沿著臉龐一顆顆落在地面，在高溫曝曬之下，淺淺的水漬很快蒸發，了無痕跡，彷彿根本不曾存在過，一切都是虛幻的假象。

也不知道過了多久，有人主動走過來，為我遮擋左邊照過來的陽光，斜眼覷去，一雙黃色運動鞋出現在視線裡。

那是男鞋的款式，從尺寸推測，對方的年紀應該跟我差不多。

奇怪的是，黃色運動鞋的主人就這麼站在我身側，不發一語；而我也沒有抬頭，只是木然凝視著那雙鞋。

上課鐘響十分鐘後，一名女老師和一名男老師急匆匆地跑了過來。

「蔣深深，妳在做什麼?」女老師拉著我起身，替我抹去額上的汗水，難以置信地問：「妳為什麼一直跪在那裡?妳的臉都曬紅了!」

而那名男老師也向站在我身側的那個男孩問話，並帶著他往另一個方向走遠。

我才剛要邁步，便覺眼前一黑，雙腳癱軟在地。女老師發出一聲驚叫，引得男老師又帶著那個男孩奔回。

就在我闔上眼睛失去意識前，隱約瞥見男孩低頭俯視著我的模糊面孔。

✦

再次見到那件紫色套裝，是在一個意想不到的時刻。

飯後吃水果時，爸爸偷偷遞給我一張舊照片。

照片的拍攝地點是我就讀的小學，時間是四年級開學當天，我穿著稍顯寬大的藍色制服站在校門口，穿著紫色套裝的女人親密地從背後摟著我，鏡頭卻只拍到她微笑的紅唇。

「爸爸無意間找到這張照片。」他遲疑片刻才低聲問：「深深，妳還記得那天的事嗎？」

我垂下眼睛，「記得。玥瑛阿姨送我去教室的時候，突然身體不舒服，叫我在路邊等她，然後就去了廁所。後來是老師接我去教室的，阿姨趕過來後，站在門口看著我上課，好一會兒才離開。」

爸爸嘆息一聲，「唉，當時妳怎麼都不會想到，那是最後一次見到玥瑛阿姨吧。她說想送妳學校，我和妳媽媽還以爲她終於決定振作起來，沒想到……」

小我兩歲的妹妹蜻蜻，匆匆嚥下嘴裡的水果，抱著爸爸的手臂撒嬌：「爸爸、姊姊，你們別難過嘛。爸爸你不是說過，玥瑛阿姨已經去了不會再有任何痛苦的地方嗎？」

「是啊，妳說的沒錯。」爸爸輕扯了下嘴角，「我只是看到這張照片，有些感慨罷了。玥瑛和妳們媽媽姊妹倆感情很好，就別跟她提起這張照片了，免得她觸景傷情。」

我和蜻蜻點點頭，聽見廚房傳來水流聲，我起身走進廚房。

「媽，剩下的碗盤我來洗，妳去吃水果吧。」

「不用，差不多快洗完了。」她頭也不回，「你們剛剛在聊玥瑛阿姨？」

我略微一頓，「妳有聽到？」

「稍微聽到一點。」媽媽語調平靜，「玥瑛都離開五年了，我卻覺得那好像才是昨天的事。我還記得她向我借那件紫色套裝時，臉上神采奕奕，容光煥發，說無論如何都要穿上那件套裝，在妳開學那天送妳去上課。」

洗完最後一個盤子，她擦乾手，轉過頭來看我。

「深深妳也忘不了那天吧？畢竟她生前最疼的就是妳了。」媽媽的眼眶微微泛紅，「妳一定還是非常難過，對不對？」

我一面從記憶裡翻找出一張美麗的面容，一面說：「媽媽才是最難過的那個人吧，阿姨走了之後，妳就沒再穿過紫色的衣服了。」

「妳看出來啦？」媽媽有些意外，伸手抱住我，「如果妳阿姨還活著，看到妳已經長這麼大，又這麼乖巧優秀，必然會非常以妳為傲。妳要永遠記得玥瑛阿姨對妳的好，也要記得不管發生什麼事，我跟妳爸爸、妹妹，永遠永遠都不會離開妳，知道嗎？」

我輕聲回：「知道。」

半個小時後，家裡的門鈴響了。

「太好了，沒想到今天就送來了。」爸爸高興地把我從房間裡叫出來，「深深，妳過來一下！」

我看著被安置在客廳一角的全新鋼琴，思緒登時一片空白。

「好漂亮，是白色的鋼琴耶！」蜻蜻興奮地衝上前打開琴蓋，隨意彈了幾個音，扭頭問爸爸，「這是要送給姊姊的禮物嗎？為什麼啊？」

「因為妳姊姊這次段考又是全校第一名呀，只要妳成績進步，爸爸也會買禮物給妳。」爸爸接著溫柔對我說：「寶貝，驚喜到說不出話來了嗎？過來瞧一瞧啊！」

我緩步走到鋼琴前。

「彈彈看吧？」爸爸笑著慫恿我。

過了好一會兒，我才找回自己的聲音，「可是我已經很久沒彈了。」

「妳是顧慮到爸爸的心情，才這麼說的吧？妳跟妳奶奶一樣，非常愛彈琴。只可惜自奶奶去世、我們搬出奶奶家後，家裡就沒有鋼琴讓妳彈了。」爸爸摟著我的肩膀，「先前妳小學四年級的班導告訴我，妳午休常去音樂教室練琴，當時爸爸聽了一直很愧疚，所以趁著這次機會，買一台鋼琴送妳。從今以後，妳儘管在家裡彈琴，想彈多久就彈多久。」

媽笑吟吟地說：「深深，快點謝謝爸爸呀！」

「謝謝爸爸。」我低聲說。

「不用客氣，長久以來都委屈妳了。現在就來彈彈看吧。」

我在鋼琴前坐下，盯著黑白分明的琴鍵，「爸爸想聽什麼曲子？」

「嗯，」爸爸坐到沙發上，思忖片刻，柔聲反問：「妳覺得呢？」

「那彈〈春世〉可以嗎？」我一說完這句話，四周的空氣彷彿倏地凝結。

良久，爸爸笑了，點點頭，「就那首吧。」

於是，我用爸爸買的新鋼琴，在他面前彈了一首曲子。

一曲彈畢，爸爸大讚我根本可以參加比賽了，蜻蜻則纏著我，要我彈幾首流行歌曲給她聽，直到晚上九點，媽媽才以擔心吵到鄰居爲由，制止蜻蜻再繼續點歌。

那晚我在房裡複習完課業，已經是十一點多了。

「先前妳小學四年級的班導告訴我，妳午休常去音樂教室練琴，當時爸爸聽了一直很愧疚。」

我闔上書本，摘掉耳機，正準備上床休息，蜻蜻卻敲門走了進來。

「姊姊，我有件事想拜託妳。」她雙手合十，擺出央求的姿態。「這個禮拜天，我同學不是會來家裡幫我慶生嗎？我剛剛錄了一段妳彈琴的影片在群組裡分享，她們都很想現場聽妳彈琴。那天妳可不可以也彈給她們聽？」

我爽快地答應，「可以啊，那妳希望我彈什麼曲子？我先練練……」

「我想聽姊姊剛才彈給爸爸聽的那首〈春世〉。」

「為什麼？」我停了一秒便回，沒讓她察覺我內心的意外。

蜻蜻露出甜甜的微笑，「雖然我跟奶奶不太親，卻對這首曲子留有印象，媽媽也說奶奶生前最愛彈這首曲子了，妳可以在我生日那天再彈一次嗎？這樣我會覺得奶奶也在幫我慶生，好不好？」

我喉嚨發乾，但仍點頭答應，蜻蜻開心地向我道謝，突然神神祕祕地問：「對了，剛才聽到妳說要彈〈春世〉，爸媽的反應好像變得有點奇怪耶，是我多心了嗎？」

「妳多心了，我沒這種感覺。」我平靜地回。

「那麼那天就拜託姊姊嘍，晚安！」蜻蜻送了我一個飛吻，蹦蹦跳跳地走出房間。

整理好書包，我關了燈躺上床。

凌晨一點多，我睜著始終沒有闔上的眼睛下床，悄悄走進蜻蜻的房間，從她的書桌抽屜取出一本上鎖的日記，並從放在另一個抽屜的筆袋裡找出鑰匙。

迅速打開鎖，翻至日記最新一頁，就著夜燈讀了起來。

今天爸爸買了一台超級漂亮的白色鋼琴送給姊姊，說是獎勵她這次段考全校第一名。

剛好我的生日快到了，所以我拜託姊姊，在生日會那天彈琴給同學聽。

自從奶奶過世，姊姊就沒再碰過鋼琴，沒想到這麼多年來，她其實一直都在學校偷偷彈琴，想必她是眞的很喜歡彈鋼琴吧。

不知道姊姊有沒有將這件事告訴岳彤姊姊，畢竟她是姊姊最好的朋友。

如果姊姊告訴了她，也是很正常的吧，但這樣我就有點寂寞了。

比任何人都認眞努力，卻也比任何人都低調謙虛的姊姊，我實在比不上她。

身爲姊姊的妹妹，我很驕傲，也很幸運。

有這麼一個最疼我的姊姊，我是全世界最幸福的妹妹。

我的目光短暫停留在最後一行。

瞥了眼熟睡的蜻蜻，我不動聲色地將日記歸位，輕手輕腳走出她的房間。

✦

從洗手間返回教室的途中，岳彤邀我明天去逛街，順便買後天要送給蜻蜻的生日禮物。

「妳怎麼知道後天是蜻蜻的生日？」我很意外。

「她跟我說的呀，她在LINE上邀請我參加她的慶生會，她沒告訴妳嗎？」岳彤眼中帶著納悶。

我沒讓她察覺到我的情緒轉變，從容一笑，「對，她跟我說過，是我不小心忘了。」

「『不小心忘了』？妳居然也會有說這句話的一天？」岳彤打趣，說完忽然停下步伐，同時雙頰浮上兩朵紅雲。

「怎麼了？」

「是陳鳴宏。」她害羞地低聲說。

兩個男孩從前方的穿堂走過，其中笑起來頰邊有兩個小梨窩的男孩，就是陳鳴宏。

他有著燦爛爽朗的笑容，也就是這樣的笑容，讓岳彤從國一就喜歡他到現在。

「他們要去哪裡呀？」她不好意思盯著陳鳴宏看，故意別開視線。

「唔，這時候走那個方向，可能是要去……」我倏地停住話，那個和陳鳴宏走在一起的男孩，冷不防朝我望來。

即使隔著一段距離，那雙黑白分明的大眼睛，依舊瞬間攫住了我。

「深深，怎麼啦？」

許是因爲我的出神，岳彤忍不住提高音量叫我，結果陳鳴宏聽見了，跟著看了過來。

岳彤差點尖叫，一張臉幾乎埋進我的胸口，「天哪，他看過來了對吧？」

「嗯，但是也走了。」透過眼角餘光，我能確定那兩個男孩已然走遠。

「嚇死我了。難道他是聽到我叫妳的名字，所以才會看過來？」

這句話乍聽之下沒問題，但思及岳彤對陳鳴宏的心意，我不敢隨便回答，於是我選了個自認最妥當的說法，「妳剛才嗓門那麼大，連三樓的人都會跑出來看好嗎？」

「亂講！」她又羞又窘地瞪我，突然話鋒一轉，「那薛有捷呢？他剛才也有看妳嗎？」

薛有捷就是走在陳鳴宏身旁的那個男孩。

「我沒特別注意。」我口是心非答道。

「眞的？」她語帶懷疑，正張口想說些什麼，卻被人打斷。

「姊姊，岳彤姊姊！」蜻蜻蹦蹦跳跳跑了過來，身後跟著兩個同學。

一見到她，岳彤的眼睛立刻堆滿笑意，「妳要去哪裡？」

「我們要去福利社買飲料。」

「這樣啊，對了，妳姊姊居然忘了我要去幫妳慶生，是不是很過分？」岳彤趁機打小報告。

蜻蜻瞪大眼睛對我嚷嚷：「什麼？姊姊妳居然忘了，昨天早上我才跟妳說過的。」

「難得看到妳姊這麼迷糊吧？一定是書讀太多的後遺症。」岳彤的玩笑話讓蜻蜻和她兩個同學都笑了。

我兩手一攤，「知道了。爲了賠罪，我請妳們喝飲料。」

「耶！」蜻蜻歡呼，她的兩個同學則是受寵若驚，靦腆地向我道謝。

從福利社買完飲料回來，岳彤靠在走廊的圍牆上和我聊天。

「深深，妳有注意蜻蜻的同學看妳的眼神嗎？簡直就像看見偶像似的，不過也難怪，妳長得那麼漂亮，個性又溫柔親切，還是個學霸，在學校根本就是女神級的存在了。」她的口吻帶著幾分欣羨，「蜻蜻眞的很可愛，聰明機靈，嘴巴又甜。我是獨生女，所以特別羨慕妳有這樣的妹妹。」

此時，對面的走廊上出現一個熟悉的身影。

陳嗚宏獨自走進二樓的導師辦公室。

背靠圍牆的岳彤並未看見這一幕，我也沒有主動告訴她。

「你怎麼了？爲什麼一直站在那裡？要是中暑怎麼辦？」

小學四年級開學那天，我聽見男老師這麼問陳嗚宏。

他就是當時陪我一起待在烈日下的男孩。

之所以知道是他，是因爲有一次下課時，我經過電腦教室，看見門口擺放著許多鞋子，其中一雙正是那天我所看到的黃色運動鞋，連鞋上的污垢，都跟我記憶中的一樣。

我刻意站在一旁等待，直到目睹陳嗚宏穿上那雙運動鞋。

當年我因中暑而昏倒之前，未能看清楚那個男孩的臉。

得知是他時，我很意外。陳嗚宏從小學就很受注目，不管是課業還是運動都十分擅長，是那種很容易讓女孩子傾心的男孩。

我不明白他當時爲什麼要陪著我待在烈日下，也沒想過要去問他原因。

儘管同屆，但小學六年我們不曾同班，即使上了同一所國中，也依然沒有任何交集。與岳彤成爲好友，並得知岳彤喜歡他後，我只讓她知道我跟他讀同一所小學，其他什麼都沒提。

不曉得陳嗚宏是否還記得那段往事，因此我並不確定這算不算是我跟他之間的「祕密」。

蜻蜻生日當天，家裡聚集了一群小少女，氣氛熱鬧。

岳彤與爸媽閒聊，再次提到我忘了她也有受邀。

我故意用無奈的語氣問：「妳究竟還要翻舊帳幾次？」

媽媽笑著說：「蜻蜻跟深深說起她邀請妳來參加生日會時，我也在旁邊，深深可能最近在掛念著什麼事，才會一時忘了。」

「也許是有關男生的事喔！」岳彤跟蜻蜻異口同聲說完，兩人還有默契地擊掌。

爸爸非常震驚，「我們深深有喜歡的男生了嗎？還是瞞著我們交男朋友了？岳彤妳知道些什麼？快點跟叔叔說！」

爸爸激動的反應，讓岳彤和媽媽笑彎了腰。

眾人爲蜻蜻獻上祝福和禮物後，就是享用蛋糕的時刻。

依照蜻蜻先前的請託，我爲她獻上一場鋼琴演奏，彈起了〈春世〉。

鋼琴上擺著一面巴洛克風格的長方鏡，是爸爸特地買回來的。隨著旋律的起伏，我的身體也跟著微微律動，偶爾抬頭看向那面鏡子，從鏡中看見了一臉陶醉的岳彤，以及蜻蜻班上的女同學們。

與岳彤不同的是，那些女孩始終緊盯著在那面鏡子裡的，我的面孔。

「深深，妳有注意蜻蜻的同學看妳的眼神嗎？簡直就像看見偶像似的。」

那天與蜻蜻同行的兩個女孩也在其中。

然而這次她們看向我的眼神，卻完全沒了當時的尊敬和崇拜，只有強烈的憤恨。

蜻蜻的同學們眼裡，全都是對我的嫌惡與憎恨。

像是在看一隻披著人皮的禽獸。

✦

「我都不知道妳會彈鋼琴，妳怎麼都沒說？」在學校餐廳用餐時，岳彤問我。

我淺淺一笑，「這又沒什麼好說的。」

「妳真的是深藏不露，妳幾歲開始學的？」

「四、五歲的時候，我奶奶就教我彈琴。她去世後，我不敢告訴爸媽我想繼續學，所以從小學一年級開始，我就拜託老師，允許我利用午休去音樂教室練琴。」

「哇！」岳彤滿臉佩服，卻也疑惑，「可是為什麼不敢告訴妳爸媽？」

「奶奶去世，我們一家就搬離了奶奶家。我爸很長一段時間都無法從失去奶奶的悲慟中走出來，我擔心家裡要是擺了鋼琴，會讓我爸觸景傷情。」

「原來如此，那妳奶奶去世後，妳一直都是自學？」

我搖搖頭，「小學四年級時，班導免費指導過我一段時間。她是音樂老師，學生時期曾多次在鋼琴比賽中獲獎。」

「怎麼會有這麼好的老師？」岳彤一雙眼睛睜得大大的，「那位班導根本就是天使，妳一定非常感謝她吧？妳們現在還有聯絡嗎？」

我一時語塞，有些狼狽地輕咳了幾聲。

「怎麼了？」她一愣。

「有點噎著了。」我面不改色，「老師在我升上六年級的暑假就離職了，她婚後和丈夫搬去國外生活，後來就失聯了。」

「眞是太可惜了，妳應該很想再見她一面吧？」

我沒有答腔。

「姊姊，岳彤姊姊，妳們今天也來學餐吃呀！」蜻蜻笑臉盈盈地走過來搭著岳彤的肩膀，岳彤驚喜地握住她的手，總是和蜻蜻形影不離的那兩位女同學也禮貌地向我打招呼。其中一位難掩羞怯地對我說：「上、上次深深姊彈的曲子，眞的非常好聽。」

「謝謝。」我回以微笑，同時回想起當日透過鏡中所見。

此時女孩看向我的眼神裡，又是滿滿的崇拜，完全不復當時的憎惡。

面對這一幕，實在令人不由得懷疑，那天也許是我看錯了。

蜻蜻和我們聊了幾句，就和同學去櫃臺點餐。

岳彤忽然壓低聲音：「深深，陳鳴宏來了！」

抬頭往門口看去，我下意識多瞥了陳鳴宏旁邊的薛有捷幾眼。

他們正在找位子，目光一度朝我們這個方向掃來，最後兩人選擇了靠窗的座位。

「果然沒錯。」岳彤說。

「什麼？」

「剛才他們找位子的時候，我很確定薛有捷在看妳。」

「妳看錯了吧？」

「我才沒看錯，是妳一直在裝傻。每次路上巧遇妳，薛有捷就一定會多看妳一眼，分明是喜歡妳，妳還不承認！」她斬釘截鐵地說。

「妳要我承認什麼？妳有親耳聽見他這麼說嗎？況且這件事有比妳的陳鳴宏重要？」

「少來，妳別想轉移話題。」看穿我的企圖，她紅著臉瞪我，卻也若有所思起來，「不過說眞的，薛有捷確實很奇怪，他爲什麼總是不肯開口說話？難道眞如傳聞所言，他患有某種語言障礙？」

「我沒跟他接觸過，我也不太清楚，說不定他只是特別沉默寡言？」

「再怎麼沉默寡言，也不可能同班三年都沒聽過他講話吧？這可是那個跟他同班三年的女生親口說的唷！聽說他和陳鳴宏是鄰居，從小一起長大，那他們到底是怎麼溝通的？難道，薛有捷只肯在陳鳴宏面前開口說話？」

「妳可以直接去問陳鳴宏。」我打趣她。

「妳明知道我不敢……」岳彤埋怨地看著我，終於不再繞著這個話題打轉。

關於薛有捷這個人，我知道的很有限，儘管他也和陳鳴宏一樣，與我就讀同一所小學。據說他是在小四那年從鄉下轉學過來的，不僅是陳鳴宏的鄰居，還跟他同班，我從小學就經常看見他們兩個人走在一起。

若不是陳鳴宏，我想我不會意識到這個沒有聲音的男孩的存在。

有件事我始終沒向岳彤坦白，其實早在小學時，我就已經察覺薛有捷對我的特別關注。他從來不是明目張膽盯著我看，他只用那雙宛若黑色水晶的眼眸從我臉上輕輕掃過。

我一直想不明白那一眼的意義，但不至於為此感到不自在，或心生厭惡，反倒在一次次那樣若有似無的視線中，萌生出一股微妙的感受。

只是直到現在，我仍不曉得那種感受究竟代表著什麼。

「需要幫忙嗎？蔣深深。」

即便用力踮起腳尖，我還是拿不到圖書館架上最高層的書籍，而站在不遠處的陳鳴宏忽然出聲叫我，對我露出善意的微笑。

「我看著妳好一會兒了，妳是想拿綠色那本嗎？」

「對。」我有些愣住，他怎麼知道？

「我幫妳拿。」他走過來，伸長手臂輕鬆取出那本書，並遞給我。

「謝謝你。」

「不客氣。」他自然而然地跟我搭起話來，「對了，妳知不知道下個月有個專為三年級生舉辦的交流會？」

我點頭，「我知道，那要抽籤才能參加。」

「沒錯。不過，昨天輔導室通知我，全校前三名的學生都必須強制參加，也就是說，我跟妳不用經過抽籤，就直接被『內定』了。」見我一臉意外，他無奈低哂，「妳也覺得很麻煩吧？沒想到學校會這麼安排，想必妳這兩天就會收到通知了。」

「好，謝謝你告訴我。」

「不會。那就期待當天見到妳嘍。」他對我笑了笑，轉身離開。

陳鳴宏陽光的笑容讓我留下深刻的印象，沒想到會是在這樣的情況下與他初次交談。果眞如他所預料，隔天班導就通知我，要我參加今年的考生交流會。

所謂的「考生交流會」，顧名思義，是學校專爲國三考生舉辦的活動，每班會隨機抽出三名學生參加。在輔導老師的帶領下，所有參與的學生將分享各自的學習心得，包括面臨的障礙、挫折，以及對未來的徬徨等等，最後再透過其他人的經驗分享，找出紓解壓力、調適自己的方法。

簡言之，這是場專爲考生舉辦的激勵大會，而活動紀錄會在一個月後刊登在校刊上，讓其他無法參與的學生也能知曉會中的內容，但將隱去所有發言學生的姓名。

過去學校會邀請知名作家或親子專家擔任交流會的指導員，今年校方卻變更作法，不再設置指導員，改找幾名課業成績優異的學生擔任主要的分享者。

儘管這項變革，令學生參加交流會的意願不若往年熱絡，但當消息傳了出去，不少女學生仍趨之若鶩，原因理所當然是爲了陳鳴宏。

岳彤天天都祈禱自己能被抽中，抽籤那天，班導師叫出她的座號，她喜出望外，在下課時抱著我激動得又叫又跳。

「妳知道嗎？當老師叫到我的時候，我開始相信『當你眞心渴望某樣東西，整個宇宙都會聯合起來幫你完成』這句話了，簡直太不可思議了！」

「是呀，太好了，恭喜妳心想事成。」我拍拍她的肩。

「那天不僅可以近距離見到陳鳴宏，又有深深妳在，好開心喔。」

「到時候妳可以問陳鳴宏問題，或者直接向他告白，說不定會被寫進校刊裡喔。」我開她玩笑。

「蔣深深，妳好煩！」她作勢要捶我。

當晚全家吃晚餐時，爸爸說他同事出了車禍，所以等一下他要跟媽媽一起去一趟醫院。

「被公車撞到啊？好恐怖喔！」蜻蜻打了個冷顫，眼睛直盯著手機螢幕，並將鏡頭對準爸爸。

「好了，蜻蜻，不許再錄爸爸說話了，這樣非常沒禮貌。」媽媽溫聲訓斥。

「蜻蜻眞的很愛錄影片，說不定將來會成爲一名電影導演喔。」爸爸倒是不以爲忤。

「那我將來拍的第一部電影，絕對會找爸爸擔任男主角，因爲爸爸是世上最帥的男人。」蜻蜻說完，爸爸就被她的甜言蜜語逗得哈哈大笑。

爸媽出門後，我在房裡讀著從學校圖書館借來的書。

看完之後，我闔上書，靜靜凝視著綠色的書封。

「需要幫忙嗎？蔣深深。」

「我看著妳好一會兒了，妳是想拿綠色那本嗎？」

「那就期待當天見到妳嘍。」

把書收進抽屜，我打開筆電，點入臉書，有一則交友邀請，是陳鳴宏發過來的。

我先在臉書做了幾個設定，才按下交友確認。只要做好設定，我跟他成爲好友的訊息就不會顯示在臉書動態上，自然也不會被岳彤發現。

跟陳鳴宏成爲臉書好友後，我點進他的個人頁面觀看，他的好友人數高達兩千多人，很多貼文和照片都直接設公開，少部分只限定好友觀看的貼文幾乎都是些生活上的抱怨，比如爸媽或老師對他嘮叨了什麼，或是扼腕沒追到某場球賽，總之就是很青少年的抱怨，這讓我覺得接觸到與過去不太一樣的他。

「嗨，蔣深深，謝謝妳同意加我好友。」

陳鳴宏冷不防傳來訊息，還附贈一個笑臉貼圖。

我的手懸在鍵盤上，一時不曉得該怎麼回應。要不要問對方爲何突然加我好友？想到這，我的心跳也隨之微微紊亂了起來。

「姊姊。」蜻蜻忽然出聲，我的呼吸也同時一停。

我不知道她是直接開門進來的，還是有先敲門，只是我沒聽見。總之她進來了，手裡還拿著手機。

「妳在做什麼呀？」她看見我筆電螢幕上的畫面，也看見陳鳴宏傳給我的訊息。

「陳鳴宏？哇，他加妳臉書好友嗎？」她驚喜地湊過來，「姊姊，你們很熟嗎？我們班有很多女生喜歡他耶！」

我沒有答話。

「對了，姊姊。」她語氣一轉，帶上濃濃的笑意，「岳彤姊姊喜歡陳鳴宏，對不對？」

我沒回答她，只是默默看著電腦螢幕。

她把手機放在一旁空著的手機架上，興奮地說：「慶生會那天，我問岳彤姊姊有沒有喜歡的人？她坦然答有，而且還是同校的，卻不肯告訴我是誰。我就從學校最受歡迎的幾個男生開始猜，當我說到陳鳴宏，她馬上就臉紅了，她要我千萬別說出去，還說這個祕密就只有姊姊妳知道而已。岳彤姊姊眞的超可愛，心裡想什麼，臉上完全藏不住！」

她熱切地勾著我的手，「姊姊，妳有沒有想過幫岳彤姊姊？既然妳認識陳鳴宏，就介紹他們兩個認識啊，岳彤姊姊人那麼好，說不定陳鳴宏也會對她產生好感，姊姊妳——」

蜻蜻的話被我打過去的一巴掌硬生生截斷。

她驚愕地撫著已泛起一片紅的臉，一時未能反應過來。

我闔上筆電，面無表情地站起來走向她，她連連退後，最後跌坐在床上。

「從剛才妳就嘰嘰喳喳講個不停，吵死了。」我居高臨下看著她，聲音毫無起伏。

蜻蜻的面色一秒刷白，眼底盈滿恐懼，「姊、姊姊，我沒有其他意思啊，我只是……」

我從衣櫃拿出一支衣架，毫不留情地朝蜻蜻身上重重揮下，她沒有閃躲，吃痛慘叫出聲。

「怎麼？爸媽不在，妳就敢叫出來了？」我皮笑肉不笑地問，「下次要不要趁爸媽在的時候大叫，讓他們親眼看看我對妳做了什麼？」

蜻蜻雙眼發紅，拚命搖頭，「我……我不會告訴爸爸媽媽的，姊姊妳原諒我。對不起，我不會再隨便亂說話了，拜託妳原諒我……」

我不為所動，繼續拿著衣架往她身上猛抽。不到幾分鐘，蜻蜻的手臂和小腿布滿紅痕，頭髮凌亂不堪，模樣悲慘，而我手上的衣架也已扭曲變形。

她蜷縮在床角發抖，不敢哭出聲，深怕衣架會再度從她頭上落下。

「別用妳噁心的身體弄髒我的床，滾。」

聽到我發話，蜻蜻才怯怯地抬起被淚水沾溼的臉，乖順地爬下床。

她一面啜泣，一面匆匆取走自己的手機，踉蹌逃離我的房間。

✦

考生交流會在週五放學後舉辦，爲時一個半小時，地點在大禮堂。

三年級有十二個班，每班抽出三人，加上全校前三名的學生，以及負責做紀錄的兩名校刊社成員，共計四十一人。

活動開始前，大家將椅子排成一個大圓圈，座位有經過安排，刻意打散，跟我同班的岳彤並沒有坐在我隔壁。

陳鳴宏就坐在我正前方，而那個沉默的男孩則坐在另一邊。

原來薛有捷也被抽中了。

負責主持的輔導老師，先向眾人說明交流會的進行方式，不管在學習上遭遇任何困難，都可以自由提問，再由其他人分享自身經驗，或提供解決之道；而提問的學生，也可以選擇直接欽點某人回答問題。

一名男同學率先舉手，說父母最近正在鬧離婚，讓他無法專心準備考試，不曉得該怎麼辦。接著一名女同學也舉手，表示碰到相似的狀況，並大方分享自己的心路歷程，還爲該名男同學加油打氣，最終男同學向她靦腆道謝，露出一抹如釋重負的笑容。

有了這個順利的開始，舉手提問的學生接連不斷，有些同學提出的問題很沉重，說著說著還忍不住落淚。

幸好活動的氣氛並不總是那麼沉重感傷。有個男生指名問陳鳴宏，要怎麼做才能像他一樣頭腦好、又受女孩子歡迎？拿著麥克風的陳鳴宏不知該如何作答，只能尷尬傻笑，而另一個性格活潑的男生插話，建議對方要不就去整形，要不就等下輩子重新投胎，引得現場哄堂大笑。

還有女生問陳鳴宏喜歡什麼類型的女孩，這種跟學習無關的問題，立即被老師禁止。有人問我平常是怎麼讀書的？是否有特別的訣竅？又是如何抒發壓力？我逐一回答，好幾個人都拿出筆記本將我的建議抄下，畢竟這些還是身爲考生的大家最在乎的事，而這也是學校要我和陳鳴宏參加交流會的主要原因。

活動逐漸走向尾聲，輔導老師宣布將只再開放最後一個提問，眾人才驚覺時間流逝的速度，紛紛露出意猶未竟的神情。

「我有問題想要問蔣深深。」一名綁著馬尾的女孩舉手，眼睛直勾勾地看著我，「我想先聲明，我沒有惡意，如果我的問題讓妳不舒服，希望妳不要介意。」

我迎向她的視線，輕輕點頭。

她依然盯著我看：「聽說妳從小學起，成績幾乎一直都是第一。我想知道，拿第一名是妳唯一的目標嗎？妳對第一名有什麼特別的執著嗎？除了在未來繼續拿第一名，妳的人生還有其他夢想嗎？假如有一天，妳不再拿到第一名，妳會怎麼想？會認為不再是第一名的自己，是失敗的嗎？」

如此單刀直入的犀利問題，不僅讓眾多學生尷尬噤聲，連輔導老師都愣住了。

沉默半晌，我站了起來，從老師手中接過麥克風，「在回答妳的問題之前，我想先聊聊我阿姨，她是我媽媽的妹妹。她從小就是個天才兒童，小三就跳級至小六，國一再次跳級至國三，高一那年，她甚至申請上美國知名大學醫學系，十六歲就出國念書了。」

現場響起一片小小的讚歎聲。

「她是我見過最優秀的人，她聰明漂亮，人緣好，又擅長運動，還有一個跟她一樣天資聰穎的帥氣未婚夫，兩人約好大學畢業就結婚。每個人都認為我阿姨是上天眷顧的幸運兒，她卻在大二那年罹患重度憂鬱症，從天堂掉入地獄。」

這段戲劇化的轉折，令大家神色一凜。

「她整個人都變了，只要考試沒有拿到滿分，就會抓狂，陷入歇斯底里。她的病情始終未能好轉，最後她的朋友和未婚夫都離開了她，她也不得不退學，返回台灣就醫。幾年過去，在我小學的時候，她開始願意接受不再優秀的自己，放下不甘與執念，努力重新站起來。」

說到這裡，我不自覺略微轉移目光，看向正前方，同時握緊麥克風。

「在我小學四年級開學那天，阿姨特地向我媽借了一身漂亮的衣服穿上，親自送我去上學，一到學校，她卻突然說要去廁所，要我等她，結果她在我被老師接進教室後才姍姍來遲。」我抿抿唇，「她站在走廊上看我上課，待了好一會兒才離開，卻就此行蹤不明。過了兩天，她的遺體在海岸邊被漁民被發現，當時她還不到三十歲。」

我向那位綁著馬尾的女孩微微一笑，「雖然這個理由聽起來很荒謬，也可能讓在座一心想拿好成績的各位心裡不太舒服，但是，我會想考第一名，其實是爲了懷念我阿姨。通過我阿姨這個血淋淋的例子，我很早就明白，就算永遠都第一名，也不代表我能就此一帆風順、幸福快樂。

「阿姨生前很疼愛我，每次我考第一名，她都會摸摸我的頭，笑著稱讚我。我努力考第一名，只是想回憶起她當時開心的模樣，除此之外，拿第一名對我來說並沒有任何意義，我對此也沒有特別的執念，更不可能是我人生唯一的目標。等到逐漸走出阿姨逝去的悲傷，我相信我可能就不再是第一名了，也不會想拿第一名。說不定下次段考，第一名就不是我了，若眞是那樣，我希望到那時候，你們不會認爲我失敗，而是認爲我成功了。」

我說完後，陳鳴宏率先拍手，緊接著其他人也爲我熱情鼓掌，包括校刊社的兩位社員。

「妳剛才的發言眞令人感動，我都快哭出來了。」離開大禮堂時，岳彤的眼眶還有些紅，「不過那個馬尾女生是怎樣？問那是什麼問題？簡直就像是故意諷刺妳！」

「沒事，她也說了，她沒有惡意。」我不甚在意。

「她說沒有惡意就沒有喔？深深妳脾氣太好了，只有妳還能和顏悅色回答她。」岳彤仍爲我抱不平。

這次我沒回話，而是笑著拍拍她的肩膀，「我去一下廁所，妳先到穿堂那邊等我吧。」

「好，我順便去販賣機買飲料，也幫妳買一罐。」她揮揮手，消失在樓梯間。

在洗手臺洗手時，我抬起頭，凝視鏡中的自己。

剛才我特意提起小學四年級開學那天，並同時瞄向坐在對面的陳鳴宏，就是想知道他是否對那天的事留有印象。他還記得嗎？

然而他的表情始終從容不迫，並不像是記得的樣子。我為此有點悵然，但這也是沒有辦法的事。

關於馬尾女孩的那一串提問，有一題被我巧妙略過，避而不答。

「除了在未來繼續拿第一名，妳還有其他夢想嗎？」

水流聲依然嘩啦拉地響著。

「我跟妳爸爸、妹妹，永遠永遠都不會離開妳，知道嗎？」

拴緊水龍頭，擦乾了手，我走出廁所。

參加交流會的學生差不多都已離開學校，四周悄無人聲，只剩下夜風吹動樹梢的聲響。

「蔣，深深。」

停下步伐，目光落向站在走廊上的那個人，在看清對方的面容後，我不由得一愣。

方才是他在叫我？那個從來沒有聲音的男孩？

由於太過詫異，我盯著他那雙黑眸片刻，才吶吶出聲：「是你在叫我嗎？」

他點頭。

那是我第一次聽見薛有捷的嗓音。

很低，也很沙啞，像是被極粗礪的砂紙磨過。

我很快收起訝異的情緒，客氣詢問：「有什麼事嗎？」

他從書包裡拿出手機，低頭輸入文字，並朝我走近一步，將螢幕畫面轉向我。

「妳在說謊。」

他在手機的記事本上打出這四個字。

我不明所以，呆了半晌才回：「對不起，我不懂你的意思。」

他又低頭快速打出一行文字，遞了過來。

「妳剛才在交流會上說謊了。」

我更困惑了，也覺得他有點莫名其妙，但我依然面露微笑，「你認為我什麼地方說謊了？如果你願意明確告訴我，我會很感謝的。」

他靜靜看著我，而後再次低頭打字。

「就是小學四年級開學，妳阿姨送妳去上學的事。」

我的笑容霎時凝結在唇角，目光慢慢回到他幽深的瞳眸上。

「你爲什麼這麼說？」我聽見自己的聲音變了。

「因爲那一天我看見了，也聽見了。」

迴盪在四周的風聲消失了，我的思緒也隨著他最後打下的這幾句話同時凝滯。

一個月後，交流會的紀錄刊登在校刊上。

同一天，幾名警察前來學校找我。

在全班同學震驚的眼神中，我被警察帶離學校。

事情發生在那一天的凌晨。

那個沒有聲音的男孩，從一棟十二層高的大樓樓頂墜落。天亮被發現時，男孩已經氣絕身亡。倒臥在血泊中的他，眼眸微微睜著，嘴巴也半開，彷彿有什麼話想說，卻再也來不及說。

他的右手緊握著一張被捏爛的紙。

那張紙上只寫了一個名字：蔣深深。

陳鳴宏

考生交流會結束當天晚上，我才走近家裡那棟大樓，就看見一名穿著高中制服的男生走出來，我立刻叫住對方。

「奐予哥，你怎麼現在才走？」

「你爸請我吃飯。」他用淺淡的語氣回，「你今天也回來晚了。」

「嗯，我參加學校的交流會，結束後跟幾個同學去吃點東西。」

「交流會？」他想了下，「你是說，要抽籤才能參加的那個『哭哭大會』？」

他的形容讓我忍俊不禁，「啊，奐予哥也是我們學校畢業的，當年你有參加嗎？」

「沒有，那麼無聊的活動居然到現在還沒廢掉？」他撇撇嘴，「那你覺得好玩嗎？」

「嗯……還可以啦，雖然我是被強迫參加的，但聽到那麼多人分享各式各樣的經驗，還是挺有收穫的。」我聳聳肩。

「果然像模範生會說的話。」他拍拍我的肩膀，「晚安，下次見。」

「好，今天也麻煩你了。」

奐予哥擺擺手，頭也不回地消失在夜色裡。

偌大的客廳只有媽在整理東西。

我指了指二樓，「我剛才遇到奐予哥，他說他有留下來吃飯，那她也下來了嗎？」

「有，但奐予一走，她就馬上回房間了，飯也沒吃多少。」媽打開冰箱，「你上去時，順便問她要不要吃水果。」

踏上二樓，我敲了敲那扇掛著米色布簾的門。

「欸，媽問妳要不要吃水果？」

毫無意外，門內沒有任何反應。

我口氣轉為冰冷，「妳要繼續麻煩奐予哥到什麼時候？明知他高三了，還讓他額外花時間來陪妳。妳是真的喜歡他嗎？我看妳根本就只在乎妳自己吧？自私。」

門在下一秒被人狠踹一腳，發出巨大的聲響。

縱使再不爽，但我知道對方頂多也只能這樣了，於是默默冷笑，回到房間。

隨手扔下書包，我懶洋洋地一邊滑手機，一邊等爸爸用完浴室。

幾個有參加交流會的朋友都已迫不及待在臉書上寫下心得，還有人表示被蔣深深最後的分享而感動，引來底下不少人留言，好奇蔣深深究竟說了什麼。

「就算永遠都第一名，也不代表我能就此一帆風順、幸福快樂。」

「若眞是那樣，我希望到那時候，你們不會認爲我失敗，而是認爲我成功了。」

……眞是厲害啊。

她臨危不亂地回應尖銳的詰問，並以自家阿姨的不幸遭遇爲例，爲大家上了震撼的一課，不僅完美化解尷尬，也加深眾人對她的好印象，我實在不得不佩服她。

不過當時我會率先爲她鼓掌，不盡然是因爲感動，主要是想展現風度，順便藉此澄清謠言。我之前就聽說過，學校有不少人認爲我和蔣深深爲了爭奪第一名而不和。

「妳今天的分享很棒，很讓人感動。」

直到洗完澡，蔣深深仍然沒有回應我的臉書私訊，甚至連讀都沒讀，那時已經是晚上九點半了，離交流會結束過了兩個多小時，她應該回到家了才對。

但我沒有太在意，改傳LINE給薛有捷，問他回來了沒。

不到一分鐘，他傳來「點頭」的貼圖。

陳鳴宏：你剛剛才到家？

薛有捷：嗯。

陳鳴宏：眞稀奇，你去哪了？

薛有捷：沒去哪。

陳鳴宏：最好是，你要我先走的時候，我就覺得有鬼。你偷偷摸摸去哪裡了？快招！

薛有捷：眞的沒去哪，我在學校。

陳鳴宏：在學校幹麼？

薛有捷：沒幹麼。

陳鳴宏：少唬我，是去見誰了嗎？

薛有捷：嗯。

陳鳴宏：還眞的！去見誰？那個時間點還在學校的應該只剩參加交流會的人。難不成你去見蔣深深了？哈哈。

他突然沒再回應。原本我只是隨口鬧他，但他這時的已讀不回，讓我意識到情況有些不對勁，立刻從床上坐起。

陳鳴宏：你眞的跑去找她了？

薛有捷：沒有。

陳鳴宏：那你幹麼這麼久不回？

薛有捷：因爲我好奇如果故意不回，你會不會從床上跳起來？

我愣了一下，明知他不可能躲在近處偷窺，卻還是忍不住環顧四周。

陳鳴宏：你欠揍啊？幹麼故意整我？

薛有捷：開個小玩笑罷了。

一股微妙的違和感湧上心頭。這傢伙好像眞有點怪怪的。

陳嗚宏：靠，我差點以爲你眞的跑去找蔣深深了。那你到底幹麼去了？

薛有捷：上廁所。活動結束後，肚子很不舒服，所以才叫你先走。

陳嗚宏：上廁所就上廁所，幹麼騙我說是去見誰？不過你是吃了什麼拉這麼久，這麼晚才回來？

薛有捷：回來的路上我順便去買卡帶。

原來如此，這傢伙確實時常會去買卡帶。

陳嗚宏：你對蔣深深今天的分享有什麼想法？

薛有捷：沒什麼想法。

陳嗚宏：是嗎？全場就只有你沒爲她鼓掌。你是眞的無動於衷，還是故意想引起她的注意？

薛有捷：不是。

見他又變回平常的省話模式，我更確定剛才的異樣感受只是多心了。

薛有捷：我要睡了。

陳嗚宏：哦，明天早上要不要去圖書館念書？

薛有捷：好。

這傢伙每天準時十點睡覺，還將手機調成靜音，就算天塌下來他都不會接電話。

那天夜裡，我再次聽見一陣熟悉的聲響。

我向來淺眠，偶爾會在夜裡聽到書桌牆後傳來微弱的悶響，像是有什麼東西在規律敲打著牆。

這樣的聲響已經存在很多年了，總是在夜深之際出現，最短十幾分鐘，最長一個小時。那道牆的後方，是薛有捷的家。

我曾經向薛有捷提過這件事，他卻沒什麼反應，他的父母也是一副哪有這回事的樣子，他的兩個姊姊則一臉毛骨悚然，要我別說得像是他們家裡鬧鬼似的。

既然找不出原因，我只能與那聲響繼續共處，也漸漸習以爲常。

不過，奇怪的是，這天那陣聲響只持續了一分鐘，是爲時最短的一次。

與此同時，床頭的手機也響起訊息提示聲，蔣深深回我訊息了。

✦

隔天前往圖書館前，我和薛有捷先去吃早餐。

有選擇障礙的我，猶豫了將近兩分鐘，才決定點香雞堡和豆漿，至於薛有捷，我連問都沒問，直接幫他點了豬排漢堡、蘿蔔糕和一杯冰奶茶，還不忘在點單上註明蘿蔔糕要加蛋，奶茶冰塊放多一點。

餐點送上桌後，看到薛有捷在蘿蔔糕上淋滿醬油膏和番茄醬，我忍不住問：「你最近有跟你哥哥聯絡嗎？」

他點頭。

「是講電話？還是寫信？」

他豎起大拇指與小指，湊近耳邊，擺出講電話的動作。

「都來台北多久了，你還是只肯跟你哥說話。」我用力咬下一口香雞堡，「明明跟你相處最久的人是我耶，太不公平了吧！」

這小子非但沒有半點歉意，還揚起嘴角。

「笑屁？你少得意。」我拿出手機，在他眼前晃了晃，「看，昨晚我又跟蔣深深傳訊息，而且還加了LINE呢。」

昨夜蔣深深回我訊息後，我順勢向她提出加LINE的邀約，她也乾脆地答應了。

薛有捷面不改色地嚼著蘿蔔糕，依然淡定如常。

「怎麼樣？羨慕嗎？嫉妒嗎？」

還好。

我能從他的眼神裡看出他是這個意思，氣得差點把香雞堡往他臉上扔。

身邊的人很常問我，我究竟是怎麼跟薛有捷進行溝通的？

升上小學四年級的暑假，薛有捷一家人從鄉下搬來台北，成爲我的鄰居。

兩家的母親日漸熟稔後，媽媽希望和薛有捷同齡的我，可以與他成爲朋友，也希望我能幫忙照看他，畢竟這傢伙有嚴重的口吃，無法像普通人一樣與朋友相處。

過去他還曾因爲口吃而遭受霸凌，讓他有了輕微的自閉傾向，不肯再開口說話，只願意透過紙筆進行溝通，即使是面對家人也不例外。

據說搬家前，他還會事先將想說的話用錄音機錄下來，但搬家後就不這麼做了。

小四到小六的那三年，他每天去上課的時候，都會把卡式錄音機掛在脖子上，這麼做能使他安心。升上國中，他改把錄音機藏在書包裡，畢竟國中老師沒那麼寬容大度，一旦被發現，錄音機就只有被沒收的份。

雖然最初我是以「照顧者」的心態嘗試跟他做朋友，並試著打開他的心房，但始終成效不彰，導致有段時間我失去了耐性，畢竟只有我單方面付出，實在太累，也太浪費時間了。即便來到新學校，薛有捷仍無法融入群體，總是一個人坐在位子上，更不曾主動來找我，他將沉默做爲對整個世界的防禦。

班上幾個頑皮的男生開始看他不順眼，故意趁他午休睡覺的時候，偷偷拿走他放在抽屜裡的錄音機。我目睹一切，卻沒有阻止他們，也沒打算阻止，因爲當時我也不爽他許久，氣他頑固難搞、不知好歹，於是我假裝沒看見，並期待他發現錄音機不見時，會有怎樣驚慌失措的反應。

誰知這傢伙發現一錄音機不見，第一個反應卻是放聲尖叫，像隻傷痕累累、狀若癲狂的野獸。

我連忙向那幾個男生討回錄音機，交還給薛有捷，他立刻止住尖叫，將錄音機牢牢抱在胸前，眼神空洞，像座雕像般一動也不動。

見他形容狼狽，我問他要不要去洗把臉？他過了片刻才木然點頭，而後做出一個令我意外的舉動。

在我轉身的那一刻，他伸手抓住我的衣角，像隻溫順的小狗，乖乖跟著我走出教室。

我沒想到這會變成他願意與我親近的契機，心裡百感交集。

一方面覺得有罪惡感，一方面有點高興，卻又感覺自己是在自找麻煩。雖然我對他的封閉自我感到不滿，但這並不表示我想讓他依賴我；不過，看到他把所有人排拒在外，唯獨只接納我，並且旁人也好奇我究竟是如何做到的，一股微妙的優越感不免在我心中油然而生。

儘管心情十分矛盾，但這種被他需要、被他依靠的感覺，或許也在無形之中拯救了我。

而我是很後來才發現這一點。

「聽說鳴宏這次又是全校第二名，眞了不起啊。」

我跟著媽媽去到薛有捷的家裡，薛媽媽一見到我就滿口誇讚我。

「妳過獎了。這孩子平常愛玩電動，又時常跟同學約出去玩，我和他爸爸本來還很擔心他成績會退步。」即便媽媽嘴上這麼說，嘴角卻忍不住高高勾起。

「可見你們鳴宏天資有多聰穎，他不但頭腦好，長得又帥，要是有捷能有鳴宏一半好，我就心滿意足了。」

「怎麼這麼說？有捷很乖，長得也很可愛啊，一雙眼睛又黑又大的。至於課業，只要努力，就一定會慢慢進步的。如果有需要，也可以讓鳴宏教他呀。」媽媽摟著我的肩膀。

「這樣太麻煩鳴宏了啦。」薛媽媽不好意思地苦笑，卻也沒有明確拒絕，「對了，這次全校第一名居然又是那個叫蔣深深的女孩子，不曉得她父母到底是怎麼教的，實在很不簡單，對吧？」

「是呀。」媽媽雖然臉上笑意不減，語調卻低了幾分。

「鳴宏只要再努力一點，下次就能拿下第一名了。鳴宏，你要加油喔！」薛媽媽鼓勵我。

「謝謝薛媽媽。」我回以微笑，站了起來，「我可以借用一下洗手間嗎？」

「當然可以，有捷，去吧。」薛媽媽拍拍薛有捷的手臂。

其實我知道廁所在哪裡，但不知道爲什麼，薛媽媽每次都會要薛有捷陪我去。

在錄音機事件之後，只要我邀請，薛有捷都會願意來我家玩，算得上是家裡的常客，然而我去薛有捷家的次數，一年卻連五次都不到。

薛有捷從不曾主動邀請我，只有媽媽帶我去他家作客，我才有機會踏進他家，更只去過他房間一次。

那是在五年級的時候，媽媽帶我去他家，我上完廁所出來，他接著走進廁所。百無聊賴的我趁機四處走動，注意到角落有扇特別窄小的門，緊鄰著那扇小門的則是一扇正常尺寸的門。

好奇心使然，我打開那扇正常尺寸的門走進去。

見到書桌前的椅子上掛著一個熟悉的書包，我立即肯定，這裡是薛有捷的房間。

乍看之下，房間裡的擺設沒什麼特別的，我卻沒來由地感受到一股難以言喻的怪異。

還沒能來得及釐清那股感受是什麼，我就被人一把拽出門外，房門也被重重關上。

薛有捷神情驚慌，站在緊掩的門前對我猛搖頭，示意我不能進去。

「你不喜歡別人進你房間？」我不解地問。

他點點頭。

「好吧。」畢竟這個傢伙本來就很古怪，我也不介意，隨即指向旁邊那扇小門，「那個房間是什麼？是儲藏室嗎？」

他再次點頭。

後來我就沒再想過要進去他的房間。

只是之後去他家，每次要上廁所，他還是會自動陪著我去，我想他知道我已經不會再貿然進到他房間，他只是慣於聽從母親的命令才如此。

那天回到家裡，媽媽一邊脫鞋，一邊不以為然地冷嗤一聲。

在客廳看電視的爸爸聽見了，問她：「怎麼了？」

「眞是可笑。」她忿忿地叨叨絮絮起來，「居然說鳴宏再努力一點，下次就可以贏過蔣深深，拿到第一名。講這句話之前，怎麼不先看看她兒子是什麼德性？成績不怎麼樣，個性又自閉，還是個啞巴。她到底憑什麼用那樣的姿態鼓勵我們鳴宏？有夠荒謬的！」

爸爸笑了，「既然妳那麼不喜歡那家人，幹麼還要去？」

「她都說了要幫鳴宏慶祝他考第二名，我能不去嗎？」說完，媽媽倏地瞪大雙眼，「我明白了，她表面上是要為鳴宏慶祝，其實是想譏諷鳴宏這次又輸給蔣深深。她就是見不得鳴宏比她兒子優秀，才故意用這種方式嘲諷我們，太可惡了！」

「如果眞是這樣，那確實是過分了。」爸爸眉毛一挑，火上加油，「要不是看他兒子那樣，也不會讓鳴宏特別關照他，做人還是要有點分寸。」

「就是嘛，有夠不知好歹。」媽媽氣鼓鼓地說完，旋即換上親暱的語氣對我說：「兒子，去洗洗手，然後叫你姊姊下來吃藍莓蛋糕。」

走上二樓敲了敲房門，沒聽到回應，我逕自開門走進去，姊姊正埋首在書桌前看書。

「姊，媽叫妳下樓吃蛋糕。」

「什麼蛋糕？」她頭也不回。

「藍莓蛋糕。」

姊姊笑了，而我知道她爲什麼笑。

「欸，你覺得，媽要到什麼時候，才會記得我最討厭的就是藍莓？」

我抿緊唇角，沒有接話。

「你跟她說我沒胃口吧。」

說完這句話，她沒再開口，自始至終都沒回頭看我一眼。

放學後，我拿著一個紙盒來到四下無人的水池邊。

紙盒裡是我養的蠶寶寶，前陣子全班都在流行飼養這玩意，我也養了十隻。

我站在池邊，透過水面看著自己的倒影，接著從紙盒裡拾起蠶寶寶往池子裡扔，靜靜看著那些蠶寶寶逐一在水裡溺斃。

一陣輕踩在草地上的腳步聲從背後響起，我循聲回頭。

是薛有捷。

「我不是叫你先回去嗎？」我冷冷地說。

他緩步走到池邊，望著浮在池面上的蠶寶寶。

「牠們是被我殺死的。」我告訴他，並聽見自己的聲音是笑著的，「是我把牠們丟進池子裡，讓牠們活活溺死的喔。」

薛有捷點頭，表示他知道。

「你還記不記得有次午休，你的寶貝錄音機突然不見了，那其實是班上同學拿走的，而且我親眼目睹整個過程，我不但沒有阻止，還假裝不知道。」

透過眼角餘光，我知道他正朝我瞥來，然而我卻沒有從他的目光裡感覺到半分怒意。

「你知道上個禮拜從你家回來之後，我媽說了什麼嗎？」我繼續滔滔不絕，「她說你們很可笑，也很可惡。她說你媽媽根本沒資格要我加油，更沒資格鼓勵我贏過蔣深深，因爲你自己也好不到哪裡去，性格自閉，還是個啞巴。」

我深呼吸，握緊拳頭，身體開始劇烈打顫。

「坦白說，我眞的覺得你煩死了，我根本就不想管你，更不想照顧你。既然我媽跟你媽都那麼鄙視對方，幹麼還假裝和樂融融？明明就互相看不順眼，爲什麼還要在對方面前裝好人，把我拖下水？」講到激動處，我的眼淚竟跟著奪眶而出。

薛有捷把書包放在一旁，脫掉鞋襪，捲起褲管，小心翼翼走進水池，撿拾起一隻隻蠶寶寶。

我才一張嘴，口中就嘗到淚水的鹹味：「我爸媽很壞，我也很壞，我們全家都瞧不起你們，嫌棄你們是鄉下來的土包子。我討厭你，討厭你媽，更討厭我爸媽，都是他們害得姊姊再也沒叫過我的名字，她連正眼看我都不肯！」

說到最後，我幾近語無倫次，不知道自己在說什麼，眼淚一直流個不停。

走上岸後，薛有捷蹲在草地上徒手挖洞，將死去的蠶寶寶放進洞裡掩埋起來，再用池水把手洗乾淨，緩步回到我面前。

他拿起掛在脖子上的錄音機，低頭按下播放鍵。

「嗚宏。對，不起。謝謝，你。」

聽著錄音機裡流洩出的乾啞嗓音，我霎時止住眼淚，好一會兒才反應過來，愣然問道：「那是……你的聲音？」

他點頭。

「你是什麼時候錄下這幾句話的？」我詫異萬分。

他豎起三根手指。

「三分鐘前？三小時前？三天前？三個禮拜前？」見他不停搖頭，我難以置信地問：「難道，是三個月前？」

他終於再次頭。

我一時說不出話來，某種異樣的情緒逐漸湧上心頭。

原來這傢伙並不是眞的對我做的事無動於衷。

原來我做的一切，他都有感受到，也知道自己給我添了麻煩。

就算他可能察覺到我那麼做其實並非完全出自眞心，更多的是爲了自己形象做的表面工夫，他還是願意天天接受我僞善的笑容，甚至信賴我。

「……你都聽到我剛才說的話了，也知道我對你做了那麼過分的事，你爲什麼還要播這段話給我聽？爲什麼要跟我說對不起？又爲什麼要跟我說謝謝？你是傻瓜嗎？是白痴嗎？」

他沒有任何反應，任憑我不停飆罵，直到我的嗓音帶上嗚咽。

最後，他輕輕拉住我的衣角，用那雙漆黑的眼眸注視著我。

我們，回家吧。

他明明沒出聲，但對上他眼睛的那一瞬間，我竟覺得彷彿聽見他這麼說了。

從那天起，我和薛有捷依然像往常一樣相處，不同的是我在他面前揭下了假面具。

他出糗時，我不再顧及他的顏面，而是不客氣地嘲笑他；他鬧彆扭時，我不再安撫他，有時還會火上加油故意戲謔他幾句；他惹怒我時，我會板起面孔直接罵他。

但那僅限於只有我們兩人獨處的時刻，只有他見過我藏在乖巧笑容之後的其他面孔；而我也有種感覺，只有我才能辨認藏在他那雙漆黑眼眸裡的眞實情緒。

可惜他不肯再用錄音機跟我溝通，也不肯再讓我聽他的聲音。

或許是因爲我們都願意向對方敞開心胸，兩人的默契愈來愈好，就算他仍舊不說話，我卻比從前更能從他的眼神及細微的表情變化中，猜出他當下的想法和心情。當然也還是會有不得不透過文字進行溝通的時候，畢竟有些事無法僅用寥寥數語明確表達。

某次上電腦課時，他就透過文字告訴了我一個祕密。

他其實是養子，跟家人沒有血緣關係。

在只有我跟他的聊天室裡，他告訴我搬來台北前，那段他騎著腳踏車千里尋親的故事。

他告訴我他是怎麼與親哥哥阿魏重逢的，也告訴我還有一群熱情善良的大哥哥，同樣將他當作弟弟，對他照顧有加。

搬來台北後，他仍偷偷與那群哥哥們保持聯繫，他們會以他過去同學的名義寄信給他；

寒暑假回家鄉探望爺爺奶奶時，他也會抽空與他們相聚。

一談到他的阿魏哥哥，薛有捷就像變了個人，飛快打下一段又一段文字，向我傾訴他與對方的相處如何幸福快樂，字裡行間全是對那個人的思念與仰慕。

得知這傢伙眞正的身世，我著實意外，同時內心五味雜陳。原來自己不是這傢伙唯一依賴的對象，不過他只把這祕密告訴我一個人，讓我既有些吃味，又感到被全然信任的欣慰。然而，無論我怎麼請求，他就是不肯給我看他哥哥的照片。

我們很常在電腦課利用聊天室聊天，既然他跟我說了他的祕密，做爲回報，我也告訴了他我的祕密——關於我和姊姊之間的事。

我和姊姊本來感情很好，但有一天她突然不理我了，也不再對我笑了。

雖然不清楚姊姊爲何有此轉變，我卻隱約能猜到原因或許與爸媽有關。

可能因爲我成績向來很好，爸媽總是將大多數的關注放在我身上，雖然沒對姊姊不好，卻極少對姊姊有什麼貼心溫柔的舉動，連讚美都幾乎不曾有過。

這是我當時唯一想得到的解釋，所以當我被姊姊那樣拒於千里之外，我生她的氣，也生爸媽的氣，畢竟我並沒有做錯什麼，卻得承受這種結果。

「你姊姊這樣對你，你很難過吧。」

看著薛有捷傳過來的這句話，我心情激盪，並爲之鼻酸。

爲了維護我那小小的自尊，我並未特別述說自己的感受，薛有捷卻敏銳地察覺到了。

後來的事薛有捷也知道，我和姊姊之間的關係至今仍未改善。

我升上國三、姊姊升上高二時，她在學校與同學發生嚴重爭執，從此拒絕上學，甚至出現輕微自殘的行徑。爸媽為此相當煩惱，在師長與爸媽的努力開導下，姊姊好不容易願意重返校園，條件卻是讓一位與她同校的三年級學長，每週兩天過來家裡陪她，為期一學期。

那位學長就是奐予哥。

那時我和姊姊已算得上形同陌路，對她的感覺也從原本的憤怒悲傷，轉變成漠不關心。當我聽到她提出這種荒謬的要求，只覺荒唐與不齒。有人說，與姊姊發生爭執的女同學喜歡奐予哥，所以姊姊才想藉此報復對方，但也有另一種可能是姊姊暗戀奐予哥。

不管原因為何，奐予哥根本就不認識姊姊，而好心的他卻答應了這個請託。

每次在家裡見到專程過來陪伴姊姊的奐予哥，我除了深感汗顏，心裡也更唾棄姊姊。

媽媽現在偶爾還會當著我的面，用像是玩笑又像是調侃的口吻，提到薛有捷為什麼還是不肯開口說話？為什麼他家人都不想想辦法？我其實很想回她，起碼薛有捷沒有造成別人的困擾，而我們家卻還默許姊姊用這種自私的手段束縛住奐予哥。

真正丟臉的不是那傢伙他們家，而是我們家。

✦

吃完早餐，我和薛有捷便前往圖書館念書。

埋首書堆一個小時後，我離開座位想休息一下，走到鄰近的某排書架前，無意間瞥見一本綠色封面的書，猛然想起先前蔣深深曾經在學校圖書館借閱過這本書。

我抽出那本書翻了幾頁，隨即將目光轉向還留在座位的薛有捷身上。

一直以來，大家都將我和蔣深深視為課業上的競爭對手，老是拿我們兩個做比較，雖然這讓我覺得有點煩，但我從來沒有想過要和她比拚，也並未因此對她產生敵意。對我來說，她不過是個總是與我結伴出現在全校段考排行榜上的「鄰居」罷了。

而我之所以會開始特別在意起蔣深深，其實是因為薛有捷。

確切的時間我忘了，總之，我發現薛有捷自小學那時起，就對周遭所有人都漠不關心，唯獨蔣深深是例外。

每次蔣深深出現，這傢伙一定會往她看去。

我理所當然認定他喜歡蔣深深，只是每次問他，他卻始終搖頭否認。

不喜歡她，卻一直默默看著她，這是什麼道理？

小學畢業典禮那天，我發現薛有捷的目光又落在蔣深深身上，便忍不住大發脾氣，威脅他要是再不說清楚，我就要跟他絕交，他才勉強屈服。

他找出鉛筆和筆記本，在紙上寫下一行字。

「因為我覺得，蔣深深跟我是一樣的。」

這傢伙寫字的力道向來十分用力，那行字像是被刻在紙上，怎麼擦也不會消失。

「她哪裡跟你一樣？」我滿腹疑惑。

他只用那雙大眼睛定定注視我半晌，搖搖頭，表示他已經「回答」我的問題了。

我急了，「哪有這樣的？你這麼回，不是讓人更好奇了嗎？」

然後不管我怎麼追問，他都不肯再透露更多。

由於學區相同的緣故，蔣深深和我們就讀同一所國中，而他依然特別留意蔣深深。

直到升上國三，眼看日後高中再與蔣深深同校的機率應該不高，我才終於為薛有捷著急了起來。不管他怎麼說，我還是認為他對蔣深深確實抱有特殊的感情。

當老師通知我，我和蔣深深將被指派參加考生交流會時，我忽然萌生一個想法。

「今年的考生交流會，全校前三名的學生都得強制參加。」在學餐吃飯時，我裝作漫不經心地向薛有捷提起，「所以我和蔣深深都會去，麻煩死了，你對這活動有興趣嗎？」

他果斷搖頭，連眉毛都沒挑一下，似乎真的完全沒興趣。

我靠著椅背嘆了口氣，「我問你，你以前告訴我，你之所以會注意蔣深深，是因為你覺得她跟你是一樣的，你現在還是這麼認為嗎？」

他想也沒想，立刻點點頭。

我雙手抱胸，切入正題：「好吧，既然如此，那你會想認識她嗎？」

他拿著餐具的手頓了下，難得發了一會兒懵，彷彿壓根沒想過這件事。

雖然他很快就搖頭，但我當然不信，默默竊笑在心裡，繼續低頭用餐。沒過多久，我手機收到一則新訊息。

薛有捷：你要幹麼？

這傢伙不知何時已停下筷子，握著手機盯著我看。

不愧是老朋友，他猜到我可能在打什麼歪主意。

「沒啊，我哪有要幹麼。」我顧左右而言他，將目光轉向窗外，「哦，蔣深深和邱岳彤剛好經過操場那裡耶。」

他再次傳來訊息，內容卻跟我想像的完全不一樣。

薛有捷：邱岳彤應該會很想參加交流會。

這則訊息含括了兩個意思：第一，他知道那個叫邱岳彤的女生喜歡我，畢竟每次只要我和她對上眼，她都會出現明顯的害羞反應，很難看不出她的心意；第二，我參加交流會的消息一旦傳開，邱岳彤勢必也會想被抽中。

知道我可能在盤算著什麼，薛有捷也用同樣的方式調侃我。

我被他的態度略微激起了勝負欲，隔日在圖書館遇見蔣深深時，我藉由幫她拿書，主動跟她搭話，並加她為臉書好友。

我想測試這傢伙打算繼續裝模作樣到何時？當他發現我和蔣深深逐日親近起來，他會不會感到嫉妒？或者為此對我產生不滿？

沒想到他竟全然無動於衷。

就在我決定放棄試探他的心意時，好巧不巧，這傢伙竟抽中參加交流會的名額，而邱岳彤居然也抽中了。

在交流會上，每次蔣深深開口，我便會偷偷留意那個傢伙。他始終沒什麼反應，甚至連看都沒看她，從頭到尾都低垂著頭，安靜聆聽每個人的發言。

那個時候，我才對自己一直深信不疑的想法產生動搖。

難道真的是我誤會了？他對蔣深深確實沒那種意思？

等到蔣深深答完最後一個問題，我率先為她鼓掌，其他人也紛紛跟進，那傢伙卻出現了不一樣的反應。

他沒有拍手，只是抬起了眼睛，目光不偏不倚地落向蔣深深。

交流會結束後，幾個朋友約我去吃東西，我下意識看向薛有捷，他對我揮了揮手，示意我和朋友一起去，接著便匆匆轉身走開，像是要趕著去哪裡。

我一直心懸那傢伙對蔣深深投去的那一眼，當天晚上便忍不住傳訊息問他交流會結束後去了哪裡。

那傢伙說他是去廁所拉肚子了，對蔣深深最後的發言也沒有任何想法；而他今天吃早餐時，在得知我加蔣深深LINE之後的淡漠反應，也讓我興味索然。

把那本綠色書封的書放回書架，我決定不再多管閒事，全心準備即將到來的會考。

只是我沒想到，那一天，是我和那傢伙最後一次談論蔣深深。

✦

接到薛有捷的噩耗，是在會考前兩個月，星期二清晨五點。

那傢伙從一棟廢棄大樓的頂樓摔下來，頭破血流，當場死亡。

警方研判，他可能是在半夜一、二點左右墜樓的。

那一天我沒有去學校。

薛有捷的家人哭得肝腸寸斷，爸媽也是一邊流淚，一邊安慰他們，而我則是跟著班導與教官站在一旁。

我木然望著醫院冷冰冰的走廊，沒有半點真實感。

薛有捷死了？

那個傢伙，死了？

不可能吧？這是騙人的吧？

過於強烈的震驚，讓我連傷心的情緒都感覺不到。

直到警察向薛有捷的家人問及一個問題，我才稍稍回過神來。

「你們知道蔣深深是誰嗎？」警察接著又說：「薛有捷墜樓的時候，手裡緊握著一張紙，紙上寫著一個名字。」

後來我也看到了那張紙，像是被撕下來後，再被用力揉爛。

但那用藍色油性筆寫上去的三個字，卻還是清楚映入我的眼底。

蔣深深。

用力到像是要將紙劃破的筆跡，確實是出自那傢伙之手，我不會認錯。

當天警方就去到學校，將蔣深深帶回警局接受偵訊。

我也被盤問了好幾次，包括薛有捷死前有沒有發生什麼事？或是有什麼奇怪的舉動？回溯交流會結束後的這一個月，那傢伙的生活作息與言行舉止，都和平時差不多，我完全想不出他哪裡有異樣。

警方問我薛有捷和蔣深深是什麼關係，我便將自己所知道的全盤托出，像是那傢伙一直都特別注意她，但我不能確認他是不是喜歡她。

根據薛有捷的父親所言，出事當天晚上，薛有捷在十一點左右走出房間，問坐在客廳看電視的父親有沒有空白紙張，他想要算數學。接過父親從文件夾裡找出的幾張白紙，他無精打采地回房，一副心事重重的樣子。不料一個小時後，他竟偷偷離家，獨自前往離家幾公里外的一棟廢棄大樓。

透過我和邱岳彤的供詞，能證明他和蔣深深平時確實毫無交集，而警方也未在兩人的手機裡發現通聯紀錄，因此排除蔣深深涉案的可能性。

經過一連串調查，警方只能判定薛有捷疑似因爲考試壓力過大，加上感情因素才會想不開，最後以自殺結案。

消息一傳出，所有人都認定薛有捷暗戀蔣深深。

而我直到目睹警方調查報告裡的某一段描述，才確定這件事是眞的。

天氣好的時候，只要從那棟廢棄大樓的樓頂往東邊望去，便能清楚看見蔣深深位於十樓的住處，而他就是從那個地方跳下去的，他死前一定曾看著蔣深深她家。

那個傢伙，是眞的喜歡蔣深深。

但他就是不願對我坦承。

爲什麼？

「鳴宏、鳴宏。」

不知何時，媽媽端著水果進到我的房裡，一連叫了幾聲，才把望著窗外的我喚回神來。

「鳴宏，媽媽知道現在不該跟你說這些。」她小心翼翼地開口：「但是會考就要到了，我明白有捷的事讓你很難過，不過現在……」

「我知道，我只是稍微休息一下而已。」我打斷她的話，翻開自修。

「好，別太勉強，有什麼想吃的就跟媽媽說。」

說完，媽媽走出房間，我卻注意到姊姊竟站在房門口看著我們，一與我四目相接，她立即轉身回房。

薛有捷死去之後，到他的葬禮結束，至今我都還無法爲他掉下一滴淚。

看著過去和他在LINE上的對話，我仍覺得這也許只是場夢。

儘管我傳再多訊息過去，另一頭都不會回應了。

有關薛有捷自殺的各種傳聞久久沒有停息，甚至有人宣稱曾親眼見到蔣深深和薛有捷有過互動。

我查出那人是四班的一個女生，那天也參加了考生交流會。

也不管會不會過於唐突，我立刻跑去找她求證。

她說那天交流會結束後，她留下來幫輔導老師整理東西，意外瞥見蔣深深和薛有捷站在洗手間附近，兩人像是在交談。

我擰眉，「交談？」

「對。我知道薛有捷從不開口說話，也從不跟除了你以外的人接觸，可是當時他們兩個卻站得很近，而且氣氛還有點怪怪的，所以我忍不住躲在一旁觀察，我隱約能聽見蔣深深在說話，卻聽不清她說了什麼。」

那個女生告訴我，每次蔣深深說完話，薛有捷便低頭在手機上打字，然後再將手機遞給她看，兩人就這樣一來一往『對談』。一開始，蔣深深的態度還很正常，但在某次看過薛有捷的手機後，她的表情就變了。

「她不但瞬間笑容全無，臉色也轉爲鐵青。那是我第一次看到蔣深深露出那樣的表情。」

聽完，我怔愣了下，隨即傳LINE給蔣深深，約她中午在學餐旁的小池塘見面。

時間一到，她準時出現。

我開門見山問：「蔣深深，聽說交流會那天活動結束後，妳和薛有捷見過面，是眞的嗎？」

她神色一斂，然後點頭，「是眞的。」

她的坦然使我瞬間失去了說話的能力，半晌才找回自己的聲音。

「是偶然遇見，還是他特意去找妳？」

「他應該是特意來找我的，我才剛從洗手間出來，就聽見他叫我，感覺是他看見我去了那裡，才過去等我。」

「妳說……他叫妳？」我難以置信，見她再次點頭，我幾乎是反射性地反駁，「不可能！那傢伙不說話的，即使在我面前，他也從來沒有開口說過話！」

「可是他確實開口叫了我的名字。」蔣深深說，「我當時也很驚訝。」

我幾乎無法思考，只能傻傻看著她問：「那他……跟妳說了什麼？聽說妳當時臉色一度變得很難看，他說了什麼話讓妳不高興嗎？」

「他是質疑了我一些事，但我並沒有不高興。」

「質疑？」

「嗯，他認爲我在交流會上提及我阿姨的事，是在說謊。」

我愣住了，「爲什麼？」

「他似乎認爲我是爲了博取同情，才捏造出那樣的故事，但我向他保證我說的都是眞的，而他也接受了。我們眞的沒有吵架，也沒有鬧得不愉快。」

「他只跟妳說了這些？沒別的？」我心中一片茫然，「他有向妳告白嗎？妳有感覺到他喜歡你嗎？」

她一時語塞，目光微微別開，彷彿有點尷尬，「他並沒有那樣對我表示，但我確實從以前就時常感覺到他會看著我，只是我並不清楚那是不是代表他喜歡我。」

我握緊拳頭，咬牙問：「如果妳說的是眞的，那爲什麼妳會跟警方說從來沒跟他接觸過？」

「我只是沒有特別告訴別人而已，但我有坦白告訴警方，我與薛有捷有過這麼僅此一次交集。要是不信，你可以去向警方確認。」

「不對。」我不自覺搖頭，「這太奇怪了，那傢伙明明從小學就那樣注意妳，明明就喜歡妳，卻不是去向妳告白，而是質疑妳說謊，我怎麼想都覺得不合理。而且以那傢伙的個性，他不可能莫名其妙跑去質問別人！」

我猛然抓住她的手，「妳眞的沒有隱瞞什麼嗎？你和那傢伙之間沒發生過其他事？妳是不是對他說了什麼過分的話？妳——」

「陳鳴宏，你別這樣！」邱岳彤突然衝了出來，慌張地擋在我和蔣深深之間。「我知道你現在非常痛苦，也很難過，但深深是無辜的，我相信她絕對與薛有捷的死無關，拜託你不要再懷疑她，也別再怪罪她了！」

被邱岳彤這麼一打岔，我稍稍恢復理智，卻同時感到一陣虛脫，無力地蹲在地上，頭彷彿有千斤重，怎樣也抬不起來。

「陳鳴宏，對不起。」蔣深深的聲音聽不出任何情緒，「薛有捷發生這樣的事，我真的很遺憾。」

她們離開後，我將臉埋入掌心，喘著粗氣，幾乎快呼吸不過來，直到一滴熱熱鹹鹹的淚水流淌進嘴角。

「鳴宏。對，不起。謝謝，你。」

我終於哭了出來。

放學後我沒有回家，騙媽媽說我要去書店買參考書，其實只是在街上漫無目的地閒晃。經過賣氣球的攤位，我又想起了那傢伙。

他生性敏感，不僅怕黑，也懼怕會爆破的東西，就連一顆小小的氣球，都會令他神經緊繃。

小學五年級時，裝飾在教室裡的氣球突然破掉一顆，他嚇得差點跌下椅子。當時我還取笑他膽小如鼠，他立刻皺起一張臉，噘嘴在紙上寫下，他哥哥也說他太過膽小……

想到這裡，我猛然停下腳步，那傢伙的哥哥知道他出事了嗎？

薛有捷說過，他並未讓家人知道他親哥哥的存在，這些年來，他始終瞞著家人與他哥哥保持聯繫。

他墜樓的消息曾登上新聞版面，假如他哥哥有看到，應該無論如何都會過來送他最後一程。然而在他的葬禮上，卻並未見到疑似是他哥哥的年輕男人出現，唯一的可能，就是對方還不知道薛有捷已經出事。

我咬住下唇。

讓他最敬愛的阿魏哥哥得知他的死訊，或許是我能爲那傢伙做的最後一件事了。

✦

摁下薛有捷家的門鈴，來開門的是在台中讀大學，只偶爾在週末回來的薛大姊。

我藉口自己忘了帶鑰匙，家裡沒人，請她讓我在她家待到我爸媽回來，她二話不說就答應了。巧的是，目前她家也只有她一個人在，她說她會在房間打報告，我可以在客廳看電視，也可以隨意拿冰箱的零食吃。

我不禁感嘆自己的幸運。

待薛大姊回房，我讓電視繼續開著，躡手躡腳來到薛有捷的房門前，旋開門把溜了進去。

這是我第二次闖進這裡，房內的物品擺放得井然有序，早已沒電的手機也放在書桌上，不曉得是那傢伙本來就生活習慣良好，還是他父母後來幫他整理的。

奇怪的是，當我觀察起這個房間，某種熟悉的違和感又再次湧上心頭。當下我無暇細思，只顧著拿出事先準備的充電器，迅速幫薛有捷的手機充電，然後開機。

他的手機和我同款，當初還是我們一起辦的，而警方爲了調查，曾解開他手機的密碼鎖，並且並未重新設定，因此我得以順利點開電話簿與LINE的頁面查看。但不管是電話簿還是LINE，裡面的聯絡人除了他的家人、我，以及班級的群組，就再無其他了。

薛有捷經常向我提起他哥哥和其他幾位乾哥哥，那些人的名字我早就倒背如流，然而在這支手機裡卻沒有任何他們存在的痕跡。

怎麼會這樣？

我放下手機，開始翻找他的書桌抽屜。他說過，他一直和他哥哥通信，那麼他應該會把信件藏匿在房間某處，可是我翻遍了房間每一個角落，卻一無所獲。

太奇怪了。

莫非是他父母把那些信收走了？

可是連手機裡都沒半點往來紀錄，未免也太不合理。

儘管內心充滿困惑，但我不敢再逗留，深怕薛有捷的家人會突然回來，或被薛大姊發現我人不在客廳。

薛有捷的父母回來後，邀我留下來吃飯，兩人依舊像過去那樣與我閒話家常，只是言談中幾度流露哀傷之意，看得出他們還在努力適應失去兒子的傷痛。

假如他們透過薛有捷的手機，意外得知他哥哥的存在，是否會因此不高興，進而刪掉他哥哥的聯絡方式與通聯紀錄？

這點我怎麼想都覺得有些牽強，而且他們也不像是會這麼做的人。

「鳴宏，多吃一點。」薛媽媽慈祥地看著我，「就快考試了，希望不要因爲有捷的事，影響你讀書的心情。」

「謝謝阿姨。」我喉嚨一陣乾澀，聽她主動提起那傢伙，便順勢打探，「阿姨，你們搬來台北後，有薛有捷以前的同學打電話給他，或是寫信給他嗎？」

「同學？沒有。」她很快搖頭，苦笑著說：「那孩子搬家前，比現在更孤僻，從來沒有跟同學一起出去玩過，總是抱著錄音機一個人待在房間裡，所以不可能有同學打電話或寫信給他。只有你是他唯一的朋友。」

我愣了愣，「……你們從來沒接到過寄給他的信，或是打給他的電話？」

「當然。如果眞有這樣的人，不管對方是誰，我們都會很高興的，對吧？」薛媽媽先是和薛爸爸相視苦笑，接著好奇問我：「怎麼了嗎？」

「沒、沒有。」

心中的疑惑愈來愈多，我再也按捺不住，決定觸碰薛有捷嚴密藏起的那個祕密。

「話說回來，我發現大姊和二姊都長得像阿姨，薛有捷就不太像，五官也不像叔叔那麼有男子氣概。」我故意拐彎抹角地說。

兩人聽了這番話，竟不約而同笑了出來。

「有捷確實長得和我們不像，他長得比較像他大伯。」薛媽媽吩咐薛二姊把家族相簿拿過來，指著一張照片對我說：「你看，這就是有捷的大伯，兩個人長得一模一樣對吧？」

照片裡是一名身材魁梧的中年男子，手上抱著一個約莫兩歲多的小男孩，兩人都有一雙黑白分明的大眼睛，笑起來的樣子簡直像是同一個模子印出來的。

我一眼就認出那個小男孩是薛有捷。

「驚訝吧？光看長相，是不是覺得他才是有捷的親生爸爸？」薛母話聲隱含悵然，「他很疼有捷，不過在有捷四歲的時候就因為肝癌去世了。」

我宛若遭受雷擊，囁嚅地問：「薛爸爸跟他……是親兄弟？」

「當然，只是我哥長得像我爸，我像我媽。」薛爸爸接話，還翻出他幼時的全家福照片，以證明自己所言不假。

薛大姊忽然看著我問：「鳴宏，你的臉色很難看，還好嗎？」

我只怔怔地搖了搖頭。

彷彿墜入了十里迷霧，我頓時失去了前進的方向，不知道該相信什麼，更不知道自己下一步可以怎麼做。

就在那個時候，蔣深深似乎也碰上了什麼事，過去總是與她形影不離的邱岳彤，突然從她身邊消失，不知道兩人是不是吵架了。

然而當時我沒心思多想，畢竟我自己都被薛有捷的身世真相壓得快喘不過氣來了。

會考前一個月，我在樓梯間偶然遇到邱岳彤。她低垂著頭，迎面朝我撞上。

「陳鳴宏，對不起。」一見到是我，她才恍若夢醒，倉皇地說。

「沒關係。」見她面色蒼白，神情憔悴，黑眼圈也相當濃重，我忍不住問她：「妳沒事吧？」

她搖頭，但沒有看我。

短暫沉默後，我歉然開口：「之前不好意思，我不該那樣懷疑蔣深深，我只是太想弄清楚是怎麼回事，才會情緒失控。如果可以，麻煩妳替我再次向她道歉，謝謝。」

她沒有作聲，我也不打算繼續這場對話，於是繞過她步上階梯，卻聽見她微弱的呢喃聲在背後響起。

「不是這樣的……」

我回頭朝她望去，「妳說什麼？」

她維持同樣的姿勢背對著我，一動也不動。

「她……」她清瘦的身軀晃了晃，「她不是你所想的那個樣子。我們全都被騙了，完完全全被她騙了……」

我聽得糊裡糊塗，「妳說我們被誰騙了？蔣深深嗎？」

她點頭。

「什麼意思？爲什麼這麼說？妳們不是很要好嗎？」

「那是因爲……我所看到的她，都是她刻意裝出來的。」邱岳彤像是用盡了全身的力氣才有辦法說話，「她很可怕，非常非常恐怖……眞正的她，是個表裡不一的雙面人。她根本沒有大家想像中的那樣好，她是個可怕的惡魔，非常可怕的惡魔！」

眼前這個女孩，跟之前爲了捍衛蔣深深，不惜挺身與我辯駁的邱岳彤，簡直判若兩人。

薛有捷的事已經夠讓我混亂焦躁了，再聽到邱岳彤這番莫名其妙的言論，我一點都不想去探究，只覺得更加煩躁。

「妳爲什麼要跟我說這些？」我語調一沉，「是因爲妳喜歡我嗎？是因爲知道我和蔣深深私下有交集，妳嫉妒她，所以才這樣中傷她？」

邱岳彤猛然轉過身，紅著眼睛激動否認：「我不是因爲嫉妒她。陳鳴宏，我說的是眞的，蔣深深她眞的很可怕，她不僅是個騙子，還很冷血無情，你千萬不能相信她。說、說不定薛有捷的死，確實與蔣深深有關。她太會說謊了，誰也不知道她究竟隱瞞了多少事，她和薛有捷之間或許有什麼不可告人的祕密，她這個人才不像表面上看起來那樣溫和無害！」

我牢牢盯著她看，一字一頓地說：「妳的意思是，妳懷疑薛有捷的死與蔣深深有關，甚至還有可能是她親手殺了他？」

邱岳彤沒有遲疑，十分篤定地點頭。

「妳現在指控蔣深深的樣子，給我的感覺不像是妳『懷疑』她害死了薛有捷，比較像是妳『希望』是蔣深深害死那個傢伙的。」

她霎時一愣，顫抖的嘴唇開了又闔，闔了又開，「不是那樣的……」

「如果妳眞的這麼想，當初爲什麼要幫蔣深深說話？妳不是信誓旦旦地向我保證過，薛有捷的死絕對跟她無關？」

「因、因爲那個時候，我還不知道她的眞面目。」她急得像是快哭出來，「陳鳴宏，你想想，要是交流會那天薛有捷並未向蔣深深告白，那麼就不會因爲告白被拒而傷心，既然如此，薛有捷爲什麼還要自殺？如果不是蔣深深說謊，那麼就是她對薛有捷做了其他更過分、更殘酷的事，才會逼得薛有捷走上絕路，不是嗎？」

我走下一階樓梯，與她僅隔一步距離，直直望進她的眼底，「我不想再聽妳這些無憑無據的廢話了。妳究竟憑什麼替那傢伙的死隨便下這種結論？而且還是在我面前說，妳知不知道妳這樣很噁心？」

邱岳彤傻住了，含在眼眶的淚珠溢出，沿著臉頰緩緩滑落。

「為了讓我厭惡蔣深深，妳不惜利用薛有捷的死污衊她，還在我的傷口上灑鹽。這樣的妳，比妳口中所形容的蔣深深還要更惡劣，更讓人作嘔。」

她半張著口，像是想要為自己辯白，卻一句話也沒能說出來。

「我不曉得蔣深深是什麼樣的人，但至少我已經知道妳是什麼樣的人，妳因為嫉妒，竟不惜指控自己的好朋友是殺人犯。妳才是最可怕的惡魔。」說完，我逕自丟下她離開。

此後我再也沒在校園裡見過邱岳彤。

那段日子，我不時回想起薛有捷過去告訴我的種種，卻又不敢繼續回想下去。

會考前十五天，我再次來到薛有捷家。

透過閒聊，我從薛媽媽口中打聽到他們老家的地址，並在週末一大早出門，佯裝去圖書館念書，實際上是搭乘客運，前往薛有捷的故鄉。

我順利找到薛有捷幼時住的透天厝，不過他的爺爺奶奶並不在家。

在那傢伙告訴我的故事裡，他的乾哥哥馬尾和小法，曾經在半夜打破他房間的窗戶，即便他早已不住在那裡，卻仍堅持不讓爺爺奶奶進行修繕，兩位老人家無奈之下也只得答應。

只是我繞了屋子一圈，卻沒發現哪片玻璃窗缺了一角。

繞進附近的巷子裡，有一間還在營業的早餐店，我猜測那可能是薛有捷以前常光顧的早餐店，於是走進去與老闆攀談，老闆不但還記得薛有捷，也知道他不幸離世的事。

我問老闆，那傢伙以前是不是常點豬排漢堡、蘿蔔糕和冰奶茶？

老闆立刻笑了，「對啊，他有段時間固定點那幾樣東西。平時他都是在店裡吃完早餐才去上學，假日也是在店裡吃完早餐才回家。」

「假日也是？他沒有外帶過？」我一愣。

「他從來不外帶。」老闆毫不猶豫地答道，「如果把早餐帶去學校，會被他班上的壞同學惡意加料，帶回家裡也會被他的兩個姊姊偷吃，所以他每次都是在店裡吃完，沒有例外。」

會考前十天，我又去了趟薛有捷家。

「阿姨，你們搬來台北的前一晚，薛有捷有去同學家裡過夜嗎？」

「去同學家過夜？」薛媽媽先是驚愕，隨後失笑，「鳴宏，阿姨不是說過了嗎？那孩子過去根本就沒什麼朋友，怎麼可能會去同學家裡過夜？搬家前一晚，我們全家跟鄰居一起烤肉，有捷還因爲喝了太多汽水，半夜肚子疼呢。」

那是那一年，我最後一次向其他人問起那傢伙。

綜合各方所言，都讓我不得不認知到這個事實——薛有捷一直都在騙我，直到死去之前，他都沒有對我說眞話。

他所謂的祕密，只是他刻意捏造、幻想出來的謊言。

阿魏、小法、馬尾、太修、大發，這些人根本就不存在。

他的身世隱密是假的，他和阿魏哥哥之間的過往也是假的。

那傢伙自始至終都在欺騙我，就像交流會那晚，他明明去見了蔣深深，卻對我否認。

我從來就不曾被他眞正信任過。

他從來就沒有眞的把我當作朋友。

高中畢業典禮那天，蔣深深作爲畢業生代表上台致詞，並獲頒市長獎，而邱岳彤卻無故缺席。

我的會考成績不如預期，與第一志願擦身而過，但還是進入一所還算滿意的高中。至於蔣深深，她不僅以第一名的成績畢業，甚至在會考一舉拿下全國榜首。

「等到逐漸走出阿姨逝去的悲傷，我相信我可能就不再是第一名了。」

「我希望到那時候，你們不會認爲我失敗，而是認爲我成功了。」

她從容領獎的姿態，讓我忽然想起這些話。

照她當時的說法，現在的她依舊失敗，並且離成功更加遙遠了。

當然，如今回想起來，那不過是她的謙遜之詞罷了。

短短兩個月間，發生了那麼多事，但蔣深深竟似絲毫不受影響，薛有捷的死、與邱岳彤的決裂，以及別人對她的各種評價議論，這一切彷彿對她而言從未發生過。

邱岳彤

我非常喜歡一部日本少女漫畫。

女主角才貌兼備，是同儕女生羡慕的典範，是男生心動戀慕的對象，更是深得師長信任的超級模範生。

那種應該只存在於漫畫裡的人，沒想到有一天我會在現實生活中遇到。

初次見到蔣深深，是在國一開學那天，在一群陌生的同學裡，她有著讓人印象深刻的特殊氣質。她長得漂亮，說話的聲音悅耳動聽，個性也很好，對任何人都很友善，段考成績更始終保持全校第一名，原來世上眞有這樣的人存在。

儘管蔣深深不會給人難以親近的感覺，國一那年我卻鮮少與她互動，幾乎不曾主動跟她說過話。不知道爲什麼，我就是無法單純地用「同班同學」的眼光看待她，始終只能將她視爲遙不可及的女神。

到了國二，某個秋日午後，數學老師在台上講課。

我將計算紙壓在課本下，悄悄練習畫漫畫。

窗外忽然傳來一道呼喊，我不自覺循聲望去，瞥見陳鳴宏奔馳在操場上的身影後，我的心跳登時漏了一拍，好一會兒才能收回目光。

正當我打算繼續畫漫畫時，老師冷不防點了我的名字，嚇得我猛然抬頭。

「邱岳彤，現在不是畫畫課。」老師語氣充滿嘲諷，「如果妳能把對畫畫的熱忱分一點在課業上，就不會老是只考二、三十分了。」

當著全班同學面前被這樣狠狠奚落，我的臉瞬間一路熱至耳根。

「邱岳彤，可以借我看一下妳畫的漫畫嗎？」

好不容易捱到下課，有一雙丹鳳眼的短髮女同學突然走過來問我。

第一次面對這種要求，我莫名覺得心慌，本想拒絕，另一個長髮女生卻也跟著表示想看，推辭不過，我只得勉爲其難將畫作遞出去。

「哇，好厲害！」她們立刻逐頁翻看起來，然而兩人的表情卻漸漸起了變化。

「等等，這畫風和劇情……跟某本漫畫也太像了吧？」

「何止像？根本是一模一樣好嗎？」

兩人的討論很快引起其他女同學的注意，紛紛聚集過來。

「邱岳彤，妳根本就是在抄襲吧？」

「不，不是這樣，我只是——」

我急欲解釋，卻被她們打斷，更加嚴厲的抨擊接踵而來，我委屈得快哭出來了。

「妳們在做什麼？」蔣深深輕柔的嗓音響起，「發生什麼事了嗎？」

「深深，妳看這個。」丹鳳眼女孩馬上將我畫的漫畫拿給她看，「這是邱岳彤畫的，妳看過《金魚少女》這部漫畫嗎？最近很紅，動畫也有播。邱岳彤畫的漫畫幾乎跟《金魚少女》完全一樣，甚至連對白都一樣，太誇張了！」

蔣深深接過我畫的漫畫時，我當下連死的心都有了。

翻看完漫畫，蔣深深只淡淡地問：「岳彤，妳是不是有什麼話想說？」

她親切的語氣，竟讓我渾身泛起雞皮疙瘩，一滴眼淚陡然落下。

「我……我確實是照著《金魚少女》畫的，因爲我非常喜歡這部作品，才想藉由模仿來練習人物的畫法，我絕對不是故意抄襲，也沒打算做其他用途，我說的是眞的。」我哽咽地爲自己辯解。

蔣深深露出恍然大悟的笑容，「原來如此，這種練習方法不錯耶，我相信妳會進步很快的。」

「深深，妳怎麼幫她說話？這分明就是抄襲！」一眾女同學滿臉錯愕。

「我不是幫她說話，要在短時間內提升畫技，這確實是很好的方法。」蔣深深語氣溫和，卻十分認眞，「上素描課的時候，我們不也是看著相片或物品作畫嗎？學畫畫本來就是從模仿開始吧？像岳彤這樣以出版漫畫當作範本，不僅能自學畫技，也能看出自己與原作之間的差異。等她漸漸掌握基本的技巧，久而久之，就會擁有自己的風格的。」

她微微一笑，「比起什麼都不參考，只埋頭一味拚命畫，我反倒認爲岳彤這麼做很聰明，也很有效率。」

這番話由萬年學霸的她說出來，格外具有說服力，女同學們也因此一陣語塞。

但仍有人不服：「那也不能連劇情都一樣吧？」

蔣深深偏頭，「岳彤不是已經坦承，她只是照著那部漫畫進行練習，沒打算做其他用途，更沒想要發表嗎？這麼一來，就算她畫得跟那部漫畫完全一樣，連對白都沒改，那也不算抄襲，當然更不算創作，充其量只能算是仿作。而且，明知道那部漫畫那麼紅，誰會傻到完全不改劇情，還到處拿給大家看，讓自己背負抄襲的罪名？這對她根本沒好處不是嗎？應該不是岳彤主動把漫畫拿給妳們看的，對吧？」

聞言，原本還有些悻悻然的幾個女生都不說話了。

蔣深深又低頭翻看起我的畫作，「話說回來，妳們不覺得岳彤很厲害嗎？她單憑記憶就能畫得那麼像，連每句對白都記得清清楚楚，這就表示她很喜愛那部漫畫，那她會拿它來當作練習範本，就一點都不奇怪了。我很不擅長畫畫，所以我真心覺得岳彤非常了不起。」

就像施了魔法般，蔣深深的一席話，輕而易舉改變了原先的風向。

那群女同學看向我的眼神變了，浮上一抹愧色。

「邱岳彤，對不起，我不該這樣誤會妳。」丹鳳眼女孩誠心誠意地向我道歉。

這樣的轉變著實令我難以置信。

上課鐘響，眾人陸續回座，蔣深深臨走之前，還特意輕聲對我說：「岳彤，妳真的畫得很好，加油喔。」

那天放學，有幾個女同學主動走過來跟我說，希望以後還能再看到我畫的漫畫。受寵若驚之餘，我也仍有些餘悸猶存，深切感受到從天堂到地獄，原來只有一線之隔。

如果蔣深深沒有及時挺身而出幫我說話，我必然會被冠上抄襲的臭名，受班上同學唾棄。

經過此事，我和蔣深深的距離卻未因此拉近，反倒與那位丹鳳眼同學變熟了些，時常會一起討論漫畫，但我還是會不時留意蔣深深。

與蔣深深同班快兩年，我才猛然注意到一件事。

在學校時，她身邊總是有許多朋友圍繞，可是一到放學，她每每都獨自離開，不會與別人同行。

我好奇地向丹鳳眼女孩提起，她卻笑我居然遲至現在才發現。

「深深都跟她妹妹一起回家。」

「她有妹妹？」

「嗯，她妹妹讀國小，那間國小就在我們學校附近。我記得她妹妹名叫蜻蜻，蜻蜓的蜻，已經六年級了，深深固定會去接她放學。」

「哇，感情這麼好！」

「是啊，不過，這其實是有原因的。深深的妹妹，曾經在回家途中差點被人綁架，導致她心裡留下嚴重的陰影，害怕跟陌生人接觸，也不敢一個人回家。」

「眞的嗎？」竟然發生過這麼可怕的事。

「深深是這麼說的，而且從那之後，深深家的門禁也變得更嚴了，除非有正事，否則晚上七點前一定要到家，所以她晚上沒辦法跟我們出去玩，連假日也不例外。」她一邊用手指把玩髮尾，一邊繼續說：「深深也不是每天都會去接她妹一起回家，偶爾也會換成她妹的同學陪她妹回家，不過即便如此，深深放學也會直接回家，她已經很習慣這樣了。」

聽完這些，我對蔣深深的欽佩，已經多到無法用言語形容，她不僅聰明、善解人意，還是個疼惜妹妹的好姊姊。

隔天放學，我做完值日生該做的工作後，緩步離開學校。

經過公車亭時，意外瞥見蔣深深獨自坐在長椅上候車，手裡捧著一本書看。

過去我從沒妄想過要與她親近，然而這一刻，我不知道哪來的勇氣，竟主動朝她走去，還沒來得及開口，她就先抬頭看我。

「嗨，岳彤。」她揚起清麗的笑臉，「妳還沒回去呀？」

「對、對啊，今天我值日……」我努力讓自己鎮定些，「那妳呢？妳今天怎麼這麼晚？」

「我剛去了導師室一趟。」

她回答得簡單，沒說她去導師室做什麼。不過既然她現在還在這裡，就表示她今天不必陪她妹妹回家吧？

我不曉得吃錯了什麼藥，竟脫口問出一個風牛馬不相及的問題：「妳喜歡吃麻糬嗎？」

「麻糬？」蔣深深眨眨眼，在我恨不得咬斷自己的舌頭時，她點點頭，「挺喜歡的，怎麼了？」

我馬上從書包裡拿出一粒用透明塑膠袋裝著的白麻糬，以及一小袋花生粉。

「這是手工做的，我幾乎每天都會買來吃，搭配花生粉更美味喔！」我急切地向她大力推薦，「請妳吃。」

蔣深深先是一愣，隨即欣然接過，並咬下一口，「好吃，真的很好吃。」

「趁熱吃味道會更棒，可惜已經涼掉了，口感沒那麼好了。」能獲得她的肯定，讓我非常高興。

蔣深深搖頭，「不會，還是非常好吃，這是我吃過最好吃的麻糬。」

她示意我在她旁邊坐下，我感覺就像中了樂透，內心充滿狂喜。

「上次……謝謝妳幫我說話，我一直沒機會好好向妳道謝。」我終於把一直想對她說的話說出口了。

「那沒什麼啦，妳不用道謝。」

她很快將麻糬吃完，看樣子是真的很喜歡，這讓我更加高興，卻也忐忑了起來。

「那個，我還有一樣東西想給妳。」在她好奇的目光下，我再次從書包取出一個資料夾，裡頭放著一張Q版人物畫像。

那是我第一次看到蔣深深臉上浮現驚歎的神情。

「這是我嗎？」

「對。」我緊張到心臟簡直快跳出胸口，「其、其實妳幫我澄清誤會的那天晚上，我就為妳畫了張畫像，想要作為謝禮，卻又不敢拿給妳，畢竟我畫得還很差。如果妳不喜歡也沒關係，我……」

「我很喜歡。」她凝視著畫像，語氣真摯，「謝謝妳，岳彤。」

「妳不嫌棄就好，這跟妳為我做的比起來，根本不算什麼。」

她噗嗤一笑，「才沒這回事，當時我只是如實說出自己的想法。我沒看過妳們說的那部漫畫，妳可以跟我說一下劇情嗎？」

我興高采烈地為她說明：「喔，女主角是個品學兼優、擅長運動的好學生，但實際上她有些壞心眼，愛慕虛榮，喜歡得到讚美，並且十分輸不起，在家裡跟在學校表現出來的樣子截然不同，只有家人才知道她的真面目。」

聽到這裡，蔣深深嘴角的微笑突然消失了，「然後呢？」

「然後有一天，她的眞面目被同樣是優等生的男主角發現了，而男主角的個性也很腹黑，他利用這一點威脅女主角，不過男主角其實是喜歡女主角的，兩人後來也在一起了。」

「那女主角的眞面目，有被其他人發現嗎？」她問。

「有呀，大家都非常不諒解她。儘管如此，女主角還是在男主角的支持下，決定做回最眞實的自己，最後不僅獲得大家的原諒，就連當初帶頭排擠她的同學，也變成她的知心好友。」我眼睛發亮，「女主角和男主角相互扶持的過程，非常浪漫感人。」

「原來是這樣。」蔣深深目光仍停留在畫像上，「聽起來就很精彩，難怪會這麼受歡迎。」

「如果妳想看，我可以借妳，從第一集到最新集數我都有。」我馬上說。

「謝謝妳。」她沒有正面回答想不想看，只是淺笑言謝。

與蔣深深這樣坐在一起愉快聊天，讓我感覺有如置身夢境，這是過去的我完全想像不出的。

後來她一直沒有開口向我借那套漫畫，但我開始時常請她吃麻糬。

幾次之後，蔣深深再度從我手中接過熱騰騰的麻糬時，莞爾笑道：「謝謝妳每次都特地買給我，妳吃過了嗎？」

「沒有，我只買了妳的份。那間店每次每個人限買一粒，一下子就賣完了，不見得每次都能買到。今天我出門比較晚，居然還幸運買到一粒！」我有種獲得勝利的光榮感。

她很是意外，「那妳爲什麼不留著自己吃，反而要給我？」

我頓了下，不好意思地嘿嘿傻笑，「因爲妳也喜歡這間店的麻糬不是嗎？」

聞言，蔣深深定定地望著我。

我有些心慌，以爲她不高興了，連忙道歉：「對不起，我讓妳感覺到負擔了嗎？」

「不是這樣，我只是沒想到妳會對我這麼好，覺得很感動。」她眼底浮現笑意。

往後在學校，我和蔣深深接觸的機會愈來愈多，感情也愈來愈融洽。

學期結束的前一天，我在放學後去到書店，意外撞見她獨自站在書店門口翻閱陳列在外的雜誌。我喜出望外，想也沒想便出聲喊她，她抬頭看見我時，眼中閃過一絲錯愕。

「深深，妳還沒回去呀？我過來買漫畫，妳也是來買書的嗎？」我熱切地問。

她還來不及回答，一個背著小學生書包的短髮女孩就從書店裡走了出來。

「姊姊？」

我驚訝地看著那個女孩，她就是深深的妹妹蜻蜻嗎？

「抱、抱歉，我不知道妳和妳妹妹在一塊。」我倉皇道，除了擔心深深不高興，也擔心畏懼陌生人的蔣蜻蜻會被我嚇到。

「沒關係。」

儘管深深對我揚起笑容，似乎一點也不介意，但我仍趕緊向她道別，連書店都沒踏進去一步。

隔天去到學校，我一直不敢主動找深深說話，我怕她其實還是有爲了我昨日的莽撞而感到不悅，而她也沒來找我說話。這樣的情況持續了幾天，直到放暑假前一日仍是如此，讓我更確信自己應該是被她討厭了。

放學後，我沮喪萬分地走出學校，有人從背後輕拍了下我的肩膀，回頭看去，竟是深深的妹妹婧婧。

「岳彤姊姊，妳好。」她對我露出羞怯的笑容，微微鞠了個躬，態度十分有禮。

我下意識張望四周，女孩彷彿看穿我的心思，立刻解釋：「我告訴姊姊，今天我會跟同學一起回家，讓她不必來接我。」

望著眼前這個長相可愛的女孩，我怔怔地問：「妳怎麼會知道我的名字？」

「我問姊姊，姊姊告訴我的。」她笑容可掬，「我有話想要跟岳彤姊姊說，所以特地在這裡等妳，可以耽誤妳幾分鐘時間嗎？」

我們一邊繞著附近的公園外圍散步，一邊交談。

「岳彤姊姊，妳和我姊姊很要好嗎？」女孩問得單刀直入。

「……算是挺熟的，我們常會聊天。」我撓撓臉，不敢厚著臉皮宣稱自己是深深的好朋友。

「那妳喜歡我姊姊嗎？」她偏著頭問我。

「喜歡呀，妳姊姊聰明善良，而且還幫過我非常大的忙，我很感謝她。」我由衷道。

「那麼，那張畫像是妳送給姊姊的嗎？」她從我臉上的訝異得出答案，輕輕一笑，「姊姊有給我看過那張畫像，眞的畫得很棒！」

「謝謝妳。」我雙頰微微一熱，「不過，妳今天爲什麼要特意來找我呢？」

「因爲我希望妳能當姊姊最好的朋友。」婧婧認眞道：「我不想姊姊再爲了我犧牲自己，我希望她能有多一點時間跟朋友在一起。我看得出姊姊很喜歡岳彤姊姊，所以我才會來找妳。」

我很意外年紀小小的蜻蜻竟然會這麼想。

「既然岳彤姊姊跟姊姊很熟，那妳有聽她說過，我曾經差點被綁架嗎？」

我頓了下，隨即點頭，「我是有聽說過，但不是妳姊姊告訴我的。聽說妳因爲這件事有心理陰影，無法一個人回家，也不敢跟陌生人說話……」

「嗯，但其實我已經不要緊了，我現在不就自己來找岳彤姊姊嗎？」她笑瞇了眼，「可是姊姊還是會擔心我，爸爸媽媽也要求她必須時時刻刻陪在我身邊，但這樣她就沒有自己的時間了，也不能隨心所欲跟朋友出去玩，她這樣眞的很可憐。」

女孩眼底浮現對姊姊的心疼與不捨。

「雖然姊姊爲人親切和善，但她卻沒有能夠說心事的朋友，而這都是我害的。她先前爲了照顧生病的我，沒去參加好朋友的慶生會，朋友就不理她了，加上後來我又被綁架，姊姊對我更是寸步不離，再也沒跟哪個朋友特別親近。」蜻蜻眼中蓄滿淚水，並牽起我的手，「我第一眼見到岳彤姊姊，就覺得妳是個好人，所以我希望妳能陪伴姊姊。我不想看她孤孤單單，更不想有一天聽到她說，這一切都是我害的。岳彤姊姊，請妳當我姊姊最好的朋友，不要討厭她，一直陪在她的身邊，好嗎？」

聽著她帶點哽咽的話聲，我也跟著紅了眼眶。

怎麼會有如此惹人憐愛、乖巧善良的女孩呢？

「如果深深她……願意的話，」我做了次深呼吸，「我也很希望能成爲妳姊姊最好的朋友。」

蜻蜻破涕爲笑，「眞的嗎？謝謝岳彤姊姊。那我們說好了喔！」

夕陽的餘暉將我和女孩手勾手立誓的影子照得長長的。

後來，蜻蜻在暑假邀請我去她家裡玩。

得知是蜻蜻主動邀請我的，她父母十分意外，也終於相信小女兒是眞的已經走出那段陰影。

蜻蜻到門口迎接我時，深深就站在她身旁，露出一貫的親切笑容，「岳彤，歡迎妳來。」

深深直到當天早上才知道蜻蜻約了我過來，蜻蜻說想給姊姊一個驚喜。我原先認爲這樣不妥，怕深深不喜我私下和蜻蜻聯絡，但那份不安在她對我展露的笑顏中一掃而空。

那場在公園旁的對談是我和蜻蜻兩個人的祕密，蜻蜻只告訴家人她在路上巧遇我，主動向我主動攀談，才有了後續的互動。

蔣家父母很歡迎我，也很喜歡我，要我隨時再來玩。

「姊姊，妳一定要再帶岳彤姊姊來家裡玩喔！」蜻蜻向深深撒嬌。

薛爸爸不禁好奇，「蜻蜻這麼喜歡岳彤姊姊啊？」

「超喜歡的！而且我『只』喜歡岳彤姊姊喔，我覺得只有她最適合當姊姊的好朋友。對我來說，她就是我的第二個姊姊！」她坐在我和深深中間，親密地挽著我們的手，得意地宣布：「現在我有兩個最好的姊姊了！」

「哇，能讓向來只黏著深深不放的蜻蜻說出這樣的話，可見她眞的很喜歡岳彤啊。」

蔣家父母被女兒的甜言蜜語逗得哈哈大笑，我也跟著不好意思地笑了。

就這樣，我果眞成爲深深最親密的朋友，光是暑假期間就去了她家五次，開學後也與她形影不離，去哪裡都一起行動；而升上國中的蜻蜻，有時也會帶著朋友來教室找我們，並送上一些點心糖果。

日漸熟稔後，我自然不再將深深視爲高高在上的女神；深深也不再對我百般客氣，偶爾會故意鬧我、開我玩笑，展現出我過去不曾見過的活潑模樣。

「邱岳彤。」數學老師發下段考考卷，「七十六分。」

聽到這個分數，我簡直難以置信，其他同學也都發出意外的驚呼。

只是當我又驚又喜地上台領取考卷時，老師竟撇了撇嘴角，語帶鄙夷地說：「妳以前數學從來沒及格過，這次居然能考出這個分數，是因爲跟隔壁坐得太近了嗎？」

坐在我隔壁的正好就是深深，老師這番話無疑是在指控我偷看深深的答案。

我難堪得僵立在原地，深深卻舉起手來。

「老師，最近我一直有在教邱岳彤數學，她也一直很認眞做練習題。照您現在的說法，是在暗示她這次成績進步，是靠作弊得來的嗎？」

數學老師被深深問得猝不及防，支支吾吾地辯解：「也不是，老師不是這個意思，我只是覺得奇怪……」

「怎麼會奇怪呢？只要掌握解題的訣竅，好好練習，本來就會進步。老師這樣的說法，不僅容易引起誤會，也會打擊學生的信心。」深深說完，隨後輕輕一笑，「不過，我相信老師您心裡其實是很高興的吧？您只是擔心岳彤會過於驕傲，才故意這麼說的，對不對？」

「對對對，一點也沒錯！」老師用力點頭，對我的態度立刻友善許多，眼中也堆滿笑意，「邱岳彤，妳別曲解老師的意思，老師確實是希望妳能抱持著謙虛的心態，繼續保持下去。妳這次做得很好，老師非常高興。」

深深幫我出氣之餘，也不忘替老師找台階下，完美化解原本尷尬的氣氛。

她處事向來得體周到，這是我覺得她最了不起的地方，我永遠也沒辦法做到像她這樣。

我和深深的交情變得如此要好，曾令不少人覺得不解，更曾引起幾個女生的嫉妒。當然，和優秀的她站在一起，會被外人拿來比較是自然的，有時我難免也會心生自卑，但是和她相處的快樂，讓我可以忽視那些黑暗的情緒。

若不是蜻蜻有意促成，我相信我和深深絕不可能成爲好友，所以我很感謝蜻蜻，更把她當作自己的妹妹疼愛。

我以爲我比誰都了解深深，就像深深也比誰都了解我一樣。

包括生活上的大小事，包括感情。

我對陳鳴宏的愛慕，深深是最清楚的；而陳鳴宏的好友薛有捷，長期以來對深深的默默關注，我也都看在眼底。

所以會考前兩個月，當薛有捷發生那樣的悲劇，當我看到深深像犯人一樣被警察帶走時，我心急如焚。

我想要保護深深，不希望她因爲這件事受到任何傷害。

因此我才會出於擔心，尾隨在她身後，在陳鳴宏質疑她可能對薛有捷做出什麼過分的事時，我旋即跳出來再三向他保證深深絕對不是那樣的人。

即使警方未能證明薛有捷的死與深深有關，但學校裡的謠言卻始終無法止息。看著無辜的深深天天都得面對不懷好意的揣測和批評，我既心痛又悲憤。然而深深的態度卻一如既往的淡定，不曾因爲委屈或悲傷而掉過一滴眼淚。

當時我一直以爲她是在故作堅強。

某日放學，我經過公園時聽見有人叫我，扭頭望去，只見蜻蜻獨自坐在長椅上。她雖然嘴角掛著笑，眼眶卻明顯發紅，像是剛哭過。

「蜻蜻，怎麼了？發生什麼事了嗎？」我連忙走過去在她旁邊坐下，該不會她也因爲薛有捷的事受到波及，被旁人指指點點吧？於是我義憤填膺地說：「是不是有人對妳說了什麼？告訴我是誰，我去找對方算帳！」

她搖搖頭，一滴眼淚也隨之滾落。

「岳彤姊姊，我該怎麼辦？」蜻蜻突然哭了出來。

「發生什麼事了？妳慢慢說。」我趕緊拍拍她的背。

「我……什麼都不知道，就傻傻幫著姊姊傷害爸爸。」她泣不成聲，「如果我早點知道，就絕對不會要姊姊在我生日那天彈那首曲子。」

那天，我才從蜻蜻口中，得知那些關於深深的不爲人知的祕密。

深深一家人以前和奶奶同住，她和奶奶感情很好，每天都一起彈鋼琴，不過深深的奶奶卻始終只彈奏一首名叫〈春世〉的曲子。在深深的奶奶去世後，薛爸爸不但馬上帶著她們搬家，還把奶奶的鋼琴燒了。

「爲什麼要燒掉鋼琴？」我不解。

「那首〈春世〉，是奶奶爲了死去的外遇對象所創作的。」蜻蜻語帶啜泣，「奶奶每天都藉由彈奏那首曲子思念對方，讓爺爺傷心欲絕，一年後，爺爺也跟著走了。爸爸爲此對奶奶十分不諒解。」

聽到這裡，我便能理解薛爸爸爲何會決定燒掉那架鋼琴了。

「而且〈春世〉的曲名，是從奶奶和她情人的名字中各取一個字而來，奶奶甚至還堅持讓姊姊以此爲名。所以奶奶死後，爸爸除了燒掉鋼琴，也立刻幫姊姊改名爲『深深』。」蜻蜻愈說愈激動，「也許是因爲這樣，奶奶才會特別疼愛姊姊。爸爸把鋼琴燒了，也等同於燒掉姊姊和奶奶之間的重要回憶，可能從那時起，姊姊就對爸爸懷恨在心了，加上爸爸堅決不允許她繼續學琴，她只好瞞著爸爸在學校偷偷練琴，但還是被爸爸知道了。」

儘管蜻蜻的說法，與深深當初所言有些出入，但我沒有作聲，只是傻愣愣地聽蜻蜻說下去。

「雖然爸爸痛恨奶奶的殘酷絕情，但他很愛姊姊，得知姊姊長期在學校偷偷練琴，他既心疼又內疚。即使鋼琴會勾起爸爸痛苦的回憶，他仍決定爲姊姊買下一架鋼琴。可是，當爸爸要姊姊彈一首曲子給他聽時，姊姊卻問他，要不要彈〈春世〉？」

我猛地倒抽一口氣，一股寒意從腳底竄上全身。

「那時爸爸和媽媽的表情都變了，氣氛也變得很怪，但爸爸還是笑著同意姊姊彈那首曲子。」蜻蜻的鼻音更重了，「我什麼都不知道，只覺得姊姊彈的那首曲子很讓人懷念，才會拜託姊姊在我的生日會上再彈一遍……」

言及此，蜻蜻已然哭到不能自已。

「媽媽知道是我央求姊姊那麼做之後，她才告訴我這段過往。從那天起，只要姊姊坐在鋼琴前，就只會彈〈春世〉這首曲子，簡直就像是故意在報復爸爸似的，但爸爸從不生氣，始終包容姊姊。每次看到爸爸痛苦難過的神情，我就好難過，這全都是我害的。姊姊不只在報復爸爸，也是在報復媽媽。」

「這是……什麼意思？」我喉嚨發乾。

蜻蜻淚眼汪汪看著我，「姊姊有告訴過妳，我們有一個資優生阿姨嗎？」

深深確實在交流會上提過這件事，我點點頭。

她接著說：「阿姨過世後，媽媽一直深怕和阿姨一樣聰明的姊姊會重蹈覆轍。姊姊只要考試沒拿到滿分，就會瘋狂彈鋼琴，直到精疲力盡或鄰居上門抗議為止。」

我再一次陷入茫然，「可是，那跟報復妳媽媽有什麼關係？妳媽媽有做過什麼嗎？」

「或許是因為當初爸爸燒掉鋼琴的時候，姊姊哭著求媽媽，媽媽卻沒有阻止爸爸，而且當初也是媽媽和爸爸共同決定讓姊姊改名的。有一次姊姊又瘋狂彈琴，媽媽哭著跟她說，就算不拿滿分也沒關係，姊姊卻置之不理，依舊不停彈著〈春世〉，同時折磨爸爸和媽媽。」

我幾乎說不出話，只能駭然地看著蜻蜻那張悲傷的小臉。

蜻蜻哽咽地問：「岳彤姊姊，妳不相信我嗎？」

「不、不是這樣。」我顫抖著聲音答道，「但我實在無法想像深深會做出這種事……」

「姊姊從不會在外人面前表現出這一面。姊姊最眞實的模樣，只有我和爸爸媽媽看過。」蜻蜻緩緩低下頭，「我曾經拜託姊姊，不要再彈那首曲子讓爸爸傷心難過了，她卻打了我一頓。」

「她打妳？」我以爲自己聽錯了。

「嗯，一開始她只是甩我巴掌、用腳踹我，最近一次她還拿衣架抽我。」

聞言，我忍不住失聲道：「蜻蜻，這太誇張了。深深她再怎麼情緒失控，也不可能——」

「我知道岳彤姊姊妳很難相信。」她吸吸鼻子，從書包取出手機，「我碰巧用手機錄下了這段影片。」

我手心淌滿冷汗，幾乎握不住蜻蜻遞過來的手機。

影片裡，蜻蜻發現陳鳴宏加深深爲臉書好友，便不斷問她有沒有打算幫忙撮合我和陳鳴宏，深深先是不答，接著竟伸手往蜻蜻臉上猛地揮落……

接下來的畫面，完全就跟蜻蜻說得一模一樣，深深像是著了魔般，拿衣架猛力抽打蜻蜻。

蜻蜻一邊啜泣，一邊點開另一段影片，「姊姊還會在半夜進我房間偷看我的日記，我一直裝作不知道，也不敢在日記上寫些不該寫的，就怕姊姊會生氣。姊姊怎麼打我罵我都沒關係，但我眞的很自責，都是因爲我，才害爸爸媽媽這麼痛苦。這件事我只能跟岳彤姊姊說了，希望妳能幫幫我。」

看得出來這段影片是蜻蜻躲在被窩裡偷錄的，影片內容也和蜻蜻所言相符。

那晚我徹夜未眠，不斷回想蜻蜻跟我說的一切，眼淚不斷溢出眼眶。

隔天去到學校，深深見我雙目紅腫，臉色極差，便關心地問我是不是發生了什麼事。

我愣愣地望著她許久，才有辦法說出要她和我離開教室一下。

特地選了個地處偏僻的樓梯間，我單刀直入問她：「深深，請妳坦白告訴我，妳是不是也喜歡陳鳴宏？」

她停了幾秒，卻是搖頭，「當然不是。妳爲什麼這麼問？」

「如果不是，那妳爲什麼沒跟我說陳鳴宏加妳臉書？爲什麼當蜻蜻慫恿妳介紹我和陳鳴宏認識時，妳卻打了她一巴掌？她做錯了什麼？只因爲她想撮合我和陳鳴宏？」

深深嘴角僅存的一絲笑意完全消失了。

「我全都知道了。」我握緊拳頭，咬牙切齒，「妳對蜻蜻做的事，還有妳對妳爸媽做的事，我也都知道了。妳明明擁有那麼許多幸福，爸媽深愛著妳，妹妹又這麼爲妳著想，妳怎麼能對他們這麼殘忍？」

深深不置一詞，只漠然地看著我，眼裡沒有任何情緒，像是在看一個陌生人。

「妳明知道妳爸媽內心的痛苦，還故意在他們傷口上灑鹽。難道妳眞的是那麼殘酷的人嗎？蜻蜻是妳唯一的妹妹，妳怎麼忍心那樣打她？」見她始終不作聲，我再也壓抑不住，激動大吼：「蔣深深，妳說話啊！」

「我無話可說。」她冷漠拋下一句，轉身就走。

我呆立在原地片刻，心中的怒火愈燒愈熾，隨後也跟著回到教室。

「所以妳一直在欺騙我！」一踏進教室，我也顧不得別的，劈頭就朝她大罵：「妳一直都在演戲，從來沒把我當朋友過！」

班上同學都被我嚇得看了過來。

跟我交情頗好的丹鳳眼同學率先發話：「邱岳彤，妳幹麼呀？」

我緩緩舉起右手，當著所有人的面，直直指向蔣深深，「這個人是騙子，她一直都戴著假面具。我被她騙了，你們也都被她騙了！」

「邱岳彤，就算妳們吵架了，也不必這樣出口傷人吧？」

我激烈的言詞，引起其他同學不滿。

「對啊，眞的很過分耶。」

每個女同學都站在深深那邊，我反而變成被指責的對象。

「我沒有出口傷人，我說的都是眞的。蔣深深她表裡不一，還會對自己的妹妹動助！」

眾人議論紛紛，一個男生站出來問我：「妳有證據嗎？」

「有，我現在就去把證據帶過來！」

我馬上奔向蜻蜻的教室，問她討要昨天的那段影片，蜻蜻卻搖搖頭，表示自己刪掉影片了。

「爲什麼要刪掉？那是證據啊！有了影片，才能證明深深虐待妳！」我難以置信。

「我不能這麼做，爸爸媽媽那麼疼惜姊姊，絕對不會想讓她被別人指指點點，而且讓姊姊被大家公審，也不是我的本意。」她眼眶含淚，可憐兮兮地說：「對不起，岳彤姊姊，妳就當作我沒有向妳說過這件事吧。」

蜻蜻的反悔，讓我感覺自己的靈魂像是被掏空，只剩下一具空殼。

因爲拿不出證據，我理所當然遭受班上同學的鄙視與撻伐。

有人認爲我是嫉妒深深，才故意爲她扣上這種莫須有的罪名，但更多人爲深深抱不平，在經歷薛有捷的謠言風波之後，我還落井下石污衊她，根本不配當她的好朋友。

我被全班排擠，再也沒有人肯聽我說話，更沒有人願意相信我。看著深受同學信任的深深，更讓我強烈感受到她的可怕。

我本來相信薛有捷的死與她無關，如今卻不禁懷疑眞相或許並不單純。

說不定，她和薛有捷確實曾經有過不愉快。

說不定，薛有捷曾親眼見過深深最眞實的那一面。

隔天，我在校園裡與陳鳴宏巧遇，我忍不住向他揭發蔣深深的眞面目，並表明薛有捷的死很有可能與她有關。他不但不信，還用跟大家一樣的鄙夷目光看我，說我讓他作嘔。

「我不曉得蔣深深是什麼樣的人，但至少我已經知道妳是什麼樣的人，妳因爲嫉妒，竟不惜指控自己的好朋友是殺人犯。妳才是最可怕的惡魔。」

陳鳴宏的這番話，將我打入比地獄還要更深的地方。

嫉妒？我眞的是因爲嫉妒深深她瞞著我偷偷和陳鳴宏接觸，才會如此激動嗎？

失魂落魄回到家，我呆坐在床上，都還在思考這個問題。

不知道過了多久，我的視線無意間掠過書架上的一排漫畫。

當深深在公車亭裡，聽我講述《金魚少女》的劇情時，她的表情似乎出現了微妙的變化，也突然變得異常沉默。

「那女主角的眞面目，有被其他人發現嗎？」

「哈哈……」

想起她當時問的這句話，我不自覺笑出聲來。

難怪她從不曾開口跟我借這部漫畫。

因爲裡面的女主角，根本就和她一模一樣啊。

我開始一直笑，一直笑，笑到淚流滿面，起身將那排漫畫全掃到地上，再一本一本撿起來撕爛，同時一邊痛哭，一邊崩潰尖叫。

像我這樣的人，以及我這種人所說的話，註定不會有人相信，也不會被任何人聽見了。

第二部

她的那幾年

車奐予

下午六點二十三分。

站在捷運車廂的門邊看手機，我的右肩冷不防被人拍了一下，同班的冠鈞和程迪對我揮揮手。

「去哪？」我沒摘下耳機，只將音樂音量調小。

冠鈞意興闌珊，「還能去哪？當然是補習班。你咧？」

程迪意味深長地笑著替我發言：「這個時候他搭這條線，當然是去學妹家吧？」

「對唷，我都忘了。」冠鈞立刻意會過來，「奐予，你們現在怎麼樣了？」

我微微挑眉，「什麼怎麼樣？」

「當然是有沒有發生什麼事？你不是每個禮拜都得去她家陪她？」

「是啊，可是我們沒有怎樣。」

「我才不信，她怎麼可能沒其他企圖？」冠鈞不以爲然。

「眞的沒有。我過去陪她，不是教她功課，就是聊聊天，很清白的。」

儘管冠鈞依舊不信，卻也沒再追問，看我的眼神多了幾分無奈與同情，「你有空去拜拜吧，你今年根本犯小人，要不然怎麼會莫名其妙蹚這種渾水？如果是我，才懶得理她。」

程迪也有同樣的想法，「對啊，我也不明白你怎麼會答應？就算老師和她爸媽拜託你，你也沒必要去管那個學妹的事，我怎麼想都覺得她的動機很不單純。」

我點點頭，由衷道：「坦白說，一開始我也這麼想，可是跟學妹實際相處後，我發現她是眞的需要幫助。如果我坐視不管，讓她出了什麼事，換作是你們，難道不會良心不安嗎？」

兩人不約而同陷入沉思。

「所以那學妹確實不是裝出來的？」程迪又問。

「就我看來應該不是。第一次去她家的時候，她甚至沒辦法踏出房間，也沒辦法跟我說話，現在她已經可以去上學了。我每星期去她家兩次，陪她一個小時，平常在學校再偶爾關心她一下，占用不了太多時間。就當作是做善事嘍。」

「但她爲什麼偏偏找上你？誰會找一個根本不認識的人來家裡陪自己？而且還是異性，未免太奇怪了。」冠鈞也說。

程迪一本正經地把手搭在他的肩上，「你沒聽過『人帥眞好，人醜吃草』這句話嗎？如果我是學妹，也會想找奐予來爲自己心理輔導，要是把奐予換成你，我應該寧可去精神病院報到。」

我一邊聽他們拌嘴，一邊注意捷運到站的時間，列車門一開，我立即向他們道別，大步走出捷運站。

六點四十七分。

繼續前往目的地的途中，手機響了，來電者的名字讓我過了幾秒才接起。

「喂？媽？」

「奐予，你下課了嗎？」另一頭傳來溫柔和藹的女性嗓音。

「對啊。妳最近好嗎？哥好嗎？」

「我們都很好，你呢？」

「嗯，每天都有乖乖念書，過得很充實。」我接著問：「媽有什麼事嗎？」

「噢……沒什麼，只是想到你應該已經在忙著準備考試，擔心你太累，所以想問問你有沒有什麼需要的……」

「我目前沒什麼需要的。」我的語調維持從容不變，「媽也知道我是擅長自我管理的人吧？我不會讓自己累倒的。如果妳真的想幫我什麼，就照顧好身體，只要妳和哥都健康平安，我就沒什麼好掛念的了。」

對方停頓了下，才低低喚了聲：「奐予……」

「媽，抱歉，我跟別人有約，快要遲到了。我們下次再聊，好嗎？」我禮貌地帶著歉意說。

六點五十八分。

站在裝潢典雅氣派的住宅門口，我摁下門鈴，正好是七點整。

以往都是學妹的弟弟來應門，這一天出現在門後的卻是她的母親。

「奐予，你來啦。」她的目光先是定在我臉上，再轉頭瞥了眼掛在玄關的電子鐘，掩嘴一笑。

「怎麼了嗎？」我不解。

「沒事，嗚宏前幾天跟我說，你每次都是在七點整準時按下門鈴，分秒不差，他一直很佩服你是怎麼做到的。」她眼中有著好奇。

「喔，我確實比較特別注意時間，幾乎有點強迫症的程度了，這樣很容易給別人壓力吧？」我有些不好意思。

「怎麼會？這代表你不僅自律，也非常有責任心。連我老公都說，像你這樣優秀的孩子十分少見了，你爸媽把你教得很好，怪不得鳴宏這麼崇拜你。」

七點零三分。

客廳電話響了，學妹的母親接起，隨後扭頭問我吃過晚飯沒？

我搖頭，表示自己下午吃了不少東西，目前還不餓，她將我的話轉述給電話另一頭那人聽。

掛上電話後，她對我說：「奐予，鳴宏他爸今天加班，大概八點回來，他想請你吃飯，可以嗎？」

「當然可以。」我指著二樓的方向，「那麼，我先去看看鳴琪。」

「好，那也請你順便跟她說，到時一塊下來吃飯。」

我莞爾一笑，「我知道了。」

走上二樓，用指節敲了幾下掛著米色布簾的門，我略微提高聲音：「鳴琪，我來嘍。」

門很快被打開，她木著一張臉，側過身安靜地讓我進去。

我放下書包，隨意盤坐在地，一如往常對著坐回書桌前的她問：「今天還好嗎？」

「嗯。」她低聲應答，不再只用點頭回覆。

從她終於願意開口跟我說話的那天起，我就向她要求，今後別再用肢體動作回應我，一定要把話說出來，她同意了，不過只限於在我面前。

「妳媽說，妳爸八點回來，他想請我吃頓飯，到時妳也一起下去。我希望妳能跟我一起吃飯，好嗎？」

她猶豫好一陣才答應，我滿意地笑了笑，隨即好奇問道：「不過都七點多了，妳應該早就餓了吧？妳媽沒先讓妳吃點東西？」

「平常要是我爸加班，而我弟回來了，我們就會先吃飯；但如果我弟和我爸都還沒回來，我媽就不會開飯，也不會先跟我說一聲。」她用雲淡風輕的口氣如此說。

我從書包裡拿出在便利商店買的海鹽麵包遞過去，「那妳先吃點東西，我還不餓。」

「不用了，我也還不餓。」說完，她的肚子適時響起一陣咕嚕聲。

在我含笑的注視下，她才難爲情地接過麵包。

「你爲什麼沒再問我那件事了？」吃了幾口麵包，她小聲囁嚅道。

「什麼事？」

「就是……有沒有再傷害自己？」

我的目光停佇在她臉上，「妳有嗎？」

她搖頭，「沒有了。」

「所以我才沒問，我都已經在妳身邊了，妳也沒理由再那麼做，不是嗎？」

嗚琪眼底閃過一抹赧色。

「不管妳是爲了什麼原因要我過來，我從來沒有半點不情願，也是眞心關心妳。就算下個月就到了當初說好的時間，我不會再來妳家，但有事的話，妳還是可以跟我聯絡，我們也會一直是朋友。」

儘管她沒有接話，我仍然可以從她眼中看出感動與安心。

「另外，我還想告訴妳，透過這段時間的觀察，我可以理解妳多年來的委屈，也明白家人明顯不重視妳這點讓妳很受傷，但妳用傷害自己來表達抗議，其實很不明智。有些事妳不說出來，對方根本就不會知道自己做錯了什麼。」

她神情茫然，嘴巴微微張開。

「妳可以當著他們的面痛快宣洩一次，不要認爲他們本來就應該知道妳在想什麼。妳愈把話悶在心裡，他們愈沒機會了解妳。妳當初會做那些事，甚至執意要我來妳家陪妳，其實都是希望妳爸媽能重新注意到妳，不是嗎？」

「那沒有用。」她垂下頭，死死盯著手中剩下的麵包，「我很了解我爸媽，就算我跟他們說了，他們也只會認爲我是在嫉妒鳴宏。我爸媽非常重視名聲，自尊心也很高，而我不去上課、跟同學打架、故意自殘，還堅持讓學長你來家裡陪我，這些舉動都讓他們顏面盡失。我爸至今沒問過我爲什麼這麼做，連話都不再跟我說一句，他已經不需要我這個會讓他丟臉的女兒了。」

「既然如此，那麼妳也拋棄妳爸爸吧。」

她猛地抬頭，「什麼？」

「既然妳父親不需要妳，妳又有什麼理由不能不要他呢？苦等一份得不到回應的愛，只是在折磨自己。既然如此，不如從現在起也將妳爸爸視爲陌生人，讓他在妳成年之前，盡到身爲父親的義務就好。只要妳不再對他抱有期待，自然也不會再因爲他受到傷害。」

學妹顯然被我的話嚇著了，臉上浮現更多困惑，畢竟這與過去其他人開導她的話大相逕庭，而這也是我第一次「勸導」她。

「如果學長是我，你會這麼做？」

「嗯，我不會在始終得不到回報的事情上繼續浪費時間，無論對方是我的什麼人。」我答得毫不遲疑，「鳴琪，生命很寶貴，不應該浪費在只會不斷傷害妳的人身上。人生無常，也許明天妳就會因爲某個意外而消失在這世上。相信我，如果妳遇上瀕臨死亡的時刻，妳一定會爲這樣的自己感到悔恨不已，我不希望妳非得到了那種時刻，才發現妳最該珍惜在乎的人，其實是妳自己。」

她沉思片刻，敏銳地從我的話裡聽出了些什麼，「學長……曾有過瀕臨死亡的時刻嗎？」

我眼眸微斂，「這個嘛……」

手機此時響了起來。鳴琪的母親從樓下打電話給我，說鳴琪的父親已提前回家，我們可以下樓吃飯了。

我注意到鳴琪仍盯著我看，便問：「怎麼了？」

「照學長的說法，如果我一直不跟你說話，你是不是也早就放棄幫助我了？」

「是啊。我最初聽說，妳是爲了報復同學，才刻意裝病接近我，不過老師和妳爸媽又有另一番說詞，於是我決定和妳接觸一陣，確認妳找上我的眞正原因。幸好妳並不是那麼任性無聊的女生，妳願意對我說出妳心裡的痛苦，那是妳爲妳自己做過最好的一件事，這表示妳還懂得『求救』，所以我覺得認識妳很值得，也很佩服妳的勇敢，這並不是每個人都做得到的。」

嗚琪雙頰微紅，眼眶很快也染上同樣的顏色，「但從旁人眼中看來，我還是沒有半點長進吧。等學長走了，我想我還是會像從前那樣和爸媽相處。」

「那妳就先忍耐，等妳畢業，考上大學，自然就能離開家，跟他們保持距離，展開新的生活，妳只要好好想著這件事就可以了。」我將雙手輕輕搭在她的肩上，「而且，妳不是沒有長進，也不需要改變什麼。在這個家，本來就只有妳一個人是正常的。」

嗚琪怔住了，我不等她反應過來，就先笑著對她伸出手，牽著她一塊下樓。

我在晚上九點半離開學妹的家。

剛好在門口碰上她弟弟嗚宏，他說他參加學校舉辦的考生交流會後，和同學去吃宵夜，所以回來晚了。

從見到這小鬼的第一天起，我就覺得他和一般的國中生不太一樣。

小小年紀的他待人有禮，又會看臉色，十分懂得如何獲取陌生人的好感。

和他相熟後，他偶爾會對我露出孩子氣的一面，但大多數時候，他的言行舉止還是很成熟，懂得看場合說話，也懂得用看似低調謙虛的方式來表現自己的優秀。

因此，即使人人都稱讚他聰明懂事，我也無法由衷欣賞這個小鬼。

與其說他是家教好，倒不如說他長年受父母影響，習慣在別人面前裝模作樣。要是他在每個人面前都是這副樣子，那麼比起他姊姊，我倒覺得這小子的將來比較令人堪憂。

只不過那也跟我無關就是了。

搭上捷運，我才發現媽留了語音留言給我。

「奐予，其實媽今天打電話給你，是有話想跟你說。」

耳機裡清楚傳來她吞嚥口水的聲音。

「高中畢業後……你願不願意來美國跟媽媽還有哥哥一起生活？要是你想待在台灣，媽媽也不會勉強你。媽媽只是想讓你知道，如果你願意，媽媽隨時歡迎你過來，我和你哥都會很高興的。」

停頓一會，她的話聲才接續響起。

「還有，你就要十八歲了，雖然早了幾天，但媽媽還是趁現在先祝福你，當天就不打電話過去打擾你念書了。奐予，祝你生日快樂。」

聽完媽媽的留言，我拔下耳機，背靠著車廂裡的透明隔板。

✦

週一放學後，我繼續留校讀書到晚上八點才離開。

對於媽媽的提議，我還沒有回應，也不知道怎麼回應。

到車站附近的書店街買了幾本參考書，我就要回去，走到捷運入口前，卻見一名中年婦人猝然在我面前倒地不起，看似已失去意識，連呼吸都停止了。

眼看周遭沒人敢輕易上前搭救，我只好叫一旁的情侶幫忙報警，自己上前爲婦人做CPR。直到我滿頭大汗，兩臂已然發痠，體力將要耗盡，婦人卻始終未能恢復呼吸，就在這個時候，有人輕拍了下我的肩。

一名有雙深邃眼睛的高瘦男孩，滿臉焦慮地指了指自己，像是在說他可以代替我繼續爲婦人施行CPR，他身上穿著我再熟悉不過的國中制服。

我快速打量過他，氣喘吁吁問：「你可以嗎？」

他毫不猶豫地點頭，我隨即讓開，讓男孩接替我。

當救護車終於抵達，婦人也恢復了心跳。婦人被抬上救護車時，救護員大力讚揚我們，男孩卻沒有半點喜悅之情，始終憂心忡忡地注視著昏迷的婦人，並站在原地目送救護車離去。

我覺得奇怪，「你認識那個婦人嗎？」

男孩微微喘息，眼神有著些許茫然，輕輕點了點頭。

「難道是你的親人？」

搖頭。

「是鄰居？」

點頭。

我以爲他是因爲驚魂未定才無法言語，便拍拍他的肩，「不管怎樣，你做得很好，還好有你幫忙，不然光靠我一個人，可能撐不到救護車——喂、喂！」

我話還沒說完，他忽然雙腳一軟，幸好我及時扶住他。

這也難怪，意外碰上這種攸關生死的事，連我都還有些餘悸猶存，更何況是年紀顯然比我小上幾歲的他。我建議他在路邊休息，待情緒平復些再走，他卻搖頭拒絕，踩著搖搖晃晃的腳步急著離去。

擔心他的安危，我不斷跟在一旁好言相勸，但他依然堅持己見，最後我才用近乎訓斥的口吻說：「看你嚇成這個樣子，萬一換你出事怎麼辦？」

他焦急地拿出手機，快速輸入一行文字遞給我看。

「那個阿姨是我家附近早餐店的老闆娘，我得回去通知她丈夫。」

他還是不能說話？

他是啞巴嗎？我忍不住盯著他看。

他飛快轉身要離開，我下意識用力揪住他的書包背帶，他的書包被我扯落，書包裡的某樣東西也掉了出來，發出碎裂聲響。

我的心涼了半截。

我和男孩都傻在一旁，瞠視著地上裂開的卡式錄音機。

去了附近幾家影音用品店想要送修，都被店員打了回票，說錄音機受損太嚴重，無法修理，並表示現今鮮少有人使用這種老舊的錄音機，連新的都不容易買到。

坐在便利商店裡，我愧疚地問男孩：「這個東西對你很重要嗎？」

男孩點頭，愣愣看著手中的錄音機，始終不置一詞。

我苦惱地思索著該怎麼賠償他，手機就響了。

「奐予，你還沒回家吧？我和程迪想去KTV，要不要一起去？」冠鈞劈頭就說。

「怎麼突然間要去唱歌？你補習結束了？」我問。

「對啊，想放鬆一下。而且今天是你生日，剛好幫你慶生啊，我們請客，怎麼樣？」

我失笑回：「謝啦，你們的好意我心領了，我現在剛好有事，用不著特地幫我慶生了，你們去唱吧，拜。」

通話結束，卻見男孩的一雙大眼睛正盯著我看。

「怎麼了？」

他再次在手機上輸入一行文字：「今天是你生日？」

「喔，對啊。但運氣不太好，不僅碰上剛才那樣的意外，還弄壞了你的錄音機。」我苦笑著抓抓頭，「眞是禍不單行的生日啊！」

對上男孩點漆般的雙眸，我又說：「我沒怪你的意思，是我自作自受，要不是我硬把你拉住，也不會弄壞你的錄音機。」

他搖搖頭，目光平和。

「我想那個婦人不會有事的，醫院應該也已經通知她的家人了，如果你還是不放心，我可以幫忙打電話通知她家人，你知道她家裡的電話嗎？」我又說。

男孩馬上點頭，直接輸入一串號碼並撥出，接著把手機交給我。

代替他向婦人的家屬說明過情況，我把手機還給他，「是她女兒接的，她丈夫和兒子都在醫院了，婦人也平安無事。」

聞言，他原本還緊抿著的嘴角，隱約揚起安心的笑意，然而那一絲笑意卻在他留意到手機上所顯示的時間後很快消失，他匆匆用手勢示意自己得趕緊回家，隨即起身要走。

「薛有捷！」我連忙叫住他，「我會想辦法修好收音機，後天晚上八點，我們約在這裡碰面，可以嗎？」

他的那雙眼睛像是會說話，眼中寫滿了驚奇與疑惑。

我指向他外套上繡著的姓名和校徽，「我也是這所國中畢業的，是你的學長。那天你方便嗎？」

薛有捷過了好一會兒才點頭。

準時走進那間便利商店，薛有捷已經到了，並替我占了座位。

「對不起，學弟。」一坐下來，我也不迂迴，開門見山對他說：「這兩天我帶著那台錄音機去了很多店家，都說沒法修。我也上網搜尋過，雖然還買得到錄音機，但就是找不到你那款。」

他眼中浮現黯然，默默垂下眼。

「我很願意買其他款錄音機來賠給你，但如果你無論如何都要原本那台，我就眞的無能爲力了，希望你能原諒我。」

他抿起薄薄的唇，拿出手機，低頭輸入文字。

「沒關係。託學長的福，早餐店阿姨才得以獲救。她今天出院，明早我就可以見到她，也可以再吃到她做的早餐了。」

男孩的寬容讓我安下心，我笑了笑：「你當時也非常勇敢啊。」

他搖搖頭，又寫了一長串訊息過來：「勇敢的是你，當時只有你願意去救她。如果不是擔心阿姨會死掉，我應該也會跟其他人一樣，不敢伸出援手。」

男孩一本正經的回覆讓我覺得有點意思，我迎向他的目光，「學弟，冒昧問你一個問題，你是天生就不能說話嗎？」

他微微頓了下，很快就搖頭。

「那麼是？」

薛有捷給我的說法是，他患有嚴重的口吃，很早以前便習慣不說話了。

「所以你一直以來都是用這種方式跟別人溝通？對家人也是？」見他接連點頭，我實在難掩好奇，「這樣不會不方便嗎？」

「習慣了。」

我不由得想起之前也不願說話的鳴琪學妹。

不過薛有捷情況比較特殊，他不說話並非一朝一夕之因，想必從小就因爲口吃而吃盡各種苦頭，才導致他不願再開口。

就在我逕自揣測時，他忽然用十分詫異的表情看著我。

「怎麼了？」

他匆匆打字：「你是定期會去鳴琪姊家的那個學長嗎？」

這下換我驚訝了，「你怎麼知道？」

「我和鳴琪姊的弟弟是同學，就住在他家隔壁，鳴宏曾跟我提過你，而且從你身上的制服可以看出你和鳴琪姊同校，制服胸口也繡著你的名字。」

原來如此，與他初識那次，我在制服外面穿著自己的運動外套，所以他才沒能透過制服認出我。

居然有這麼巧的事？

我笑了出來，「原來你跟鳴宏是鄰居？我怎麼從來沒見過你啊？」

「鳴宏說，你固定星期二、星期四晚上七點去他家，但我通常六點多就回到家了，所以才從來沒碰見過吧。」

男孩飛快輸入完這串文字，也跟著笑出一排牙齒，原本幽黑的瞳仁彷彿倒映出幾顆星光，神情輕鬆愉快，與幾分鐘前的他截然不同。

薛有捷率眞的笑容令我不由自主對他萌生好感，同時也生出更多好奇。

「你說鳴宏有跟你提過我，那你們感情很好嘍？」

他笑著點頭，繼續低頭打字。

「鳴宏只說過一次你的事，但我感覺得出他很欣賞你，平時他不太容易欣賞誰。他說你無條件答應幫助鳴琪姊，讓她願意重返學校。認識你之後，我也終於明白鳴宏爲什麼會那麼敬佩你，你不但人很好，還是個勇敢強大的人！」

勇敢強大。

我靜靜注視著手機螢幕上的這四個字，仔細反芻薛有捷這段話。

「鳴宏常跟你聊起他姊姊嗎？」

他搖頭，像在回憶什麼似的，思索了一會才再度打字。

「很久前就沒有了，他不喜歡談這個，所以我不太會問。鳴琪姊的消息，我差不多都是聽別人說的。」

看到這段話，我心裡有了底，於是不再追問，把話題轉回他身上。

「你跟鳴宏平常也是這樣溝通嗎？我很好奇你們之間是怎麼相處的，如果不介意，可不可以稍微敘述一下？」

大概是沒料到我會提出這樣的要求，短暫猶豫後，薛有捷才又拿起手機打字。

「我在小學四年級搬到鳴宏家隔壁，他很照顧我，也幫助我很多。雖然我不說話，但是相處久了，兩人也培養出默契，有時不用言語也能溝通。我們每天一起上學，一起讀書。他朋友很多，但在學校的時候，下課時要去哪裡，他幾乎都只找我一塊去。」

「爲什麼只找你？」

他聳聳肩，表示不知道。

「那麼除了鳴宏，你在學校還有其他好朋友嗎？」見他搖頭，我又問：「你們認識這麼久，鳴宏都沒鼓勵你多交些朋友？或者邀你跟其他人一起玩之類的？」

這次他又是想了想才回應。

「鳴宏知道我不想說話，我也不想讓他掃興。小學那時，他曾經想讓我融入大家，但我還是沒辦法，後來他就不再勉強我，這不影響我們的交情。就算我們放學本來要一起回家，要是突然有同學約他去其他地方，他如果想去就會去，我自己回家就好，沒什麼大不了的。」

「你沒想過要試著開口說話嗎？」沉思半晌，我問了他最後一個問題，「要是哪天你遭遇危險，或者你重視的人遇到危險，就像之前那位早餐店阿姨的情況一樣，假如她出事的時候，身邊只有你一個人，你卻無法出聲呼救，或打電話報警，那你該怎麼辦？」

他被我給問愣了，雙眼發直，像是從來沒設想過這種情況。

「我是不是說錯什麼話了？」我有些擔心自己是否過於交淺言深。

他搖搖頭，眼神卻微微變了。

我下意識瞄向便利商店牆上的時鐘，已經快九點了，薛有捷的目光也跟著望了過去。

走出便利商店後，我又問了薛有捷一次：「錄音機的事，眞的沒關係？」

他十分肯定地點點頭，甚至對我笑瞇了眼睛。

他的笑容讓我心中一動，我從書包裡拿出一個銀色的MP3放到他手上，他飛快抬頭看我，眼中滿是驚訝。

「雖然手機也可以聽音樂，但我平常還是習慣用這個MP3聽。我從國二就使用它到現在，對它的感情，就和你對你的收音機差不多深厚。我把它送給你，藉此表示我的歉意。」

薛有捷急著要把MP3退回來，我攔住他，「收下吧，這樣我心裡也比較好過。這個MP3雖然舊，但性能很好，也可以錄音，裡面有很多我常聽的西洋老歌，你要是不喜歡可以刪掉，隨你怎麼使用都行。」

他那雙點漆般的眼睛愣愣地望著我，裡頭包含許多難以言述的情緒。

「對了，你可以不要跟鳴宏說我們今天聊了什麼嗎？如果他知道我向你問了他那麼多私事，他或許會不太高興。」我又說。

他想了想，似是覺得有道理，便順從地答應了。

看著薛有捷瘦弱的背影消失在人群中，我才猛然想起，我忘了索要他的聯絡方式。不過其實也沒那個必要，他就住在鳴宏家隔壁，在結束與鳴琪學妹的定期會面前，說不定還有機會見到他。

只是我沒想到那一天居然很快就來了。

幾天後的晚上八點多，結束跟鳴琪的會面，我在前往捷運站的路上偶然瞥見薛有捷的身影，才幾日沒見，他感覺又更瘦了一點。

他獨自站在雜貨店門口挑選商品，我上前拍拍他的肩，他先是訝然，匆匆拔下一邊耳機後笑了，看起來很高興。

他拿著兩包仙女棒去結帳，我打趣問道：「你買仙女棒是自己要玩的？」

薛有捷沒回應，只是靦腆一笑。

他眼睛下方淡淡的黑眼圈引起我的注意，「你最近沒睡好嗎？是不是準備考試太累了？愈是接近會考，作息就要愈規律，別熬夜。」

他點點頭，一隻耳朵仍掛著沒摘下的銀色耳機

「你現在聽的該不會是……」

聞言，他從外套口袋裡拿出一樣東西，果然是我上次送給他的ＭＰ３。

「我本來以爲你不會喜歡。」

他搖搖頭。

我由衷笑了出來，「聽到裡面那些老歌有沒有嚇一跳？你應該都刪掉了吧？」

他再次搖頭。

「你沒刪？」我很意外。

這次他掏出手機打字：「雖然裡面的歌我都沒聽過，但我覺得很好聽，所以一首都沒刪，也還沒放新的歌進去。」

讀完這段話，再對上他澄澈的眼神，不知怎的，我做了件連自己都意想不到的事。

「如果你不急著走，要不要一起喝點東西？我請你。」

後來我們站在天橋上，一邊看著橋下的車水馬龍，一邊喝著手搖杯飲料。

「那些歌裡有你特別喜歡的嗎？」

他操作MP3的樣子已經十分熟練，他選定了一首曲子播放，並把一隻耳機遞給我。聽到一段輕快的節奏，我揚起嘴角。

「看來我們不僅有緣，也挺有默契，連喜歡的歌都一樣。」我眺望遠方的夜幕，「這首〈Too Much Heaven〉，是比吉斯合唱團在一九七九年發行的。我爸以前很喜歡這首歌，不知不覺，我也受到他的影響，聽的都是西洋老歌，去KTV一首流行歌都不會唱，常被同學笑是老頭子。」

我扭頭看他，「你不說話，自然也不會去唱歌吧？」

他搖搖頭，打了幾行字：「我國中曾陪鳴宏去過KTV，他很會唱歌，唱得像專業歌手一樣好聽。」

「你很喜歡鳴宏這個朋友吧？」見他果斷點頭，我坦承不諱道：「但我並不是很喜歡這小子。」

毫無意外，他眼眸裡浮現驚愕。

「他太會裝模作樣，給人一種虛假的感覺，讓人喜歡不起來。」

我本來以爲我如此不客氣地批評陳鳴宏，薛有捷會生氣，但他只是看了我許久，才低頭打字。

「鳴宏在我面前不會那樣，他其實人很好，也很善良。他曾經經歷過一些傷心難過的事。」

我淡淡地說：「每個人都經歷過傷心難過的事。就我觀察，鳴宏本性不壞，甚至還挺單純的，只是在他爸媽的影響下，他漸漸失去了同理心，變得無法體會別人的痛苦，如果沒人提點，他就只會考慮自己的感受，最終成爲一個自私自利的人。」

「那應該怎麼辦？」

薛有捷眼中有著藏不住的憂心。

他對鳴宏眞心誠意的關心，讓我更加欣賞他。

「如果鳴宏還會在你面前表露自己最眞實的樣子，表示你曾經用眞心打動過他。所以答案很簡單，就是繼續用眞心對待鳴宏。長久之後，我相信鳴宏自然而然會受到你的影響，而且，說不定也只有你能改變他了。」

他愣愣地看著天橋底下川流不息的來車，好一段時間都沒有反應，我伸手在他眼前揮了揮，他才回過神來。

「你在想什麼？」

薛有捷茫然地看向我，良久才重新打字。

「想快點長大。」

「爲什麼？」我問。

「因爲只要長大了，我就有更多的能力幫助想幫助的人，守護想守護的人。」停頓一下，他又補上一句，「就像你。」

「像我？怎麼說？我有幫助誰嗎？」

「你幫助早餐店阿姨，幫助鳴琪姊，現在也幫助鳴宏，還有我。我希望有一天，能變得像奐予學長一樣。」

雖然不懂他爲何會說我幫助了鳴宏跟他，但這次換我怔愣了許久。

然後我興起一個念頭。

「你是在感謝我嗎？」

薛有捷點頭。

「那你現在可不可以看著我，親口對我說一聲『謝謝』？」我認眞地看著他，「只要這兩個字就好，我想聽聽你的聲音。」

果不其然，他渾身僵硬，面色緊繃，顯得很不知所措。

「既然你也說了，你有想幫助跟想守護的人，那不就該先讓自己變強嗎？不一定非要等到長大，從現在起你就能這麼做了。」我溫聲鼓勵他，「我知道這個要求很唐突，但還是希望你能試試看。不過，如果你眞的還沒做好心理準備，那就別勉強了。」

他來回做了好幾次深呼吸，咬緊下唇，重新迎上我的目光。

「謝，」他彷彿用盡了全身的力氣，才有辦法說出那個字，話聲低沉乾啞，「謝……」

即便橋下的車流幾乎掩蓋過他的聲音，我還是聽見了。

我笑了，伸手揉了揉他的頭髮。

「做得好！」我毫不吝惜地大力稱讚他，「我就知道你可以。而且你的聲音很好聽，我喜歡你的聲音，你應該多說話的！」

薛有捷臉紅了，儘管一時之間仍未能緩下緊繃的情緒，卻也笑了。

「學弟，方不方便跟你要兩根仙女棒？」

他不明所以，但還是抽了兩根仙女棒給我。我向抽菸的路人借了打火機，點燃仙女棒，將其中一根遞給他。

並肩站在天橋上的我們，一人手持一根仙女棒，而且又是兩個男生，自然引得路過的行人多看了好幾眼。

那些視線讓薛有捷臉又紅了，他朝我投來求助的目光。

我大方地舉高仙女棒，在夜色中畫了幾道光的弧線。

「不必管別人的眼光。你現在是犯了法，或是影響到別人了嗎？如果沒有，那有何不可？」我瞇起眼睛看著仙女棒頂端閃爍的火光，「大概是因爲很久沒這麼高興了，突然很想玩仙女棒，也順便幫你慶祝。」

「你高興，是因爲我跟你說謝謝？」他在手機寫下這行字，一臉不可思議。

「是啊，我也不知道爲什麼會那麼感動，像是親眼見證自己的弟弟長大了一樣。你克服自己的心魔，這很了不起，你該以自己爲榮。該開心時就好好開心，我現在就是想用這種方式慶祝你的勇敢，也不覺得有什麼丟臉的。」我說話的時候直視前方，但我知道薛有捷一直用那雙烏黑的眼眸看著我，看了好久好久。

接著，他也跟我一樣大方舉起仙女棒，朝著天空某個方向，畫了幾個大大的圈圈。

我好奇問：「你這個舉動有什麼特別的用意嗎？」

「用仙女棒畫圈圈，就表示自己很平安。」他如此回應。

「我沒聽過這個說法，誰告訴你的？」

這次他沒回答我，只是靦腆微笑。

走下天橋時，走在我身後的薛有捷，冷不防從背後拉住我書包的背帶。

他把手機舉到我面前，「我們還可以再見面嗎？」

「當然可以，雖然我們都是考生，這個月我也比較忙，但像這樣偶爾抽點時間一起喝個飲料，我想應該沒什麼問題。」

他的臉忽然慢慢紅至耳根，眼神也飄忽不定。

「怎麼了嗎？」我納悶地問。

「我知道這個要求非常奇怪，也很失禮。但我可不可以不稱呼你奐予學長？而是『阿魏哥哥』？」

確實是很莫名其妙的要求，但我沒有馬上追問原因，只是不動聲色地問：「這個稱呼對你有什麼特殊意義嗎？」

他緊抿雙唇，鄭重地點點頭，小小的下巴也繃得緊緊的。

「我可以答應你，但是有個條件，有一天你要親口告訴我理由，可以嗎？」

薛有捷的手指揑緊了書包背帶，最後才像是終於下定決心似的點頭。

「那就說定了，這還挺有趣的，從來沒有人幫我取過綽號呢。」我又一次揉了揉他微亂的頭髮，「考量到你還要準備考試，這陣子你就先專心讀書，等你國中畢業那天再跟我說，怎麼樣？」

他用力點頭，笑了開來，兩個嘴角都翹得高高的。

那是我第一次看見他這麼開心的樣子。

同時我也發現，這是我第一次這麼長時間，沒有三不五時注意著時間。

薛有捷拜託我別告訴鳴宏這件事，我笑著答應，他便愉快地朝我揮揮手，快速跑開。望著他的背影，我才想起自己又忘了跟他要聯絡方式。

然而不知爲何，我跟這男孩之間似乎眞的存在著某種緣分。

即使不知道他的電話，即使不刻意去找他，還是可以再見到他。

轉眼間，我固定前去鳴琪學妹家陪她說話的日子，也到了結束的時候了。

那天她父母請我吃了一頓大餐，除了感謝我，也歡迎我隨時再去他們家裡坐坐。

那晚返家的途中，我在同一間雜貨店，再次看見薛有捷拿著仙女棒去結帳的身影。

他的黑眼圈比上次碰面時更深，人也更消瘦了，但精神看來還不錯。

他像是眞的把我當哥哥看待，很自在地和我相處，偶爾還會在我面前露出孩子氣的憨傻笑容。

說也奇怪，這次我還是沒跟他要電話，而是直接與他約定，他會考結束的那天晚上七點，在便利商店門口碰面，一起慶祝他考完試。

他開心點頭的模樣深深烙印在我的腦海裡，誰知幾天後，我就聽聞了他的噩耗。

薛有捷死了。

我永遠也忘不了，當我看見他的照片和名字出現在網路新聞上，渾身血液在一瞬間凍結的滋味。

接連幾日的新聞報導，配合網路的各種小道消息，各方都推斷他應該是跳樓自殺，可能原因有兩個：有人說他是承受不了即將到來的會考壓力，也有人說他是因爲失戀，被喜歡的女孩拒絕，所以死前手裡才會握著那張寫有對方名字的字條。

而那是我第一次聽聞蔣深深這個女孩的名字。

過了一段時間，我打了通電話給嗚琪。

她不知道我認識薛有捷，我也並未直接向她打探薛有捷的死訊，而是旁敲側擊，先與她閒聊我從網路上看到的一些相關消息，再試著從她口中了解整件事的來龍去脈。

結果我得到的答案，就跟網路上看到的差不多。

雖然當時還曾有過另一個驚人的傳言——蔣深深親手殺了薛有捷，然而薛有捷出事當晚，蔣深深住家樓下的監視器，並未拍到她出門的影像，因此警方排除蔣深深涉案的可能性，以薛有捷自殺結案。

「那嗚宏還好嗎？」我艱澀地問。

嗚琪停頓了好一會才回：「感覺跟平常沒什麼不同。不過最近他從學校回來後，就是關在房裡讀書，只有吃飯、洗澡才會出來，但假日他幾乎都會出門，我不知道他去了哪裡。」

「你爸媽這陣子有特別關心嗚宏吧？」

「有是有，只不過，他們更關心的還是嗚宏的會考，他們只會勸他別一直耽溺於悲傷裡，要好好準備會考。」

「那鳴琪妳呢？」我沉下聲，「死去的那個男孩，是鳴宏多年來最好的朋友，他不可能不痛苦。你爸媽選擇忽略他此刻的心情，就像過去忽視妳的心情一樣。看著這樣的鳴宏，妳有什麼感覺？有沒有想過爲他做些什麼？」

鳴琪久久沒有出聲。

「抱歉，我只是擔心你們才會這麼問，當我沒有說過吧，再見。」

「學長，」她在我切掉通話前一秒開口，聲音聽來有點無助，「如果你是我，你會怎麼做？」

我茫然了好一陣。

「坦白說，我不知道。近來發生的事情有點多……我現在腦袋也是一團亂。」我抓抓頭，苦笑，「但是鳴琪，妳是鳴宏的姊姊，我知道妳其實並不恨他，妳恨的是妳父母。如今鳴宏最信任的朋友已經不在了，面對這樣的他，妳若發現自己還有那麼一點想保護他的欲望，我相信妳遲早會知道怎麼做的。」

結束這段對話，我跟鳴琪有很長一段時間都沒再通電話，僅偶爾透過LINE聯繫。

緊接而來的畢業典禮與指考，如浪潮般將我和男孩的那段回憶愈推愈遠。

只是不管那段日子過去多久，那雙映著笑意的漆黑眼眸，還是會時不時竄入我的腦海，提醒我和他曾有過那段與仙女棒的花火一樣短暫，卻燦爛珍貴的回憶。

以及一個再也無法兌現的約定。

下午五點零七分。

我坐在大學附近的便利商店裡吃著飯糰，五分鐘後，程迪從背後拍了下我的肩膀。

「車奐予，你怎麼先開吃了？晚上不是要跟冠均吃飯？」

「他七點才下課，眞等到那時候我會餓死，所以先買點東西塡塡胃。」

他微微挑眉，「說的也是，那我也先吃一點，其實我也有些餓了。」

不久，他帶著一盒熱騰騰的燒賣和一罐飲料，在我隔壁坐下。

我和程迪考上同一所大學，冠均則在同個城市裡的另一所大學，雖然次數不多，但我們偶爾還是會抽空聚聚。

「你大學畢業後還會在台灣嗎？」程迪問我。

「怎麼突然這麼問？」

「你媽不是一直希望你搬去美國？我原本以爲你高中畢業就會走。」

「我還沒想過這件事。」吃掉最後一口飯糰，此時便利商店裡的廣播放起一首旋律輕快的歌曲，我收拾包裝袋的手頓時停住了。

「喔，是你以前最愛的歌。」程迪一笑，「〈Too Much Heaven〉。」

「嗯。」我低頭喝了口水。

「說到以前，那個學妹還有跟你聯絡嗎？」

我明白他指的是鳴琪學妹，「有啊。」

「眞的？她現在在哪？過得怎麼樣？」

「她在台中讀俄文系，上次跟她聯絡是一個月前，她過得很好，也交了男朋友。」

「哇，不錯嘛！」程迪嘴裡塞滿燒賣，口齒不清，「現在想想，當年如果你沒幫她，不知道她會變怎樣，說不定沒機會過上這種正常生活。俗話說，救人一命，勝造七級浮屠。你會有福報的。」

耳邊依然迴盪著那首〈Too Much Heaven〉，我輕扯嘴角，「那是她靠自己的力量走出來的，我從頭到尾就沒救過誰。」

「眞是，事到如今還這麼謙虛。」程迪似是隱約感覺到我情緒不對，「怎麼了？有什麼事嗎？」

「沒事。」我簡單結束這段對話，廣播裡的那首歌正好播畢。

九點二十分，和程迪、冠鈞吃完飯，一起搭捷運回去的路上，程迪像是忽然想起什麼，對一直在滑手機的冠鈞說：「今天怎麼只有你一個人？之前聚會你不是都會帶女友來跟我們炫耀？」

冠鈞咬牙切齒地說：「別提了，我們分手了，托某個傢伙的福。」

「什麼？難不成又來了。」程迪傻眼。

「沒錯，上次聚餐後，我女友就跟我打聽起奐予，還一直問我們什麼時候要再聚餐？過沒幾天，我就逮到她偷看我的手機，想找出奐予的電話號碼和LINE帳號。」

程迪捧腹大笑，「太扯了，這是第三次了吧？怎麼每次都這樣？」

「還不都是車奐予害的！」

「話不能這麼說，我女友見過奐予好幾次，但也沒打過他的歪主意啊，是你交的那些女友問題比較大吧？拜託你眼睛睜亮點，別再跟那麼膚淺輕浮的女生交往了。以後我們聚會，你也別再帶女生來了啦！」

「對，我下定決心了，絕不會讓我的下一任女友見到奐予。如果不是奐予還單身，哪會惹來這麼多麻煩？」依舊擺錯重點的冠鈞惡狠狠地瞪我一眼，繼續低頭看手機。

程迪跟著轉而問我：「就是啊，你怎麼還不交女朋友？虧你桃花這麼旺。」

「等你幫我介紹啊。」我意興闌珊地回了句。

「你每次都這麼說，但每次介紹女生給你，你都一副興趣缺缺的樣子。」程迪賞了我一記白眼，「你乾脆直接說清楚你喜歡什麼樣的類型，這樣我比較好幫你介紹啦。」

我無奈嘆氣，故意模糊答道：「應該是那種會讓我想知道她在想什麼的女生吧。」

「這是什麼鬼答案？」程迪聽不懂。

「你眞笨，奐予的意思是他喜歡有神祕感的女生啦！」冠鈞用力擠到我身邊，笑嘻嘻地把手機遞到我面前，「既然如此，那你覺得這個女生怎麼樣？有沒有符合你想要的感覺？」

懶懶地抬頭瞥了眼手機螢幕裡的照片，我的目光頓時爲之一停。

「我還想你一直滑手機，到底是在忙什麼大事，結果居然是在看PTT的表特版。」程迪嘲諷他。

「我就愛看正妹不行啊？奐予，這個女生不錯吧？她不但漂亮，看起來也聰明文靜，外型又給人高深莫測的感覺，不就是你的菜嗎？」

「但她還是高中生耶！」程迪插嘴。

「高中生又怎樣？又不是國中生，我說奐予，你覺得——」冠鈞還沒說完，手上的手機就被我一把搶走。

我仔細端詳照片中那個身穿名校高中制服的女生，拍攝地點也是在捷運車廂裡，她獨自站在門邊看書，身姿娉婷，五官精緻美麗。然而方才首先映入我眼簾的，卻是照片底下女孩的名字。

蔣深深。

「眞的中了嗎？」

兩個好友以爲我是爲這女孩的外貌傾倒，立刻興奮地追問，我當然沒有據實以告，只隨便找個理由搪塞過去。

沒想到已經逐漸被世人淡忘的那起事件，會在這種情況下重新掀起討論。

鄉民的神通廣大令人懾服，僅僅一天，就有人查出蔣深深的背景資料，包括她讀哪一班、她爸媽的職業，以及她有一個就讀高一的妹妹、住在哪一區等。

薛有捷墜樓自殺一事也被翻了出來。

隨著鄉民求卦的留言愈來愈多，更多驚人的爆料也接踵而至。

有鄉民表示，蔣深深是他國小和國中同學，是他見過最全能的模範生；但也有人不以爲然地說，蔣深深做作到讓人覺得虛假。

在蔣深深國三時，她最好的朋友因爲嫉妒她，曾跳出來指摘蔣深深是雙面人，但班上同學都不信，據說她那個朋友後來瘋了，沒再去過學校。

而也有不少認識薛有捷的人跳出來討論他的死。

有一派說法是他個性孤僻，從不開口說話，感覺就不像是個精神正常的人，所以當他向暗戀多年的蔣深深告白不成，才會承受不了打擊。但也有另一派說法認爲，知人知面不知心，蔣深深很可能眞的是表裡不一的雙面人，或許她私下確實曾惡意傷害過薛有捷，逼得他走上絕路，所以他墜樓之前才會揣著寫有她名字的字條。

看完各式各樣的爆料與推測，我無法分辨哪些話是眞，哪些話是假。

唯一可以確認的是，我對蔣深深這個女孩的好奇愈來愈深。

凝視著那個女孩的照片許久，我做出一個決定。

✦

穿著黑色冬季外套的高中生，成群結隊從校門口走出來，其中一個笑容亮眼的男孩，在下午五點二十二分左右映入我的眼中。

沐浴在夕陽餘暉之下，他整個人看起來容光煥發，完全感覺不出兩年前那件事，曾在他生命裡留下過一絲一毫的陰霾。

還未上前去找他，他就先發現了站在對街的我，跟旁邊的同學說了幾句後，他腳步輕快地向我跑來。

「奐予哥，好久不見！」他的嗓音裡有著久別重逢的喜悅，現前就讀高三的他，個子比記憶中更高了。

「是啊。」我打趣問：「你又高又帥，應該交女朋友了吧？」

「沒有啦，奐予哥才是，你變得更有男子氣概了。」嗚宏從容笑答，乍看之下與我十分親近，話裡卻還是隱隱帶著客套。

這也難怪，當年陪伴嗚琪學妹的一年之約結束後，我就不曾再與他聯繫。

我們一同去到附近一間小餐館吃晚餐。

「收到奐予哥的LINE時，我嚇了一跳，沒想到你會聯繫我。」

「嗯，抱歉在這時候打擾你。」

「不會啦，能再見到你我也很高興。只是週末我不但要去學校上輔導課，還得去補習班，所以只能跟你約平日晚上碰面。」此時他臉上的笑容和說話的語氣，掌握得比以前還要「完美」。

「你過得好嗎？」

「除了忙了點，一切都很好，畢竟我現在又是考生了嘛。」他抬起頭，「不過，奐予哥怎麼會突然要跟我見面？有什麼事嗎？」

「嗯，除了想看看你最近過得怎樣，最主要是想從你這裡打聽一些事，只是可能會勾起你不好的回憶。」

「什麼事啊？」

「關於你那位墜樓身亡的朋友的事。」我對上他的眼，「薛有捷。」

果不其然，嗚宏的神情在剎那間凝滯，但很快恢復如常。

「為什麼奐予哥會知道他？」

「當年他的事鬧得不小，媒體大幅報導，網路上也眾說紛紜。之前怕影響你的心情，我始終沒問過你，只透過你姊稍微探聽到一些。」我停頓一下，「事實上，薛有捷本人曾經跟我提起過你。」

「他本人？」嗚宏呆住，「你是說，你見過薛有捷？」

「對，在他死前一個月。」我將與薛有捷相識的經過，以及後來與他的幾次交集，全都告訴了嗚宏。

嗚宏怔愣片刻，露出一個不像是笑容的笑容，「他沒跟我說過這些。」

「我知道，是我叫他別告訴你的，他只是遵守承諾罷了。」

他訝然的目光停在我臉上，照理說，他應該會立刻問我為何要這麼做，但他沒有，只深吸了一口氣，用平板的語調問：「那麼，奐予哥想跟我打聽什麼？」

「在他死前的一個月裡，是不是發生了什麼事？」

他回答得很迅速，「我不知道，他的行為舉止跟平常沒兩樣，突然間就跳樓自殺了。」

「就這樣？事前沒有半點跡象？」

「完全沒有，至少我沒有察覺到任何異狀。可是他爸說，他自殺那晚看起來十分鬱鬱寡歡，半夜偷偷溜出家裡，去往離家好幾公里遠的大樓跳樓。」

他語氣淡漠，彷彿講述的是一個跟他毫無關係的陌生人。

「那麼蔣深深呢？」我再拋出另一個問題，「聽說他死去時，手心握著的紙條寫著這個名字。」

「嗯，他從國小四年級就暗戀蔣深深，卻不肯承認，最後還刻意選在可以清楚看見蔣深深住處的大樓樓頂自殺。」

我思忖片刻，「你跟蔣深深熟嗎？她是什麼樣的人？」

「不算熟，我只跟她講過幾句話。不過，她算是我見過最聰明的女生，個性也很成熟穩重。國中畢業後，我就再也沒見過她了。」

「所以你不認為你好友的死跟蔣深深有直接關係？」我問。

鳴宏眨眨眼，放下手上的筷子。

「你的意思是蔣深深害死了他？不，我不認為有這個可能，蔣深深只是倒楣，被他連累了。」他甚至隱隱勾起嘴角，「那個傢伙精神不太正常，說謊成性，可能還有嚴重的妄想症。奐予哥，你不需要太相信他說的話，你應該也是被他騙了。」

「什麼意思？」

鳴宏接著告訴我，薛有捷曾跟他提起自己的身世隱祕，以及那個喚作「阿魏」的親哥哥。在薛有捷死後，他特地跑去對方老家一趟，卻發現那些都是謊言。

我不由得一愣。

「但我可不可以不稱呼你奐予學長？而是『阿魏哥哥』？」

「如果不是親眼目睹他和他大伯的合照，並聽到早餐店老闆和他媽媽的說詞，恐怕我會被他矇騙一輩子。」鳴宏喝了口水，將玻璃杯放在桌上的聲音，不知為何聽來有些刺耳。

「他不是我的好友，那傢伙也沒把我當朋友，只是拿我當笨蛋耍罷了。你覺得，一個直到死前都還不肯對我說實話的人，眞的有把我當朋友嗎？」

我無言以對。

「得知眞相前，我也懷疑過蔣深深就是害他走上絕路的兇手，她的好友也叫我別太相信蔣深深，還說薛有捷很可能是被她害死的，蔣深深其實很冷血殘酷。可是，我怎樣都無法再相信那些人說的話了。」

「蔣深深的好友爲什麼會那麼說？你有問她嗎？」我想起在PTT上看到的那些言論。

「沒有，也沒必要問。那個女生當時喜歡我，大概是因爲她發現蔣深深跟我私下偶有聯繫，心生妒忌。在那之前，她可是拚了命地坦護蔣深深，說蔣深深是無辜的，事隔不久卻又換了另一番說詞。」鳴宏似笑非笑地瞥向窗外，「現在想想，我跟蔣深深才是一樣的，都被最信任的朋友捅了一刀。所以我怎麼也想不通，薛有捷那傢伙，究竟爲什麼會有那種想法？」

「什麼想法？」我不解。

「我小學時問過他，如果他不是喜歡蔣深深，又爲什麼要一直默默注意她？他給我的答覆是，他認爲蔣深深跟他是一樣的。會考前幾個月，我又問了他一次，他依然如此認定，然後就不肯再透露更多了。」

薛有捷認爲自己跟蔣深深是一樣的。

這句話讓我反芻再三。

「奐予哥，你眞的別想太多，問題出在那個傢伙身上。當我重新回想他跟我說過的那些事，才驚覺存在很多疑點。過去他根本就沒有朋友，卻說自己為了去找阿魏哥哥，騙家人說要去朋友家過夜，他媽媽怎麼可能會相信？這實在很不合理。從前的我太單純，才會信以為眞。」

聽到這番像是在勸慰我的話，我的目光才重新回到眼前的男孩身上。

「所以，你相信他是自殺？」

他微愣，而後輕輕一笑，「奐予哥，我說了，是那傢伙自己的問題——」

「嗚宏。」我認眞地望著他，「先別去想他過去是怎麼欺騙你，你能不能發自內心地告訴我，你是眞的相信，他是迫於課業壓力，或者是為了蔣深深而自殺？」

嗚宏嘴角的笑容頓時凝結，半晌才避開我的視線，啞著聲音回答：「……他爸都說他那天怪怪的了，就算我不信，又有什麼意義？那只代表他又對我隱瞞了什麼，不是嗎？」

「所以你就這麼一直逃避你心中的疑惑，因為他傷害了你、欺騙了你，你就選擇不去看也不去管，只想著一切全是對方的錯，這樣你就不會那麼難受，對吧？」

我尖銳的問話，讓他眼眸裡浮上前所未見的慍色，「奐予哥，你根本什麼都不懂。」

「我懂，當年你就是這樣對你姊的。」我淡淡地說：「你很聰明，我相信你其實知道嗚琪那時候為什麼會變成那樣，但你只顧著責怪她莫名其妙冷落你，卻沒有在察覺到她的痛苦之後，主動為她做些什麼，反而藉由貶低她、藐視她，來掩飾你受到的傷。就像你現在不斷強調薛有捷的人格或精神有問題，認定他說謊、可能有妄想症，藉此掩蓋他對你造成的傷痛，不是嗎？」

他的面色剎時變得鐵青，緊緊咬住下唇。

「我不是不能理解你的心情，站在你的立場，你當然會覺得自己很無辜。但我希望你除了自己，也能想想別人的心情，並且在你的能力範圍內，試著爲對方做些什麼。在我看來，鳴琪跟薛有捷，你都一樣在乎，他們都是你很重要的人。

「你覺得薛有捷虧待你，但你就沒有利用過他的時候？你們長年相伴，面對與你截然不同，甚至充滿缺陷的他，你難道就沒有藉由協助他，讓自己從別人口中獲取美名？你是不是在有需要的時候才會想到他？跟其他同學在一起時，就自然而然忽略掉他呢？」

鳴宏眼中閃過慌亂，張口欲言，我抬手制止他，示意我的話還沒說完。

「我知道我這麼說有幾分牽強，也不是在責怪你，我只是想讓你知道，我和薛有捷聊起過你，我坦白告訴他，我並不喜歡你，因爲當時在我眼中，你是個沒有同理心、自私自利的小毛頭。但他卻跟我說其實你很善良，他知道你很爲鳴琪的事難過，他眞心爲你著想，希望你能好。」

鳴宏神情複雜，看著我的眼神既震驚，又充滿難以置信的憤慨。

「抱歉，難得見面，我卻盡說些讓你不愉快的事。你生我的氣，今天過後不想再見我，也是理所當然的，但我希望你能好心幫我最後一個忙，告訴我蔣深深那位好朋友的名字，以及她目前的下落。」

或許是我話裡的懇切稍稍打動了他，也或許是其他原因，鳴宏激動的心緒逐漸平息。

「她叫邱岳彤，山岳的岳，紅彤彤的彤，但我不知道她現在在哪。」他沉聲說，「莫非你要去找她？」

「對，我很好奇當初她對蔣深深的看法爲何會有如此天翻地覆的轉變，總覺得原因沒那麼單純，所以想當面問問她，然後再決定下一步該怎麼走。」

「下一步？你究竟打算做什麼？」他圓睜著眼，連聲追問，「難道，你眞的懷疑有捷是蔣深深害死的？」

「我只是想盡我所能，找出最接近眞相的答案。」我說，「他出事前幾天，我曾經巧遇過他，當時他還好好的。我們有過一個重要的約定，也約好在會考結束那天晚上見面。除此之外，他還說想要快點長大，這樣就有能力守護他想守護的人，這樣的他，會在幾天後跳樓自殺？這實在太不合理，至少沒辦法說服我。」

嗚宏一臉木然。

「我想要弄清楚這件事，你不必覺得有負擔。有了那個女孩的名字，接下來我會想辦法找到她。」我從座位站起來，「嗚宏，今天謝謝你，也很對不起。這頓飯由我請，今後你好好保重，替我向你爸媽問好，再見。」

「等等！」他叫住我，眼底情緒難辨，「我……不明白，如果你只見過他三次面，爲什麼要爲他做到這種程度？又爲什麼事到如今才突然要這麼做？」

我在短暫沉默之後坦承：「我也說不出理由，只是直到現在，我還是偶爾會想起他，在我的印象中，他比誰都還要善良單純。恰巧我最近在網路上看見蔣深深的消息，一直覺得哪裡有問題，所以就下了這個決定。在我釐清眞相的過程中，或許就能慢慢放下對他的遺憾。嗚宏你呢？在揭露那些謊言前，薛有捷在你眼裡是什麼樣的人？連僅見過他三次的我，都這樣掛念著他，更何況是和他一起長大的你？我相信你也一樣，他一直都還在你內心最重要的位置，對吧？」

鳴宏沒有回答。他閉起眼睛，眼皮和緊抿的嘴角都微微顫抖。

我拍拍他的肩，走出店裡。

約莫兩分鐘後，我站在路邊等著過馬路，鳴宏從身後高聲喊我。

他重新站定在我面前時，眼神已然與方才不同。

「我來找邱岳彤吧，在同學圈裡打聽一下，應該能更快找到。」他呼吸略微急促。

儘管沒表現出來，但我心中著實有些意外，「你現在應該要忙著準備考試吧？」

他搖頭，「沒問題，只是找個人，不會占用太多時間。」

見他態度堅決，於是我同意了，「嗯，那就麻煩你……」

「但我有一個條件。」他打斷我，「假如，我找到邱岳彤，並且問出她當年對蔣深深態度驟轉的原因，奐予哥你就要告訴我，你的『下一步』，究竟是什麼？」

我看著他好一會兒，揚起唇角。

「好，一言為定。」

陳鳴宏

「會考完一起去個地方？」

「好啊，去哪裡？」

「到時候再告訴你。」

我睜開眼睛，從夢境中陡然醒來。

那段在夢境中重現的對話，發生在薛有捷死去的前兩天，我和他一起去圖書館念書時，他寫在紙上問我的。

當時我沒有想太多，很自然而然地隨口答應了。

奐予哥說，他跟薛有捷有過一個重要的約定，那麼這也算是那傢伙跟我的約定嗎？他想找我去什麼地方？

發呆半晌，我拿起放在床邊的手機，有很多新訊息，主要來自國中同學的LINE群組。昨晚一結束與奐予哥的會面，我立即在群組裡詢問有沒有人知道邱岳彤的下落？然而除了少數幾個同學，大部分的人都不記得她是誰了。

我並不意外，邱岳彤當年跟我們不同班，也沒蔣深深那樣出名，許多人甚至不知道她的名字，只知道她曾經是蔣深深的好友。

並未選擇在臉書上發文打聽，是因爲我和蔣深深儘管兩年多沒聯絡，但還是臉友，我不想讓蔣深深知道我在找邱岳彤。蔣深深很少在臉書上發文，不過，她的高中同學時常會在照片裡標註她，因此偶爾能看到她的近照。

我曾試圖找出邱岳彤的臉書，卻遍尋不著，可能早關閉了。

過了一個晚上，國中同學群組裡針對邱岳彤的發言，倒是變得熱絡起來，也許是過往塵封的記憶被喚醒了吧。

有同學聽說，邱岳彤當年跟蔣深深鬧翻，人就瘋了；也有同學聽說，邱岳彤被送進精神病院，甚至還謠傳她已經自殺，傳聞一個比一個荒誕驚悚。

最後有個女同學表示，她有個朋友國中跟邱岳彤同班，她可以請朋友打聽。

那天上完輔導課，女同學便將邱岳彤的住址私訊給我。

我沒有馬上去找人，也沒有聯絡奐予哥，而是先回家。畢竟我還記得當年最後一次見到邱岳彤時，我對她說了一些過分的話，我需要一點心理準備才能去見她。

晚餐時，媽忽然提到，下週兩個阿姨都要帶全家人前來台北喝喜酒，結束後還會來我們家坐坐，要我那天協助招待客人。

阿姨們都喜歡拿我來數落表弟表妹，要他們多跟我學學，這讓我和原本就不甚親近的表弟妹，關係更加尷尬，偏偏媽就是喜歡聽阿姨們說這些。

在得知阿姨們預定到訪的日期後，我的心情立即撥雲見日。

「不行，那天我要參加同學會。」

「什麼同學會？」

「小學同學會，之前我有跟你們說過。」我瞥了爸一眼。

他挾起一筷青菜，配合地點點頭，「鳴宏好像是有這麼說過。」

「怎麼那麼巧？哪有在這時候辦同學會的？不能不去嗎？」媽臉色沉了下來。

「都答應要去了。」我隨後又補一句，「而且我想去，我期待同學會很久了。」

媽悻悻然地閉上嘴，沒再多說。

用完晚餐我就要回房，經過姊的房間時，我不自覺停下腳步，望著那扇緊閉的門。

「當年你就是這樣對你姊的。」

躺上床的瞬間，深深下沉的感覺包圍著我，我有些分不清這是因爲床鋪軟綿綿的，還是我的思緒太過沉重。

我想起一件事。

那年發現薛有捷一直以來都在欺騙我後，我因爲絕望和憤怒而無法入睡，半夜打算偷溜出去街上走走。蹲在玄關綁完鞋帶，穿著睡衣的姊，不知何時竟出現在我身後的樓梯口，手中拿著杯子，像是剛下樓要倒水。我們在黑暗中沉默互望片刻，最後我仍起身開門而出。隔天，爸媽完全沒發現我深夜外出，姊沒有向他們打小報告。

昨晚奐予哥的直言不諱給了我不小的衝擊。

原來他不僅早就看穿我，也一針見血戳破我最不願面對與承認的心事，包括連我自己都沒意識到的那些幽暗心思。

與他分開後回到家，我一夜未闔眼，直到天亮才昏昏入睡。

掩藏在心底的傷痛，再次被赤裸裸攤開，逼得我無處可逃。

事到如今，比起追究薛有捷爲何欺騙我多年，我更想知道奐予哥打算做什麼？所以才和他進行條件交換。但其實我有預感，奐予哥決定做的事，必定與蔣深深有關。

前方的高中離邱岳彤家頗有段距離，坐車要一個多小時。

邱岳彤家裡經營一間水果行，週日補習班下課後，我親自走了一趟，店內只有她父母，邱岳彤並不在家。

我向她父母表示自己是她的國中同學，很久沒見到她，想知道她的近況。邱岳彤的父母坦言，她國中畢業後，身心狀況不是很好，接受心理治療一年才重返校園，目前在某一所高中就讀高二。

得知邱岳彤的近況並沒有傳言說得那麼嚴重，我總算稍微安下心。幾經考慮，我決定直接前去那所高中找她。

週一下午，我最後兩堂課找了藉口請假，來到邱岳彤學校的校門口等她。

放學時間過去十分鐘，我終於在人群中瞥見某個踽踽獨行的嬌小身影。

她瘦了很多，也不若記憶中那般有朝氣。

我深吸一口氣，邁開步伐朝她走去。

「邱岳彤。」

聽到我的聲音，原本低垂著頭的她，猛地抬頭，震驚得連話都說不出來。

我約她去附近一間咖啡店，坐在對面的邱岳彤始終沒有正眼看我，視線一直落在窗外。

她面色緊繃，卻不像是緊張，比較像是警戒防備，我不由得再次想起我和她最後一次見面的情景。

「邱岳彤，對不起。」

我突如其來的道歉，令她微微一愣，目光轉了過來。

「我曾經對妳說過非常過分的話。」我盡可能表現出誠懇，「妳可以不原諒我，但至少，讓我對妳說聲抱歉。」

邱岳彤很快又挪開目光，斜陽照亮她漠然的側臉，以及微微抽動的眼角。

「是眞的嗎？」

「什麼？」

「我是指，我不知道該不該相信你的道歉。」邱岳彤話音冷冽，「坦白說，我很難再輕易相信你們這樣的人所表現出來的一切。」

我啞口無言。她之所以會有這種想法，無疑是蔣深深造成的，而我同樣難辭其咎，我也是把她推向深淵的其中一人。

看著用冷漠疏離來武裝自己的邱岳彤，我突覺喉嚨一陣乾澀，彷彿看見了自己。

那個再也不敢輕易信任誰的自己。

「邱岳彤，妳曾跟我說，蔣深深騙了妳，對吧？」我刻意放慢語速，「其實，我也一樣。先前我會用那種惡劣的態度對妳，是因爲當時我發現，自己也可能被最親密的朋友欺騙，就是那個跳樓自殺的薛有捷，妳記得吧？」

邱岳彤有些詫異地對上我的視線。

「在他死後，我才發現他始終都在騙我，騙了我整整五年，讓我受到很大的打擊，心中充滿憤怒，才會一時失控對妳說出那些話。後來我也變得跟妳一樣，很久不敢再去輕易相信誰。」

儘管邱岳彤仍一臉木然，但她眉間隱約蹙起，還是洩露了她的動搖，她心裡應該正掙扎著究竟該不該相信我？

「妳不相信我沒關係，這次我特地來找妳，除了想跟妳道歉，也想聽妳說完當年妳沒能對我說完的那些話。」我定定地看著她，「當年妳跟蔣深深之間，到底發生了什麼事？妳爲什麼說她是雙面人？甚至說她可能害死薛有捷？妳有什麼根據嗎？」

邱岳彤的眉頭擰得更深，「……爲什麼你現在想知道這些？」

「這幾年來，我一直都在逃避。明知道薛有捷的死疑點重重，我卻因爲他欺騙我，被憤怒蒙蔽雙眼，不肯去正視，直到最近才有人點醒了我。」

「你相信我說的話？不再認爲我是因爲嫉妒，才污衊她？」她語氣明顯起了波動。

「我相信。」我一字一頓地說，「這一次，不管妳說什麼，我都會相信。」

邱岳彤緊抿雙唇，眼眶很快紅了一圈，但她沒有哭，只是閉上眼睛來回深呼吸，竭力穩住激盪的情緒。

接下來的一個小時，我從她口中得知，蔣深深和她奶奶、父母之間的那些事，包括蔣深深是如何對待她妹妹蔣蜻蜻的。

「這是眞的嗎？」我非常錯愕，怎麼也想不到蔣深深會對她妹妹動粗。

邱岳彤點頭，「千眞萬確，我親眼看過那段影片。只是隔天蜻蜻就把影片刪了，她說她並不想讓深深被眾人責怪，也害怕事情一旦傳出去，將面臨更殘酷的對待。」

我遲緩地眨了眨眼，一句話也說不出來。

「雖然我無法證明深深是否害死了薛有捷，但這是我第一次打從心底這麼懼怕一個人。一邊戴著完美面具矇騙別人，一邊長期虐待自己的家人，這種人還有什麼事情做不出來？」邱岳彤愈越說激動。

我腦中一片混亂，吶吶問道：「妳還有跟蔣蜻蜻聯絡嗎？」

「有，不過很少。蜻蜻偶爾會主動關心我過得如何，我也都會問她，深深是否還有再對她暴力相向？她都說沒有，只要不講錯話就沒事了。我猜，蜻蜻是怕我擔心，才不敢跟我說實話。」一直忍住不哭的邱岳彤，這一刻終於掉下一滴淚，而她很快伸手抹去。

我默默遞過去一張面紙，待她平復下來，才又問：「這件事蔣蜻蜻只告訴妳一個人嗎？」

她想了一下，「應該是，她說她不知道能還跟誰說。」

「難道她沒有跟親密的朋友傾吐過？」

「當年跟蜻蜻最要好的兩個女生，每次看見深深，臉上都會露出毫不遮掩的崇拜和仰慕。要是她們知情，怎麼可能還會如此看待深深？」

我盯著桌上的咖啡陷入沉思，「我明白了。抱歉耽誤妳的時間，謝謝妳願意見我，並告訴我這些。」

「你真的相信我？」她面露狐疑。

「我相信啊，不過如果能得到更多人的證詞就好了，畢竟沒有了那段影片，就等於沒有證據。」我微微一笑，話鋒一轉，「雖然過去跟妳幾乎沒什麼接觸，但冷靜之後回想，我並不認爲妳是那種城府深的壞人，我爲過去對妳說過的那些話跟妳道歉，對不起。」

她沉默不語，似乎仍未完全釋懷。

我拿出手機，「對了，如果可以，我想加妳LINE，以後聯絡比較方便。妳……願意嗎？」

邱岳彤怔愣了好幾秒，才輕輕點頭，雙眼又浮上一抹淚光。

✦

與邱岳彤談過後，我急切地想和奐予哥碰面，於是決定蹺掉週六晚上的補習班。

那天中午正好是小學同學會，不少多年不見的朋友都出席了，大家聊得非常開心，氣氛熱絡。只是在與我的閒聊間，同學們都避免提到薛有捷，我自然知道他們是刻意爲之，也是出於好意，沒想到最後竟是導師主動跟我提起了他。

我們單獨坐在餐廳一角，老師別有深意地問：「這幾年，還好吧？」

明白他話裡的「這幾年」，指的是薛有捷離世後的日子，我勉強輕扯了下唇，沒有接話。

「以前你就跟他的保母一樣，每次看到你們兩個，就覺得好像是母雞帶小雞。」

老師的形容讓我忍俊不禁，輕笑出聲，打趣道：「託我的福，應該讓老師得以輕鬆許多吧？」

「確實是這樣沒錯，多虧有你，我才能知道他在想什麼。」他莞爾喝了口果汁，「雖然他跟一般學生不一樣，但他是個好孩子，有很多令我印象深刻的地方。」

「比如哪些？」

「以前你們不是在教室裡養魚？剛開始大家都很熱衷去餵食，時間一久，就只剩薛有捷還記得這件事，替盆栽澆水也是，他一肩挑起了這些工作。」老師邊思忖邊說：「除此之外，他還有相當嚴重的潔癖。」

我微微一愣，「有嗎？」

「有啊。以前每年家庭訪問，我不是一定會要求參觀你們的房間，看看你們平常的學習環境？」

「沒錯，每次老師來的前一天，我都會特別大掃除。」我笑了。

老師接著說：「薛有捷的房間，給我一種非常不同的感覺，就像是一間樣品屋。」

「樣品屋？」

「對，感覺不像有人住過。」老師解釋，「他的房間不僅乾淨整齊，東西更是少得不可思議。我第一次去到他家裡時，他已經轉學過來三個月了，可是他房間裡的椅背，卻連防塵用的塑膠套都還沒取下。後來兩次家庭訪問，他的房間依然跟剛搬進去的新屋沒什麼兩樣，傢俱、床鋪都還像是新的，幾乎沒有使用的痕跡，所以我才覺得他一定是有很嚴重的潔癖。」

老師這番話，讓我終於得以恍然大悟。

我曾經兩次去到薛有捷的房間，當時那種說不出的突兀感，就是源自於此。

不知爲何，這個意外的發現，一直讓我耿耿於懷，甚至連晚上赴奐予哥的約，他在我面前拉開椅子坐下，我都沒能察覺。

「嗚宏，你怎麼了？」他納悶地問我。

「喔，沒事。」我驀地回過神，匆匆端起桌上的水果茶喝了口，將邱岳彤所言一字不漏地轉述給他聽。

奐予哥先是靜默好一會兒，然後說：「謝謝，辛苦你了。」

「那你接下來打算怎麼做？」

他沒直接回答，而是反問：「你有邱岳彤的聯絡方式嗎？」

「有啊，我有加她LINE，以備不時之需。」

「很好。」他揚起讚賞的微笑，「嗚宏，再拜託你一件事，請你替我帶話給邱岳彤，如果可以，最好安排我跟她見個面。因爲我接下來要做的事，會需要她的幫忙。」

「可以是可以……不過，你接下來到底要做什麼？」我猜不透奐予哥的想法。

「蔣深深的妹妹，目前高一對吧？既然邱岳彤還沒有跟她完全斷了聯繫，那麼就可以請她代爲引薦我擔任她的家教。」

「你要當蔣蜻蜻的家教？」我幾乎是喊了出來。

「對，我有個朋友是駭客，之前我請他駭入蔣蜻蜻學校的電腦系統，得知蔣蜻蜻的學業成績十分平庸，我打算利用這一點，做爲接近蔣深深的跳板。」

我聽得瞠目結舌，即便能猜到奐予哥的下一步必定與蔣深深有關，但我萬萬沒料到他竟打算直接去到蔣深深身邊。

「可、可是，就算邱岳彤答應幫忙，也未必能成功。明明有個成績這麼好的姊姊，蔣蜻蜻爲何不直接請蔣深深教她就好？」

「我倒覺得成功的可能性很高，如果蔣深深平時有指導蔣蜻蜻課業，蔣蜻蜻的成績理應會更好，況且蔣深深跟你一樣是考生，在這種重要時刻，她的父母應該也不會想讓她抽出時間去指導蔣蜻蜻。」

我無法反駁，只能訕訕地說：「那……就算你順利成爲蔣蜻蜻的家教，這麼做眞能查出些什麼嗎？」

奐予哥平靜地看著我，「就算最後我依然無法查出薛有捷的死是否與蔣深深有關，也沒關係，至少我們都盡力了。不過，也許我們的介入，可以改變其他事，倘若蔣深深仍繼續對妹妹施暴，我當然不可能袖手旁觀，我想邱岳彤也會有同樣的想法吧。」

直到用完晚餐，我才同意奐予哥的要求。

回到家後，我心不在焉地聽媽叨叨絮絮地說兩個阿姨今天帶著表弟、表妹來家裡發生了哪些事，勉強撐了十分鐘，才以洗澡爲藉口逃離。

一走進自己的房間，我立即傳LINE給邱岳彤，表示有件重要的事想當面跟她商量，同時介紹一個人給她認識，最後不忘補上一句，這件事應該可以幫上蔣蜻蜻。

邱岳彤沒多久就已讀，並在一分鐘後回覆同意，想必是因爲我說能幫上蔣蜻蜻，她才會如此爽快地應邀赴約。

居中安排好三人見面的時間地點，我放下手機，將臉埋入掌心，疲倦地嘆了一口長氣。

今天一整天都沒讀到半點書，即便已經快十二點了，我還是打開補習班講義，有一搭沒一搭地看了起來。

沒過多久，某個念頭像一道無聲的閃電，驟然劃過我的心上。

我倏地抬起頭，直直盯著面前那堵牆壁。

曾經有許多年，這面牆的背後，偶爾會在差不多這個時間傳來一陣沉悶的聲響。

我曾經很習慣那樣的聲響，可是卻直至此時才赫然發現那聲響已經消失了很久，我甚至想不起那聲響是自何時開始不再響起的？而我又怎麼會絲毫未覺？

是從一年前就不再響起？還是一年半前？或者兩年前？

仔細回想，似乎自薛有捷離世後，我就沒再聽過那聲響了，當時我終日沉浸在悲傷與憤怒之中，除了念書，大部分時間都過得有些渾渾噩噩，自然不會察覺到這個看似無關緊要的變化。

我冷不防想起小學老師今天說的話。

「感覺不像有人住過。」

我甩了甩頭，想甩掉腦中雜亂的思緒，以及莫名升起的一股不安。我放下手上的講義，直接熄燈上床睡覺。

「怎麼了？」

上學途中，注意到那傢伙面色有異，我問了他。

薛有捷首先用手指在空中畫出一個大大的ㄇ字，接著右掌心輕拍了下自己的額頭。

我馬上讀懂他的肢體語言，失笑道：「搞什麼？你又撞到門啦？你走路怎麼這麼不小心啊！還有，你的瀏海要蓋住眼睛了，快剪一下啦。」

他搖頭，每次去理髮店，他都不准理髮師碰他前額半根頭髮，堅持自己回去修整就好，而且再怎麼修整，瀏海長度都還是及眉。

「搞不懂你在堅持什麼？這樣看起來很沒精神欸。幸好現在沒有髮禁，要不然老師絕對會直接拿剪刀幫你剪！」我邊說邊擺出剪刀的手勢往他前額湊近，他居然驚恐地往後倒退一步，逗得我哈哈大笑。

結果我又夢見那傢伙了。

夢中與他的這場對話，也曾經真實發生在我們國二的時候。

我坐在床上，手機時間顯示爲清晨六點半。

明亮的天光從窗簾透了進來，我覺得自己好像根本未曾入眠，只是在腦中看了一場又一場的電影，而電影內容全是從前我和那傢伙相處的時光。

隔了一夜，那股不安還是沒有離開，重重壓在我的心上，讓我連順暢呼吸都做不到。

到底是什麼地方有問題？我爲什麼會那麼不安？

首次與奐予哥見面時，邱岳彤態度拘謹，甚至有一點點緊張。

奐予哥將他的計劃告訴邱岳彤，並問她是否願意助他一臂之力，儘管邱岳彤一開始既驚訝且難以置信，但最後仍決定幫忙。

「所以我只要跟蜻蜻聯絡，將車學長推薦給她，讓她提起興趣就行了嗎？」邱岳彤再三確認。

「對，我也會同步採取另一項行動。我會想辦法讓蔣靖靖的父母知道我，剛好快要段考了，這個時機點很恰當。」

「你要怎麼讓她的父母知道你？」我插話。

「我會製作一張宣傳單，投入蔣靖靖家的信箱，當然，宣傳單被當成垃圾丟掉的機率很高，所以可能需要鳴宏你媽的協助。」奐予哥看著我笑。

「我媽？爲什麼？」

「我調查過，你媽媽和蔣深深的爸爸，都是你們國中時期家長會的成員。而且你媽是副會長，蔣深深的爸爸則是會長，就算稱不上熟識，兩人也應該有過互動。我已經準備好一套說詞，你就照著這套說詞說服你媽媽，讓她主動跟蔣深深的爸爸聯絡。」

奐予哥的計畫之縝密，令我和邱岳彤再度驚訝得不已。

我們三人特地創建一個LINE群組，以便隨時報告各自的進度。

後來，奐予哥有事先行離開，我沒跟著走，反而又向店員點了一杯咖啡。

邱岳彤定睛端詳著我，「這是你喝的第二杯咖啡了吧？晚上不會睡不著嗎？你看起來精神不太好。」

「嗯，其實我已經好幾天都睡不好了，每晚都在作夢，又很早就醒來。如果不喝點咖啡提提神，今天大概又讀不了什麼書了。」我揉了揉太陽穴。

「是考試壓力太大嗎？還是有什麼煩惱？」說完，她馬上又補上一句，「你不想說的話沒關係。」

我搖搖頭，沒打算避而不談，畢竟現在我們算是同個陣線上的戰友，讓她知道也無妨，「最近只要入睡，我就會夢到薛有捷。自從前陣子在小學同學會聽到班導師說起某件事後，我心裡就覺得怪怪的，有些不安，每晚都會作夢。」

「我能問問是什麼事嗎？」

喝了口服務生剛送上的咖啡，我把事情經過一五一十告訴了邱岳彤。

邱岳彤思索半晌，好奇問道：「你和他交情那麼好，又是鄰居，之前沒去過他的房間嗎？」

「只去過兩次，而且兩次都是我偷溜進去的。第一次很快就被他發現了，他馬上驚慌地把我拖出去，他好像不喜歡別人進他房間。」

「除此之外，薛有捷還有什麼奇怪之處嗎？」

「嗯……真要說怪，我倒覺得他媽比較怪。每次只要借用他家的廁所，他媽就一定要薛有捷跟著我一起去，就算我說我可以自己去，他媽還是很堅持要他跟來，所以他每次都會乖乖站在廁所門口等我。」

「每次？」她眨眨眼，表情有了些許變化。

「怎麼了？」我再次喝了口咖啡。

「沒有，我總覺得薛有捷他媽媽的行徑，像是……」她吞吞吐吐地說：「在監視你。」

「監視我？」

「感覺像是要薛有捷看著你，確認你沒有跑去其他地方。」邱岳彤有些心慌意亂地補上一句，「這只是我胡亂猜測。」

我愣住了，卻也有種一語驚醒夢中人的頓悟感，「我覺得妳說得很有道理。」

但如果薛媽媽確實有意要薛有捷監視我，不讓我亂走，那她是不是在避免我會不小心闖入哪裡？

比如，那傢伙的房間？

所以，當薛有捷發現我進到他房間時，他才會出現驚恐的反應。

可能是我的樣子太過嚴肅，邱岳彤小心翼翼地問：「陳鳴宏，你沒事吧？」

「沒事。」我刻意微微一笑，並將話題轉向她，「邱岳彤妳……現在還是很恨蔣深深騙了妳嗎？」

她面色一僵，眼神黯淡了幾分，「坦白說，比起恨她騙了我，我最無法原諒的，是她對她爸媽，還有蜻蜻所造成的傷害。我很想幫助蜻蜻，好讓她不必繼續活在深深的凌虐之下。」

我看了她一眼，再低頭看向自己倒映在咖啡上的臉，低喃出聲：「……搞不好其實是這個意思。」

「什麼？」

「薛有捷那傢伙曾經跟我說，他跟蔣深深是一樣的人，我一直不懂這句話是什麼意思。參照妳剛說的，莫非他早就知道蔣深深跟自己一樣是個騙子？」我拿起小茶匙，攪碎杯裡的倒影，「不過我真不明白，他爲什麼不肯坦承自己對蔣深深的特殊感情？」

「我也一直認爲，薛有捷絕對是喜歡深深的……」沉默片刻，邱岳彤難掩好奇地問：「對了，薛有捷究竟對你說了什麼謊？」

那天我跟邱岳彤聊了很久，在過程中，或許是她專注認眞的表情，使我不知不覺忘卻身體的疲倦，以及內心的沉重。

除了奐予哥，我從沒想過，有一天我會再與誰聊起薛有捷。這次的交談，可能某種程度上讓我抒發了不少長久累積在心中的情緒，因此即使喝了兩杯咖啡，當天晚上回到家裡，我竟然很快就沉沉入睡，並且一夜無夢。

難得睡得好，思緒自然得以清晰許多。

早上一睜眼，我隨即想起奐予哥昨日的委託。

吃早餐時，我佯裝不經意地問了媽，與蔣深深的父親熟不熟？

「以前在家長會和他有過交流，我還有他的電話。」儘管媽過去一心希望我能在課業上贏過蔣深深，還把她視爲我的假想敵，不過仍對她的父親留有十分不錯的印象。「他是個儀表出眾的男人，談吐幽默風趣，和他說話很愉快，眞希望還能有機會跟他聊聊！」

媽帶著歡快的笑意說完，立刻收到爸爸的一記白眼。

「爲什麼突然問這個？」媽媽不解地看我。

「喔，其實是……」我放下剛擦完嘴的紙巾，「妳還記得奐予哥吧？他最近在找家教機會，正愁找不到學生。如果妳認識蔣深深的爸爸，要不要乾脆把奐予哥介紹給他？讓奐予哥當他小女兒的家教？」

「爲什麼偏偏要介紹給他們家？介紹給別人不行嗎？」爸爸眼中流露出困惑，「而且我記得奐予的生計應該沒問題，怎麼突然做起家教來了？」

「奐予哥說他將來計畫要出國留學，希望能趁現在多攢點錢。我有個朋友跟蔣深深的妹妹挺熟的，聽朋友說，蔣深深的妹妹成績沒有很好，我想不如讓奐予哥過去教她。」

由於奐予哥曾經幫我們家一個大忙，得知他有這方面的需求，加上能有機會再次與蔣深深的父親接觸，媽爽快地答應幫忙。慶幸之餘，我同時不忘要媽別透露是我居中介紹。

以上說詞全由奐予哥提供，我只是照本宣科說出來，沒想到還挺順利的。

我在LINE群組上報告過進度後，不久，邱岳彤也表示她已經跟蔣蜻蜻聯絡上了。

接下來就只能等結果了。

翌日下課，在傾盆大雨中，我和薛有捷的媽媽於家門前巧遇，心中倏地閃過一個念頭。

「阿姨，我忘記帶鑰匙了，我爸媽也還沒回來，能不能在妳家等一會兒？」我開口。

「噢，當然好，請進。」她親切地把我迎進家中。

踏進熟悉的客廳，我一時百感交集，想起自己已經有很長一段時間沒再踏進這裡了。

薛有捷的爸爸還沒下班，兩個姊姊也在外地念書，平常這時候就只有他媽媽一個人在家。

「鳴宏很久沒有來了吧？」薛媽媽問。

「對啊……」我坐在沙發上，故意彎下身拍了拍潮溼的褲腳，皺眉問：「阿姨，可不可以跟妳借用廁所？」

她看我一眼，眼角一彎，「當然可以啊。」

截至目前爲止沒什麼奇怪的地方。

走出廁所，回到客廳，我一邊享用薛媽媽準備的茶點，一邊和她聊天，聊天內容不外乎是她為身為考生的我加油打氣。

等到茶杯幾乎見底，我鼓足勇氣說：「阿姨，能不能讓我看看薛有捷的房間？」

原本笑容滿面的薛媽媽，嘴角有一瞬稍稍僵住，卻又很快掩過，用一貫親切的口吻問：「為什麼忽然想看他的房間呢？」

「剛剛阿姨為我打氣，我不免想到要是薛有捷還在，我們一定也會一起念書。」我竭力做出誠懇的樣子，「如果可以，我想看看他的房間，這樣或許能讓我有更多動力準備考試，連同他的份一起努力。」

薛媽媽沒再多說什麼，答應了我的要求。

走進那傢伙的房間，基本的傢俱大致都還在，但他留在書桌上的手機已經不見了，空氣中瀰漫著一縷淡淡的灰塵味。

薛媽媽說，這個房間目前被拿來當客房，供親戚來訪時暫住。

過程中薛媽媽始終在我身後寸步不離，我刻意不去看她，假裝沒注意到她緊盯著我的目光，只小心地環顧房間一圈，盡量不讓她察覺有異。

書架上空蕩蕩的，一本書都沒有，書桌上也沒有任何文具，床上更沒有棉被枕頭，完全感覺不出這個房間曾有人住過。

薛有捷的個人物品呢？他都把那些東西收哪裡去了？他以前總是帶在身邊的錄音機是壞了沒錯，但奐予哥提過，他把自己的ＭＰ３送給了薛有捷，而先前薛有捷用錄音機錄下的卡帶應該也有很多。

那些東西在哪裡？

上次仔細搜索這個房間時，我什麼都沒能找到。

「阿姨。」我轉過身，看著還站在房門口的薛媽媽，「還有任何薛有捷生前留下的東西嗎？什麼東西都行，可不可以給我一樣？我想當作考試的護身符。」

薛媽媽淒然一笑，「鳴宏，謝謝你有這份心。不過因爲怕觸景傷情，那個孩子的東西，我們差不多都清掉了，很遺憾沒什麼東西能給你。」

「一樣也不剩嗎？」我壓住心裡的詫異，「他以前錄的那些卡帶呢？」

「我和他爸將那些東西都燒給有捷了，畢竟那是他生前的寶貝，與其留著，不如送到有捷身邊，這樣比較好。」她聲音裡透出一絲哽咽。

聽到這裡，我什麼都沒再問了。

兩天後，媽媽對我說，蔣深深的父親已經同意讓奐予哥擔任蔣蜻蜻的家教。

我立刻將這個好消息發送在群組裡，邱岳彤也跟著說，她已經成功說服蔣蜻蜻了，事情進行得比我想像中還要順利。

做事效率十足且細心周到的奐予哥，除了親自打電話向媽道謝，也向我和邱岳彤道謝，表示這兩天他就會與蔣深深的父親聯繫。

他每個步驟做來有條不紊，一切彷彿都在他的掌握之中。

我打了通電話給邱岳彤，她似乎挺驚訝，接聽時的那聲「喂」，還說得有些結巴。

「妳是怎麼說動蔣蜻蜻的？」我問她

「我就照車學長指示的方式去做，先是跟蜻蜻閒聊，問候她的近況，再慢慢切入重點，聊起我的家教很厲害，短時間內就讓我的成績突飛猛進，名次從後半段一下子衝入全班十名內，勾起她的好奇心。」邱岳彤愈說愈流暢，「我提到車學長正在找尋其他家教機會，還特別補充，他人長得很帥。女生嘛，聽到這句話，她果然就更感興趣了。」

我忍俊不禁，「妳挺厲害的。」

「沒有啦，厲害的是車學長。」她不好意思地笑了。

「邱岳彤，有一件事，我想聽聽妳的意見。」我將兩天前去到薛有捷家的發現告訴她，「如果是妳，妳會把薛有捷的東西全都扔掉，一樣也不留嗎？」

沉吟片刻，邱岳彤謹愼答道：「如果是我，心愛的兒子死了，我一定會想留下他所有的東西，甚至可能連他的房間都會原封不動保存下來。」

「所以妳也覺得這點很不尋常？」我心中一緊。

「是不太尋常，但我想，或許也是有那種害怕觸景傷情的父母，不過選擇將孩子的遺物丟到一樣也不剩，是眞的有點奇怪，感覺像是在抹滅孩子的存在似的。」

抹滅。

可能是覺得自己說得有些過火，她連忙道歉：「對不起，我最後一句話太重了，應該不會有父母是這麼想的，說不定薛有捷的爸媽確實只是傷心過度，才會這麼做。」

「或許吧。」

但我還是覺得不太合理。

而且我不懂，爲何薛媽媽要一路跟著我走進薛有捷的房間？又爲何視線始終緊盯著我不放？她的所作所爲就如同邱岳彤所形容的，跟監視沒兩樣。

明明薛有捷的房間裡什麼都沒有，她那麼做的用意又是什麼？

將所有的事情仔細反芻過一遍又一遍，最後我不得不萌生一個大膽的假設。

薛有捷之所以不讓別人進入他的房間，可能並非出自他的本意。

眞正有問題的，也許從頭到尾都不是那傢伙。

而是他的媽媽。

蔣深深

那個男人是在一個晴朗的日子來到家裡的。

輕便卻不隨便的穿著，和煦的微笑，沉穩的嗓音，有禮的談吐，初次見面就讓爸媽對他有了好印象。

大概一個星期前，爸爸宣稱他爲蜻蜻找了一位家教。

對方是名校的大學生，是陳鳴宏的母親介紹的。聽說這個人讓曾經一度龜縮在家的陳鳴宏的姊姊重返校園，還讓她以優異的成績順利畢業，考上一所很不錯的大學。

陳鳴宏的媽媽過去是家長會成員，她主動聯絡爸爸，表示這個人最近正在找家教工作，請她幫忙介紹，於是她就想到了蜻蜻。陳鳴宏的媽媽還說，對方表明，如果一個月內學生的成績沒有起色，他就不收取費用。

而當爸爸徵詢蜻蜻的意願，蜻蜻居然也爽快地答應了，令爸媽頗爲意外。

這個人現在就坐在家裡客廳，與爸媽還有蜻蜻相談甚歡。

得知他和我們是同一所國中畢業，爸又驚又喜，「這麼巧？那阿魏就是妳們的學長了。」

阿魏的本名是車奐予，但他要我們稱呼他「阿魏」就好，說這是他的外號。

他遞過來一張名片，上面有他的電話、電子信箱、LINE帳號，以便家長或學生在需要的時候能找到他。

「你眞是認眞用心，怪不得嗚宏的媽媽對你如此讚譽有加。」媽媽望著他的眼神流露出眞切的欣賞。

「您過獎了。」說完，他也遞了一張名片給我，即使我並非他的家教學生。

爸摟著我向他介紹：「阿魏，這是我大女兒深深。她從小就一直是全校第一名，今年她高三，正忙著準備學測。」

「深深妳好。請兩位放心，我會盡我所能，幫助蜻蜻在下次段考拿到好成績。」男人清澈的眼神輕巧落在我臉上，就像蜻蜓停落在水面上。「能夠一直保持全校第一名，確實很不簡單，想必深深爲此付出非常多心力吧？」

他的態度誠懇又不失從容，喚我名字的口吻也很自然，一點也不讓人覺得唐突或被冒犯。

「老師過獎了，我也只是盡我所能。」我客氣回道。

他眼底浮現淺淺笑意，目光宛如蜻蜓飛離水面，不著痕跡地從我臉上移開，繼續與爸媽討論後續的授課事宜。

由於蜻蜻一個月後就將段考，因此阿魏老師先每週前來三天，分別是週二、週四晚上七點到八點半，以及週六下午兩點到四點。若蜻蜻的段考成績能有顯著進步，往後就改爲一週兩天，避開週末。

「蜻蜻週末應該會想跟朋友出去玩，就不把課排在週末了吧。」他對蜻蜻眨眨眼，蜻蜻立刻害羞一笑，爸媽也因爲他的貼心周到，對他更加滿意。

後來，當阿魏老師來家裡上課，我時常可以聽見隔壁房間傳來蜻蜻開心的笑聲。

蜻蜻時常在餐桌上提起阿魏老師有多麼風趣，教學方式又有多麼淺顯易懂，她很快能理解課程重點，並獲得極大的成就感，甚至有點開始喜歡念書了。

爸媽相當意外，還不到兩週，蜻蜻對念書的態度居然就有如此大的轉變。

段考結束後一週，蜻蜻放學回家，興高采烈地拿著成績單衝進廚房向媽媽炫耀，她大部分學科的分數都在八十分以上，連向來未能及格的數學和英文，也都有七十幾分。

那天恰逢星期二，阿魏老師準時在晚上七點來到家裡，等候多時的蜻蜻馬上向他報告這個好消息。

爸媽不斷感謝阿魏老師的盡心教學，他謙稱是蜻蜻自己很努力，他不過是順勢推了她一把。

爸媽想買個蛋糕爲蜻蜻慶祝，蜻蜻卻說明天還有英文測驗，所以不想慶祝，還是上課比較重要。爸媽驚訝得面面相覷，卻也相當欣慰。

那晚讀書讀到一個段落，我走進空無一人的客廳彈鋼琴。

一曲彈畢，一陣掌聲同時從身後響起，我一愣，回頭對上一雙清澈的眼眸。

「對不起，嚇到妳了？」他放下鼓掌的手，「我只是覺得妳彈得很好，忍不住爲妳拍手。」

我沒想到阿魏老師還在，已經八點四十五分了，我以爲他早就離開了。爲了不吵到他幫蜻蜻上課，平常只要他來，我通常都不會碰鋼琴。

「老師過獎了。」我不自覺往他身後瞄，「蜻蜻呢？」

「在房間。我今天帶了幾本書給她看，她很有興趣，上完課就迫不及待看了起來。」他接著說：「其實妳不必叫我老師，可以直接叫我阿魏，如果覺得尷尬，叫我阿魏學長也行。」

「好。」

他走近幾步，仔細打量那架白色鋼琴，「這架鋼琴很漂亮。」

「是我爸爸買的。阿魏學長會彈琴嗎？」

「會一點。」見我從鋼琴椅上起身讓位給他，他略微意外，「怎麼？難道妳想聽我彈？」

「喔……聽到你這麼說，我沒多想就站起來了。」我頓了頓，「不過，很歡迎學長彈彈看。」

他也沒推拒，乾脆地說：「那我就獻醜嘍。」

他在鋼琴前坐下，那雙骨節分明的大手一放在琴鍵上，我才發現他的手指很漂亮，修長又乾淨。

從他彈下第一個音起，我的眼睛就沒有離開過那雙手。

阿魏學長彈了一首我沒聽過的曲子，優美的旋律和溫柔的琴音，很快攫走我的心神，令我沉浸其中。待最後一個音符結束，他的雙手也離開了琴鍵，我依然怔愣出神，過了幾分鐘才再次對上他的眼。

「太久沒彈，不小心彈錯幾個音，讓妳見笑了。」他笑著對我說。

「沒這回事，學長彈得非常好，這首歌叫什麼名字？」

「〈Too Much Heaven〉。」他淡淡地說，隨後補充，「我只會彈這一首。」

「眞的嗎？可是我覺得你的指法很純熟，以為你至少學過好幾年。」我難以置信。

「我是學過幾年，但就只學這一首，而且全靠死記，我連五線譜都不會看。同一首曲子彈好幾年，不純熟也不行。如果妳要我彈別的，我恐怕只能用單手彈〈小蜜蜂〉。」他嘴邊噙起一抹笑，「那妳剛才彈的那首曲名是什麼？」

「〈春世〉。」我輕聲答，「春天的春，世界的世。」

「很美的名字，我沒聽過這首歌，意思是『春天的世界』嗎？」

我點頭。

「是流行歌曲嗎？哪位歌手唱的？我想找來聽聽。」

微微張口半晌，我才出聲：「這首歌其實是……」

「深深。」爸爸從書房走了出來，有些詫異，「阿魏還沒回去？」

「嗯，今天蜻蜻很認眞，所以多花了點時間爲她講解題目，正準備回去時，碰巧撞見深深在彈琴，就聊了一會兒。」他從容不迫答道。

「原來是這樣，蜻蜻那孩子耽誤到你的時間，眞是不好意思。」見他坐在鋼琴前，爸爸好奇地問，「剛才是你在彈琴啊？」

「是，對不起，吵到您了？」他有些不好意思地撓撓頭。

「沒事，只是突然聽到深深彈了別的曲子，我才想出來看看，沒想到是阿魏你彈的。」爸爸激賞地拍拍他的肩，「你還有什麼不會的！」

「您過獎了。」他站了起來，「我差不多該告辭了，請幫我跟伯母說一聲。」

離開之前，他又看了我一眼，「晚安，深深。」

回到房間，我上網找到阿魏學長彈的那首〈Too Much Heaven〉，並戴上耳機。

我很快被它輕快的旋律，以及三位歌手宛如天籟的完美和聲吸引。

Too Much Heaven.

太多的天堂。

阿魏學長花了幾年時間就只練這一首歌，表示這首歌對他具有特別的意義吧？

重複聽過一遍又一遍，我在這首歌的陪伴下慢慢進入夢鄉。

「深深。」

週四晚上六點多，走在回家的路上，阿魏學長從背後叫住我，今晚他要來我家幫蜻蜻上課。

他看向我手中裝著書本的紙袋，「妳去買書？」

「對。」

「參考書嗎？」

「嗯，考古題做完了，所以去買了別本。」

「妳真的很不簡單，我沒碰過像妳這麼有紀律的人。」

「學長過獎了。」我靦腆一笑。

「妳平常有什麼休閒娛樂嗎？或是興趣？」

「我沒什麼特別的興趣……真要說休閒娛樂，大概就是看點課外書，像是科幻或推理小說。」

「除了看小說，偶爾也會跟同學出去玩吧？妳人緣應該不錯。」

「還好，其實我挺喜歡待在家的。」

「嗯。」他微微頷首。

儘管我有問有答，但其實我並不想回應這個問題，而他像是察覺到了這點，很自然而然地換了另一個話題。

「上週聽妳彈那首〈春世〉，我一直沒在網路上找到，那首歌是誰唱的？」

沒想到他還惦記著這件事。

「那首曲子是我奶奶生前寫下的，她是個作曲家。」

「原來是這樣。」他恍然大悟，也笑了，「妳奶奶很厲害，可以寫出這麼好聽的曲子。那天妳好像連續彈了這首曲子幾次，這首曲子對妳是不是有什麼特別的意義？」

我一時說不出話。

除了因爲他的敏銳，同時也因爲，原來他也對我有同樣的疑問。

我輕咳幾聲，「嗯，這首曲子，是奶奶特地爲我寫的。」

「這樣啊？怪不得。」他步伐未停，雙眼直視前方，「那妳一定很喜歡妳奶奶，也一定時常彈這首曲子吧？該不會妳也跟我一樣，永遠只彈奏同一首曲子，所以那天妳爸才會在聽見我彈別首曲子後，驚訝地從書房走出來。」

即便他似乎只是隨口說說，並沒有一定要我回話，但我的心跳卻仍微微失速，喉嚨也一陣發澀。

我們在七點鐘一同踏進家門。

平常這個時間，蜻蜻都習慣在房間裡等阿魏學長，這天她卻出現在客廳。

看到我們同行的身影，蜻蜻目光一停，眨了眨眼睛，「咦？老師是跟姊姊一起來的嗎？」

「對啊，我們在路上遇到。」阿魏學長不假思索回。

「是喔？我本來還想趁老師來之前去一下廁所的。」蜻蜻不好意思地吐舌，接著對我說：「姊姊，媽媽幫妳留了飯在電鍋裡。她有事出去，大概八點就會回來了。」

「好。」我從紙袋取出一樣東西，「蜻蜻，我在書店看到卡娜赫拉的筆記本，買了一本給妳。」

蜻蜻歡天喜地接過，並用力抱住我，「謝謝姊姊，我最愛姊姊了！」

「妳姊姊對妳眞好。」阿魏學長笑著對蜻蜻說。

「對呀，我就跟老師說，姊姊最疼我了。我沒說錯吧？」她臉上滿是得意。

「確實是這樣沒錯。」他嘴裡回答蜻蜻，眼睛卻望著我。

而且這一次他看著我的時間，比之前都要長。

✦

阿魏學長擔任蜻蜻的家教已經有三個月。

這段期間，我只跟他單獨相處過兩次，一次是在客廳一同彈琴，一次是偶然在回家路上巧遇。

碰上週二、週四，我會在晚餐後彈琴至六點五十五分，然後起身回房，並在五分鐘後聽見家裡門鈴準時響起。直到八點半他幫蜻蜻上完課離開，我才會坐回鋼琴前，繼續彈半個小時，基本上我和他幾乎根本碰不上面，更遑論交談。

蜻蜻很喜歡阿魏學長，即使她的成績早已獲得提升，她仍希望阿魏學長能留任一個學期，於是爸爸向阿魏學長提出續聘，而他也答應了。

隨著寒假開始、參加學測考試、寒假結束，我很快迎來了高中最後一個學期。學測成績公布，我「毫無意外」得到滿級分，當天爸爸還帶全家去餐廳吃飯慶祝。

隔天晚上，有人輕敲我房門。

我正好在整理靠近門邊的書櫃，順手打開門，站在門外的竟是阿魏學長。

「好久不見，現在是休息時間，過來祝賀妳一下。」他笑容可掬，「聽說妳學測滿級分，恭喜。」

「謝謝。」

我本來以爲兩人之間的對話會就此結束，他也會返回蜻蜻的房裡，然而他卻仍站在原地定定看著我。

「……請問怎麼了嗎？」我有些猶疑地問。

「沒事，只是我從妳身上感覺不出該有的情緒變化。蜻蜻也說放榜後，妳的表現還是跟平常一樣，並沒有特別高興。對妳而言，這是不是本來就是理所當然的結果？」

說也奇怪，即便是這種很容易讓人覺得隱含嘲諷的言詞，從他嘴裡說出來，卻絲毫不會讓人有這樣的感覺。

當然，我也知道他並非要嘲諷我，儘管我不知道自己爲何會知道。

「辛苦了，妳眞的很努力。」說完這句，他就走了。

再過幾日，爸爸因爲工作得去澳門一週，媽媽也將同行。

蜻蜻趁機請求爸媽，讓她在他們出國的那個週末，到同學家住一天，爸媽爽快答應，所以蜻蜻週六一大早就出門了。

我在大雨聲中昏昏沉沉醒來，渾身痠軟無力，喉嚨也又熱又痛，大概是染上了流行性感冒吧，光是這星期，班上就有六位同學因病請假。

沒打算通知蜻蜻回來，我決定自己去一趟醫院。

醫院裡候診的病人滿坑滿谷，我甚至已經做好得在這裡等到天黑的心理準備了。

袋子。

好不容易掛好號，並幸運找到空位坐下，有個人來到我面前站定，手上拎著便利商店的

阿魏學長稍稍拉下口罩，仔細打量也戴著口罩的我，「妳是深深吧？」

我呆呆地眨了眨眼睛，因爲太過訝異而一時沒有回話。

「妳也感冒了？」他左右張望，「有誰陪妳來看病嗎？」

「我爸媽去澳門還沒回來，蜻蜻也去同學家了，我是自己過來的。」由於喉嚨疼痛，我說話的音量很小。

他湊近我，不由分說便將掌心貼在我的額頭上。

不知道是我體溫太高還是他的手太冷，他一碰觸到我，我便不自覺輕顫了下。

「妳發高燒了，應該很不舒服吧？」他看了眼我掛號單上的數字，再看向目前診間叫號系統顯示的號碼，迅速解下脖子上的圍巾，替我圍在頸間。

「我朋友昨晚也因高燒緊急住院，這波流行性感冒病毒威力強大，我今天就是來探病的。」他俯身與我平視，「等我去探視過他，立刻過來找妳，妳在這裡等我，知道嗎？」

待他離開後，我低頭摸了摸他爲我戴上的圍巾，感覺似乎沒有先前那麼冷了。

阿魏學長約莫十五分鐘後就回來了。

他幫我帶了暖暖包，還替我倒來一杯溫開水，在我身旁坐下。

注意到我在看他，他心領神會地說：「我朋友沒事了，下午就能出院。我會陪妳看完醫生，再送妳回去。不許拒絕喔，妳這副病懨懨的樣子，我不可能讓妳單獨在這裡。」

我沒有出聲，算是接受了他的好意，況且就算我拒絕，他也不會就此離開吧。

「眞的不通知蜻蜻？如果她回家找不到妳怎麼辦？」

「她今天在同學家過夜，不會回來。」

「這麼巧？」他沉吟道，「現在感覺如何？有沒有特別不舒服的地方？」

「頭有些暈，但不要緊。」我刻意輕描淡寫答道。

「那妳先靠著我的肩膀休息一會兒，還要很久才輪到妳看診。」

我當然沒有眞的這麼做，最後還是阿魏學長主動拉著我，讓我倚在他身上。

或許是身體太不舒服，叫號系統的報號聲、護理師和病患的交談聲、甚至是通道上往來的腳步聲，在我聽來，都變成了格外刺耳的噪音。

當護理師又高聲喊叫某個病患的名字時，我下意識蹙眉，沒過多久，一隻拿著耳機的手橫在我面前。

「覺得吵嗎？」阿魏學長低聲詢問我，「聽點音樂好不好？」

我讓他爲我戴上耳機，耳邊頓時環繞著熟悉的旋律。

是〈Too Much Heaven〉。

聽著他手機裡一首又一首西洋老歌，時間一分一秒過去。

三個小時後，阿魏學長輕輕搖醒我，示意輪到我看診了。

幸好整個過程不若我先前想得那般費時，阿魏學長送我回家時才下午兩點多，他盯著我吃了些外面買回來的粥、服完藥，便堅持背著頭昏眼花的我回房。

才剛進到房裡，人高馬大的阿魏學長就不愼碰撞到門邊書櫃，撞落了書櫃上的一個牛皮紙袋和一個木偶飾品。

「抱歉，我會負責整理。」小心翼翼地將我放在床上，他立即轉身蹲下，將散落的紙張收回牛皮紙袋。

我斜斜看過去，注意到地上的某樣東西，便努力抵擋睡意，不讓沉重的眼皮闔上。

「學長……」

「嗯？」

「那張……畫，」我勉力出聲，「請幫我……收好，不會被發現的地方……」

「畫？」他很快拾起那張護貝過的畫，「妳是說這個？」

「對，拜託……就那個，一定要收……」

我沒能把話說完，隨即眼前一黑，失去意識。

等我再度睜開眼時，那股令人不適的高熱已然退去，整個人神清氣爽不少。

窗外天色一片漆黑，強烈的風雨簡直跟刮颱風沒有兩樣。

看向時鐘，竟然已是深夜十一點多，我大吃一驚，渾然不覺自己睡了這麼久。

換下被冷汗浸濕的衣服，我走進幽暗的客廳，卻發現電視竟是開著的，嚇得迸出驚呼。

「醒了？身體好點了嗎？」阿魏學長立刻從沙發上站起來，走到我面前，又伸手往我額頭探了過來，「燒退了，妳看起來也好很多了。」

「學長你一直待在這裡嗎？」我驚詫不已。

「是啊，我不放心妳一個人在家。」

「這……居然讓你待到這麼晚，對不起！」

「妳不必介意，反正我今天沒什麼事。妳肚子餓不餓？要不要吃點東西？」

「不用了，學長你快回家吧，不然就沒捷運了，很抱歉耽誤你這麼長時間。」

「現在已經十一點五十六分了，就算拔腿狂奔，恐怕也趕不上最後一班捷運，況且風雨這麼大，光是要走出去都有困難。」他笑著說，「妳不需要跟我客氣。妳今天沒吃多少東西，一定餓了吧？我擅自看過妳家冰箱裡的食材，煮碗清淡的湯麵給妳吃如何？煮麵我還挺拿手的。」

十五分鐘後，阿魏學長果然端來一碗美味的湯麵。

吃完宵夜，眼看外面依舊風大雨大，我請他在客房睡一晚，他卻婉拒了，表示在客廳沙發上坐著休息即可，天一亮他就會離開。

「可是這樣很不舒服吧？你應該很累了。」我試著說服他。

「剛才我已經睡過一陣子了，目前精神不錯。妳不必顧慮我，趕緊去休息吧。」

儘管他這麼說，我還是無法將他獨自留在客廳，況且之前睡了那麼久，我現在一點睡意也沒有。

「那要不要來看電影？直到妳睏了爲止？」他提議。

我點點頭，並從房裡搬出兩條毛毯，遞給他一條，另一條則蓋在自己身上。

「我照妳吩咐的，把那幅畫夾在牛皮紙袋裡的其他紙張中間。」

阿魏學長沒頭沒尾拋出這句話，我愣了一會，才明白他在說什麼。

「那張漫畫人像，畫得很像妳，誰幫妳畫的？」

在這樣的雨夜，他沉穩的嗓音莫名有種安定人心的力量。

「一個國中同學。」

「女生嗎？」

「嗯。」

「妳們是好朋友？」

「曾經是，現在沒聯繫了。」

「吵架了？」

「我做了她無法原諒的事，所以絕交了。」

我說得雲淡風輕，他也沒追問。

「妳仍收著那張畫，甚至還護貝，表示妳心裡其實還惦記著對方，是嗎？」

我遲遲沒有回答，只反問他：「可以問學長一件事嗎？」

「什麼事？」

「你是陳鳴宏的媽媽介紹來的，那你跟陳鳴宏也很熟吧？」

他轉頭對上我的目光，「還可以，但真要說的話，我跟他姊姊比較熟。怎麼了？」

「沒什麼，只是……好奇他現在過得如何？」

學長停了一下，「妳喜歡鳴宏？」

「不是。」我嚥了嚥唾沫，話鋒一轉，「關於陳鳴宏的姊姊……我方不方便問，當年你是怎麼讓她回到學校、重拾正常生活的？」

「這個嘛，我也沒做什麼，就是陪著她，跟她說說話。」他雙手環抱胸前，「詳細情形我不方便透露，只能告訴妳鳴宏的姊姊當年會那樣，跟她的父母有關，最後我給了她一個建議。」

「什麼建議？」

「很簡單，就是逃。」他沒有看我，目視前方，「過去她最大的痛苦來源，是她的父母，所以我建議她，從他們身邊逃得遠遠的，讓他們再也沒機會繼續折磨她。」

我一愣，「可是，畢竟是自己的父母，眞的能這麼做嗎？」

「當妳痛苦到再也撐不下去，甚至不惜爲此傷害自己，『是否眞的能這麼做』就已經不是考慮的重點了。」他不疾不徐地說，「當然，這種方式並不見得適用於每個人。如今鳴琪不僅重拾笑容，也對人生重燃希望，未來當她的心境變得更成熟，或許有一天會選擇放下與原諒，也或許不會，但不管如何，就現在來看，對當年的她來說，這無疑是最正確的作法，不是嗎？」

最正確的作法。

我有些恍惚，久久未能出聲。

「妳是不是覺得我這樣鼓勵鳴琪，要她做出像是拋棄父母的行爲，既自私又殘忍？」學長又問。

「不是。」我又輕輕重複了一遍，「不是。」

外面的雨勢似乎總算有了稍微減弱的跡象。

「兩點十五分了，妳眞的不累？」

我下意識瞄了眼放在茶几上的手機，猛地察覺一件不可思議的事。

方才他的視線明明停在電視上，沒有看手錶，也沒有看手機，更沒有轉頭看向後方牆上的時鐘，爲什麼他能準確說出現在的時間？

「你怎麼知道已經兩點十五分了？」我問。

他眸光微動，露出一抹神祕的微笑，「如果我告訴妳，我身體裡內建有一個計時器，即使好一陣子不去注意時間，也能知道當下的時刻，妳信不信？」

也許是他說這話時帶著一股奇異的篤定，即便宛如天方夜譚，我竟也不覺得他在開玩笑。

他調整過坐姿，身子微微轉向我，「如果妳想知道眞相，那要不要用妳的一個祕密，來跟我交換？過去有很多人都對此非常好奇，但我從沒把這個祕密告訴過誰。如果妳願意，我不介意讓妳成爲唯一的知情者。」

「爲什麼？」我愣住。

「因爲我對妳很好奇。」

他毫無掩飾的直率眼神，讓我霎時語塞。

「但我沒有能跟學長交換的祕密。」半晌，我澀然開口。

「沒有人沒有祕密。」他淡淡回了句，「沒關係，倘若妳眞的不想跟我交換祕密，就當作沒這回事就好。」

那晚我們始終坐在客廳裡，接連看完了兩部電影。

等到風雨完全停歇，天色曚曨亮起，第一班捷運也即將發車了。

臨走前，阿魏學長對我說：「再去睡一下吧。還有，可能別讓妳爸媽和靖靖知道我昨晚留在妳家過夜比較好。」

「嗯。」我也有同感。

「那就下次見，拜拜。」他笑著向我道別。

星期二傍晚，我才一回到家裡，靖靖便哀怨地迎上前：「姊姊，阿魏老師今天不能來幫我上課了。」

「怎麼？他臨時有事嗎？」

「不是，他生病了。」媽媽將煮好的菜餚擺放在餐桌上，「下午他打電話給我，說他感冒了，擔心會傳染給靖靖，於是決定請假，他也有傳LINE跟靖靖說。」

「眞可惜，我正好有事想跟老師分享呢！」靖靖失望地嚷嚷。

「不可以打擾老師休息喔。」媽媽馬上叮囑她。

「這波感冒病毒很厲害，阿魏不要緊吧？」吃飯時，爸爸主動問起學長的病情。

「他說沒問題，要我們不用擔心，不過他電話裡的聲音聽起來很沙啞。他是一個人住在學校附近對吧？身邊也沒個人照顧他。」媽媽嘆了口氣。

「就算他一個人住，眞有什麼狀況，也可以請朋友過去幫忙，或者請女朋友照顧他啊。」爸爸不以爲然道。

「可是老師說他沒有女朋友。」靖靖咬著筷子說。

「那就叫他趕快交一個。」爸爸笑著揉揉靖靖的頭髮。

我安靜吃完飯，將碗筷放到洗碗槽，接著一如往常坐到鋼琴前，彈了一會兒琴。

即使阿魏學長今天並不會過來，我還是在六點五十五分闔上琴蓋，回到房間。

一個小時後，我換上便服，背著背包走進客廳，爸媽正在和蜻蜻聊天。

「爸、媽，我同學急著跟我借講義，剛好我的螢光筆也沒水了，所以我想送過去給她，順便去書店買幾支筆，也看看有沒有新的英文參考書，可以嗎？」

媽眨了下眼睛，「那個同學住在哪裡？會去很久嗎？」

「她就住在附近，應該最慢一個半小時就能回到家。」

「好，那路上小心。」爸點點頭，「手機記得帶出去。」

踏出家門後，我先是以正常的步伐行走，出了巷子才倏地加快腳步，幾乎是跑向捷運站。

先前阿魏學長曾經給過我一張名片，一進到捷運站，我立刻依照名片上的電話撥了過去。

「喂？」他的聲音透過電話傳出，感覺有些陌生。

「請問是阿魏學長嗎？我是蔣深深。」

「深深？」他似乎頗訝異，「怎麼了嗎？」

「很冒昧突然這麼問……如果可以，方便告訴我你的住址嗎？」

聞言，對方停了一下，「妳要來找我？」

「我有些東西想交給學長，但如果你不方便……」

「好啊，妳過來吧。」他二話不說就答應了。

但他並沒有告訴我他家地址，而是約我在離他家最近的捷運站附近見面。

結束通話，我看著手機，內心一陣天人交戰，最後將手機放入捷運站裡的置物櫃。

二十分鐘後，我從另一個捷運站出來，照著阿魏學長方才在電話中的指示，前往對街一間大型連鎖服飾店，戴著口罩的他就站在門口等我。

他捧著一個像是剛從便利商店領出來的紙箱，騰出一隻手，向我揮了揮。

「接到妳的電話，我嚇了一跳。到底是什麼東西，讓妳急著要現在拿給我？」他的眼睛瀰漫著笑意，鼻音明顯。

我把一個袋子遞給他，裡面有暖暖包、退熱貼、兩瓶舒跑、一盒普拿疼，還有治鼻塞和咳嗽的藥品，「學長是被我傳染的吧？上週六我生病，你照顧了我一天，又一夜沒睡，所以你才會染上感冒，眞的很抱歉。」

他看了眼那個袋子，目光回到我身上，「誰說的？說不定我是被我同學或醫院其他病人傳染的，未必與妳有關。妳是因爲擔心我，才專程帶這些東西來？」

我低聲說：「想到可能是我害你生病，而且你一個人住，沒人照顧……」

「妳不用擔心，我看過醫生，已經好多了。」

聽他這麼說，我不自覺鬆了一口氣，而他也將我的這個反應看在眼裡。

「妳爸媽知道妳來找我嗎？」他的聲音隱約帶著一抹溫柔。

我坦白告訴他，我是用其他藉口溜出來的。

他馬上說：「那妳早點回去，以免他們擔心。妳應該還留著我的名片，才能瞞著他們打電話給我吧？既然如此，妳也加我的LINE吧，平安到家後通知我一聲，知道嗎？」

我點點頭，想起還有一樣東西要給他。

拉開背包拉鍊，裡面是他前幾天在醫院裡借我的那條圍巾。

然而他一手扛著狀似不輕的紙箱，一手拎著那袋藥，哪還有手能接過圍巾？於是我示意他俯身，替他把圍巾圍在脖子上，這個舉動似乎讓他愣了下。

「圍巾我洗過了，學長就這樣戴回去吧，也能保暖。」

「謝謝。」

他的目光一直定在我身上，我有些無法直視那樣的目光。

是從什麼時候開始的？這個人愈來愈常用灼灼的目光凝視著我。

從捷運站的置物櫃取回手機，沒有未接來電，我頓時安下心。

順利在一個半小時內回到家，客廳只有爸爸一人在看新聞。

「寶貝，回來啦？事情處理完了？」

「嗯。」

「剛剛我聽見雷聲，還擔心會下雨呢。」他接著又問：「妳和妳同學在哪裡見面？」

「捷運站，我們站在那裡聊了一會兒。」

「這樣啊？」爸爸語帶關心，「外頭很冷吧？妳要不要先去洗個熱水澡？然後早點回房休息？」

「不。」我面無表情，「我還要彈琴。」

他默然幾秒，「好，那爸爸就不吵妳了。」

帶著一抹極爲淺淡的微笑，爸關掉電視，緩步走向書房。

我在進家門前，加了阿魏學長的LINE，向他報平安，並在收到他的回覆後，將手機調成靜音，放回外套口袋。

爸一關上書房的門，我便坐在鋼琴前開始彈琴。

那首永無止盡的〈春世〉。

✦

之後阿魏學長來家裡爲蜻蜻上課，我一樣待在房間，沒再和他碰面。

不過每次下課後，他都會傳訊息給我。

除了幾句簡單的問候，我們並沒有聊及其他話題，他也始終未再提起交換祕密那件事，如此一來一往，也持續了一個多月。

時序就這麼轉眼間來到四月，我出生的月份。

生日那天，我們全家前往高級餐廳用餐，爸媽還特別邀請阿魏學長一同參加。

「你們全家相聚的時刻，我還來打擾，眞不好意思。謝謝你們的邀請。」阿魏學長舉起盛著紅酒的酒杯，恭敬地對爸媽表達謝意。

這天他一身正裝，頭髮也稍微梳理過，整個人看起來成熟不少。

方才在餐廳門口會合時，他一出現，媽臉上難掩驚豔，蜻蜻更是不斷讚歎「老師好帥」；連服務人員帶位時，也有幾位女客的目光被他牽引過去。

見他如此客氣，媽笑臉盈盈道：「你怎麼到現在還這麼見外？我們早就把你看作自己的兒子，你願意一起過來，就像多一位哥哥為深深慶生，這樣多好。」

「是啊，深深這孩子不像蜻蜻，喜歡生日熱熱鬧鬧的，也不會特意找同學慶祝，所以她每年生日，幾乎都是全家出來吃飯。今年多一個人，對她而言，也是多一份祝福啊。」爸爸寵溺地摸摸我的頭。

「深深真的跟一般女孩子不太一樣呢。」阿魏學長向我舉起酒杯，「祝妳生日快樂，深深。」

「謝謝學長。」我也舉杯回敬。

與這個人有多少次接觸，就有多少次感覺到他的深不可測。

即使置身於五星級飯店高級餐廳，阿魏學長也未顯露出一絲侷促或緊張，始終表現得優雅得體，舉手投足皆不失禮節，就像他本來就相當習慣這種場合。

這讓我無法不好奇，這個人究竟是在什麼樣的環境中成長的？

「蜻蜻，妳的壞習慣又來了。」見蜻蜻又忍不住拿起手機錄影，媽媽輕斥。

「這間餐廳那麼漂亮。」蜻蜻不減興致，將鏡頭轉向我和阿魏學長，「而且今天姊姊打扮得超級美，老師也超級帥，不錄下來太可惜了嘛！」

爸爸被她說笑了，「就讓蜻蜻拍個夠吧，深深今晚確實非常漂亮。」

「那還用說，畢竟是深深十八歲生日，我特別帶她去做造型，還買了套新洋裝給她。」媽媽語帶自豪。

今天我穿著一襲白色雪紡紗連身洋裝，化了點淡妝，並將頭髮盤起，露出戴著珍珠耳環的耳朵。為了慶祝我成年，媽媽還帶我去穿耳洞，原本爸爸頗有微詞，但一見到我今晚的裝扮，便完全不介意了。

蜻蜻開口問阿魏學長能不能讓她多拍幾張照片，媽媽無奈道：「抱歉，阿魏，這孩子就是這樣，一拍照就停不下來。」

「沒關係，我看過她拍的照片和影片，還滿有特色的，我覺得她將來很適合當攝影師或導演。」

「眞的？我的夢想就是成爲一位導演耶！」蜻蜻開心不已。

「那妳要加油，我很期待妳實現夢想的那一天。」阿魏學長接著問我，「那深深的夢想是什麼？」

我拿著餐具的手微微一停。

蜻蜻率先替我回答：「姊姊那麼聰明，一定是以台大醫學系爲目標吧？既然如此，那她以後當然是當醫生嘍！」

然而學長沒有接蜻蜻的話，只是盯著我看，「妳有想要做的事情嗎？」

在他平靜卻隱約帶著力量的凝視下，我緩慢點了頭。

「是什麼？」

他此刻的態度讓我覺得，除非聽見我親口回答，否則他不會停止追問。

於是我調整呼吸，迎向那雙眼睛，淡淡地說：「等到今年七月，我就會知道自己要做什麼了。」

「姊姊，這是什麼意思呀？」蜻蜻疑惑地問，爸媽也一臉不明所以。

「其實不管深深想做什麼，都無所謂。」爸爸摟著我的肩膀，「只要她能夠一直健健康康、平平安安地留在我們身邊，不管她打算做什麼，我們都會支持。」

「噢，」學長狀似無意地問：「那要是深深可能暫時無法留在您身邊，比方說出國留學幾年，您也會支持？」

聞言，爸媽忽然神色一斂，互相交換過一個眼神。

「坦白說，我們不太希望深深出國留學。」媽媽苦笑。

「為什麼？」學長眨了眨眼。

「這有點難以啓齒。深深的阿姨，也就是我妹妹，從小就很聰明，卻在出國留學時罹患嚴重的憂鬱症，不得不中斷學業返回台灣，而在深深十歲那年，她做出傻事，結束了自己的生命。」媽媽話中充滿痛惜與寂寥。

爸爸摟著我的力道加重了些，「這件事為我們一家帶來巨大的傷痛，尤其是深深，她和她阿姨感情很好。也因為這樣，深深比誰都清楚她媽媽內心的不安，她承諾過絕對不會出國留學。」

「原來如此。」阿魏學長了然地說，「深深果然非常貼心，那麼大概就只有她結婚的時候，才會眞正離開伯父伯母身邊吧？」

學長這番話讓爸媽笑了出來。

「那可不一定，你別看深深看似獨立，其實她很黏我們呢。深深是我最疼的寶貝女兒，我特別捨不得她嫁人，要是她婚後受委屈怎麼辦？有一次我還跟深深說，以後乾脆別嫁人了，讓爸爸養一輩子，她居然還說好呢，呵呵。」爸爸笑得合不攏嘴。

「哼，爸爸就只愛姊姊！」晴晴噘嘴抱怨。

長。

「吃什麼醋啊？傻瓜，妳也是爸爸的心肝寶貝呀。」媽媽輕捏她的鼻子。

阿魏學長嘴角帶著淺笑，「所以，伯父說想將深深留在身邊一輩子，是認真的？」

「是呀，畢竟我是真的很愛我的孩子。」爸爸溫柔地望著我。

「但我認爲，伯父口中宣稱的愛，並不是愛。」學長面不改色道，「而是監禁。」

我仿佛聽見空氣微微凍結的聲音，爸媽的笑容僵了，蜻蜻也嚇到了，傻愣愣地瞠視著學長。

「阿魏，你真是愛開玩笑。」媽媽很快強笑著說，企圖化解尷尬。

「這不是玩笑。」學長唇角的弧度不變，「雖然伯父伯母口口聲聲說捨不得孩子，想將孩子永遠留在身邊，但我覺得這句話，表面上是出自於愛，實則是打算折斷深深的翅膀，囚禁她一生。」

那一刻，我再也無法掩飾激盪的心緒，直直望向他。

學長笑出一口白牙，自動打圓場：「對不起，我無意讓伯父伯母難堪。只是我做家教幾年，偶爾會遇到某一種類型的父母，不把孩子視爲獨立個體，反而將其當作私有物看待，且不斷以各種方式脅迫孩子就範。不過，你們兩位如此開明，也說了對深深將來的選擇給予絕對尊重，那麼伯父方才那番話，我自然不會當真。」

語畢，他再次向爸媽舉起酒杯，「可以認識像你們二位這麼優秀的家長，是我的榮幸；而能認識深深和蜻蜻，對我而言更是意義深重。謝謝你們給我這個機會融入你們一家。」

直到學長飲下杯中最後一口紅酒，我仍無法將目光從他臉上移開。

儘管中途一度有些尷尬，但阿魏學長那番情真意切的感激之詞，算是有將氣氛從谷底救起，這頓晚餐在和樂融融下結束。

離開餐廳後，爸爸問是否要送學長一程，他婉拒了，卻突然發話：「伯父、伯母，我有個不請之請，能否將深深借給我一個小時？我另外準備了一份生日禮物要給深深，想帶她過去看看。之後我會送她回去，希望你們能放心把她交給我。」

考慮了一分鐘，爸爸在確認過我有帶手機後，終於點頭應允，「好，那深深就拜託你了。」

「謝謝伯父。」學長禮貌道謝，接著轉頭看我，「走吧，深深。」

我就這麼被學長帶走了。

他輕輕摟著我的肩膀，快步行走一段路後，我總算能開口：「學長，你要帶我去哪裡？」

「等等妳就知道了。」他攔下一輛計程車。

十分鐘後，他領著我來到一座大型廣場，空蕩的廣場上只有零星幾名路人，四周高樓大廈聳立，燈火通明，車輛川流不息。

並肩安靜站了幾分鐘，我狐疑地看了學長一眼。

「好了，差不多了。」他開始倒數，「五、四、三、二、一。」

他一倒數完，嵌在廣場中央的幾盞貓眼燈，全都亮了起來。

悠揚的音樂從四面八方響起，廣場地面跟著湧上清澈的水波，接著一道道水柱猶如噴泉朝空中高高躍起。隨著音樂的節奏與燈光的變化，那些水柱彷彿有生命般，忽高忽低，靈活流暢地舞動著。

這是一場燈光水舞秀。

水舞秀引得路人駐足欣賞，我也沉浸在這場華美精彩的演出中。

為時十五分鐘的水舞秀一結束，路人紛紛作鳥獸散，就像午夜十二點魔法失效的灰姑娘，經歷一場華麗的美夢之後，只餘現實的寂寥。

「是不是很漂亮？」阿魏學長的聲音讓我回過神。

「你說的禮物就是這個？」

「嗯，每逢週末晚上，廣場都會有水舞秀演出。妳喜歡嗎？」

我由衷點頭，「謝謝學長。」

「不客氣，妳喜歡就好。水舞秀每次的呈現都不太一樣，但都很漂亮，不管看幾次都不會膩。」他話鋒一轉，「說到這個，妳今天真的很漂亮，只是說也奇怪，我還滿不習慣看到妳這個樣子。」

他的直接也讓我跟著直言不諱，「我也不習慣現在的學長。」

「是嗎？」學長二話不說便將頭髮抓亂，拉開領帶，並解開襯衫領口的扣子，「我很久沒這樣穿了，確實挺不自在的，妳要不要也這麼做？」

我一時不懂他的意思，而他竟冷不防抬手將我盤起的長髮放下，我被他的舉動嚇了一跳。夜風很快將我的頭髮吹亂，我連忙撥開擋住視線的髮絲，學長燦爛的笑容映入眼簾。

「比起端莊優雅的公主，我更想看妳偶爾狼狽的樣子。不過要跟我比狼狽，我保證，妳絕對只有拿第二名的份。」

我怔怔看著他亂如鳥窩的頭髮與被扯得歪七扭八的領帶，忍俊不禁，掩嘴笑了起來，

「所以學長覺得這身裝扮並不適合我？」

「不是適不適合的問題，而是妳是不是眞心喜歡這樣的自己，心境會影響外在表現，妳要是喜歡自己這身裝扮，妳臉上的笑容會更眞切，眼中也會浮現歡喜，否則這身打扮對妳來說，不過就是座華貴的鳥籠罷了。」

他意有所指的隱喻令我無言以對，只能訕訕地說：「學長說得像是很了解我似的。」

「我不了解妳。」他眸光沉靜，「對妳而言，有誰是了解妳的嗎？」

我在一陣沉默後幽幽開口：「曾經有個人，他從不在我身邊，卻比誰都了解我。」

「曾經？意思是對方現在不見了？」他很敏銳。

「不是不見了，是不在了。」我淡淡地解釋。

學長默然片刻，「妳說對方『從不在妳身邊』，表示你們並不親近？所以那個人不是妳阿姨，也不是妳奶奶，對嗎？」

這次我沒有回答，微微垂下頭。

下一秒，阿魏學長輕輕將我攬入懷裡，我的呼吸猛地一滯。

「妳眞是個奇怪的女孩子。」他在我耳畔低喃，「即使是這種悲傷的話題，妳也可以說得像是發生在別人身上的事一樣。」

不曉得是不是他的臂彎太過溫暖，我竟不由自主一陣輕顫。

「學長也是個奇怪的人，爲什麼只是聽我這麼說，你就抱住了我？」儘管這麼問，我卻依然停留在他的懷抱裡，沒有半點抗拒。

「對啊，爲什麼呢？」他的聲音幾不可聞，彷彿不是在對我說話，而是在問自己。「深深，能不能跟我做個約定？」

「什麼約定？」

「明年的今天，跟我見面。」他擁著我的力道似乎加重了些，「就算妳以後不想再見到我也沒關係，但明年的這一天，妳一定要像現在這樣，讓我親眼再見到妳，妳能答應嗎？」

我腦中一懵，「……爲什麼？」

「我遲早會告訴妳理由，只要妳同意。」阿魏學長話音極輕淺，卻每個字都重重落在我心上。「一年後，讓我見到妳，可不可以？」

我幾度欲言又止，還沒來得及想明白，就發現自己已經點了下頭。

離開廣場後，阿魏學長一路牽著我的手，直到把我送進家門。

我站在玄關發了會呆，將頭髮盤回原樣，調整好呼吸，鎮定自若地走進客廳。

媽媽和蜻蜻立刻問我阿魏學長帶我去了哪裡，我如實回答，蜻蜻對我投來一個曖昧的眼色。

進到書房告知爸爸我回來後，他沒像媽媽和蜻蜻一樣問我去哪，僅淡淡問一句：「深深，你跟阿魏很熟嗎？」

我搖搖頭，「沒有啊，學長每次來家裡的時候，我大都在房間看書，就算偶然出來倒水遇到他，也多半只是簡單聊個幾句。」

爸看了我一陣，露出一個意味不明的微笑，卻也沒再多問。

之後我彈了半小時左右的琴，便去洗澡。

回到房間，我坐在床上，才放任自己回想今晚的一切。

「我遲早會告訴妳理由，只要妳同意。」

「一年後，讓我見到妳，可不可以？」

直至現在，我都還能感受到阿魏學長擁抱著我的力道，以及他掌心的溫度。

一陣敲門聲響起，蜻蜻興沖沖地推門而入，坐到我身邊，「姊姊，我問妳，老師他真的只是帶妳去看燈光水舞秀而已嗎？」

「是呀，妳覺得我在說謊嗎？」我淺笑反問。

「不是嘛，因爲老師的舉動太突然了呀，我一直在猜他究竟準備了什麼禮物給妳。」她莫名地雀躍，「老師開口要求帶妳走的時候，超有男子氣概的。姊姊，妳會不會也覺得老師很帥？對他有點心動？」

「還好，我沒什麼特別的感覺。」我聳聳肩，回得漫不經心。

「眞是的，姊姊的眼光未免太高了。老師今天穿得那麼帥，又做出那麼帥氣的舉動，妳居然還無動於衷。」蜻蜻嘆了一口氣，失望地跳下床，「好吧，既然姊姊對老師沒興趣，那就算嘍。晚安，姊姊，祝妳生日快樂！」

蜻蜻踏著輕快的步伐走出門外。

幾個小時後，我輕手輕腳走進蜻蜻的房間，從書桌抽屜翻出蜻蜻的日記，就著夜燈讀了起來。

今天是姊姊的十八歲生日。

我們去一間超級漂亮的高級餐廳吃飯，阿魏老師也來了，他看起來就像是從漫畫裡走出來的翩翩貴公子。

吃完飯後，他說要送姊姊一樣禮物，就當著爸媽面前把她帶走了，簡直就像漫畫裡的劇情一樣，超級浪漫！

我覺得老師和姊姊其實很相配，而且我也感覺得出老師對姊姊似乎有某種程度的關心。要是姊姊能夠喜歡上老師，不知道該有多好。

眞的好希望他們可以在一起。

後來我不僅繼續對學長避而不見，甚至在他捎來訊息時已讀不回，且讀完就立即刪除。然而只要他傳訊息過來，當天半夜三點，我就會將手機留在房間，偷偷摸摸去到家裡附近的公共電話亭，撥出那串早已深植記憶的號碼，很快地，話筒另一端便傳來我再熟悉不過的嗓音。

「喂？」他的嗓音裡猶帶濃厚的睡意，「請問哪位？」

不管他如何追問，我都只是靜靜拿著話筒，一語不發。

直到他失去耐性掛上電話。

「寶貝，已經九點了喔。」

爸爸不知何時從書房走了出來，站在我背後溫聲提醒。

「嗯。」

他雙手搭在我的肩上，透過那面擺在鋼琴上的鏡子看著我，「爸爸知道妳還想繼續彈，但這樣鄰居會不高興的，等假日再彈，好不好？。」

我說好。

於是週末兩天，我都從白天彈到晚上，而且始終只彈同一首曲子。

✦

「聽說深深決定要考指考？」

耳機裡的音樂停歇，剛好容我聽見客廳隱約傳來阿魏學長的聲音。

「是啊，她對學測分發的結果不太滿意。阿魏你怎麼會知道？」媽媽問。

「是我跟老師說的。」蜻蜻接過去代答，「眞的好奇怪，明明都上台大醫學系了，爲什麼非得再考指考呢？」

「既然是妳姊姊的決定，就尊重她吧。」爸爸說完，旋即語帶惋惜地說：「時間過眞快，再過一個月，阿魏的家教任期就到了，屆時一定要讓我們請你吃頓飯，感謝你這段日子對蜻蜻的照顧。蜻蜻，妳也要在期末考拿出好成績，別辜負老師的用心。」

學長很快告辭離去，我心不在焉地翻看參考書，沒過多久，桌上的手機微微一震。

「深深，晚安。記得照顧好身體。」

盯著這條訊息許久，我依然已讀不回，也依然立即刪除。

半夜三點，我也依然離家去到公共電話亭，打了通無聲電話給他。

幾次過後，他接起電話時，語氣裡不再帶著濃厚的睡意，也不再很快掛斷。

在學長即將結束家教任期的前一週週二，我又一樣在半夜三點打電話過去。

鈴聲才響了兩聲，他便迅速接起，彷彿早在等待。

「喂？」他的聲音不慍不火，十分清醒，「你今天還是不肯出聲嗎？」

我微微抿唇。

「好吧，你若不想說話，就用別的方式回答我。答案若是肯定的，你就敲話筒一聲；若是否定的，就敲話筒兩聲。好嗎？」他不給我考慮的時間，迅速問出第一個問題，「你是不是遇到什麼危險，才無法開口說話？」

我不由自主地舉起另一隻手，輕輕敲了話筒兩聲。

他聽見後，接著問：「那麼，你只是因爲無聊，才打這種惡作劇電話給我？」

我敲了話筒兩聲。

「所以這不是惡作劇，你是專程打電話過來的？」

這次我敲了話筒一聲。

「你是我認識的人嗎？」

再一聲。

約莫半分鐘後，他開門見山問道：「妳是不是深深？」

我胸口一震，他爲何能猜中是我？我的手指懸在話筒邊，遲遲沒能敲下，但我相信學長已經從我的反應印證了他的猜測。

然而他沒揭穿我，再開口時，他的聲音已然帶著一縷淡淡的溫柔，「沒關係，妳要是眞的不想說出自己是誰，我就稱呼妳爲『陌生人』，可以嗎？」

過了半晌，我才終於又敲下一聲。

「好，既然妳還不想睡，要不要聽聽我從未與別人說過的祕密？」他低沉的嗓音在寂靜的夜裡聽來，帶著一股奇異的蠱惑，「我曾經跟某個人約定，要拿這個祕密與她交換一個祕密，但始終未能等到她與我交換。今晚我突然有了想說的興致，如果妳沒興趣聽，可以掛斷。」

我喉嚨乾澀，握著話筒一動也不動。

「在我十歲那年暑假，曾經和我爸媽、哥哥一塊出遊露營。」

他開始述說起一段遙遠的往事，「我們在營區結識了居住在同一座城市的另一家人，我與只小我一歲的男孩很快成爲朋友，回程還跑去搭他們家的車，只爲了跟他多玩一會兒。那天下著大雨，行經一座隧道時，隧道突然坍塌，一陣天搖地動，我嚇得閉上眼睛。等我再次張開眼睛，眼前卻是一片黑暗，我和那個男孩被困在泥土瓦礫堆裡，動彈不得。

「我連忙呼叫前座的叔叔阿姨，卻沒能得到回應。我和那個男孩都很害怕，他大概是受了傷，一直哭著說好痛。爲了安撫他的情緒，我強打起精神，提議玩數數字的遊戲，看看數到幾分鐘後會有人過來救援。然後我們就跟著我手錶秒針的跳動聲響，從一數到六十，如此反覆不斷。」

我聚精會神地屏息聆聽。

「數了成千上百個六十秒後，我喉嚨啞了，再也發不出聲音，那個男孩則在中途就沒了聲息，最後我唯一能聽見的，就只有秒針的跳動聲響。」他停頓了下，「那台車上，只有我一個人活了下來，男孩和他的爸媽都不幸罹難，而連日大雨阻礙救援進度，導致我在受困的第三天才獲救。爸媽的車子離隧道出口較近，沒被太多瓦礫壓住，僅受到輕傷，但後座的哥哥卻在等待搜救的過程中奄奄一息。等我終於被救護人員抬出去，看見隧道外頭的曙光，同時也聽見我媽媽的哭號，她不斷呼喊哥哥的名字。」

這一次，學長停頓的時間更長了些，再開口時，語氣依舊維持淡定。

「我媽還喊著，即使救不了我，也一定要救回哥哥，就在媽說完那句話後，她鬼使神差地回過頭，與我四目相對。後來我才知道，當時搜救人員都斷言後面車輛的乘客應該已經全數罹難，所以爸媽只能將希望放在哥哥身上。」

說到這，他只是很輕地嘆了一口氣，一點也不像是在說自己的事。

「這起事故影響我非常深。我忘不了那個一邊跟著我數數字，一邊慢慢死去的男孩，也忘不了度日如年的那三天，以及我媽回頭見到我時的表情。除此之外，我也仍無時無刻感覺到秒針跳動的頻率，就像有個時鐘永遠嵌進我的身體裡，一直滴答作響，即便長時間不去看時鐘，我也能知道過去了多少個六十秒。

「這就是我最大的祕密。現在，妳可以告訴我妳的祕密了嗎？陌生人？」

「妳眞是個奇怪的女孩子。即使是這種悲傷的話題，妳也可以說得像是發生在別人身上的事一樣。」

想起這個人曾經說過的話，我握緊了話筒，身子輕輕發顫。

電話亭的玻璃牆，倒映出我毫無表情的面容，還有一滴從眼眶滾落下來的眼淚。

「妳跟妳奶奶一樣，非常愛彈琴。」

「從今以後，妳儘管在自己家裡彈琴，想彈多久就彈多久。」

「其實……」不知不覺淚流滿面的我，對著話筒哽咽吐出一句破碎的話語，「我眞的，非常，痛恨鋼琴。」

邱岳彤

國三這一年，對我而言依然等同於噩夢的象徵。

在我至今爲止的人生中，那是讓我嘗盡黑暗與痛苦的一年，永遠不可能忘記。

這段過往影響我極深，我一度無法再與別人接觸，更無法再輕易相信人。

那段噩夢時時刻刻吞噬著我，讓我對人性感到無盡的絕望。

尤其過去我最豔羨、最憧憬、最渴望成爲的那種人，如今在我眼中，他們不過都是一隻隻披著羊皮的狼。

當大家都對他們投以欣賞崇拜的目光，我在乎的卻只有他們脫下良善外衣的樣子，想著他們的內心其實是多麼醜陋。

我已經習慣性這麼想了，雖然心生病了，卻也安全了。

我早就不再相信那些看似完美無缺的人，一心認定他們的好全是僞裝，打從心底鄙夷並憎惡著他們。

從煉獄般的世界走過一回後，很長一段時間，我都不願再接納誰，更沒想過再去接觸過往的人事物，除了久久聯絡一次的蜻蜻。

因此當陳鳴宏突然出現在我面前，震驚之餘，那段痛不欲生的回憶再次撕裂我的心，我恨不得馬上轉身逃開，即便過去曾爲他心動不已，此刻我心中卻只盈滿恐懼與抗拒。

我萬萬沒想到還會再見到他，更沒想到他竟然親自來找我。

但我終究已經不是從前那個天眞憨傻的邱岳彤，就算與他重逢，勉強答應與他談話，我也只想跟他保持距離，在彼此之間設下一道高聳的圍牆。

也許是我表現出的戒心太過明顯，連他都感覺到了，他主動向我道歉，我一時之間百感交集。

我無法相信他的道歉是出自於眞心，就算是，我也會偏激地認爲他只是過意不去，想藉由道歉讓自己好過一點，這麼做並不會讓我感動，只讓我更加確信他果然也是我憎惡的那種人。這幾年我內心所經歷的苦痛，不可能僅靠一句對不起就能揭過。

而陳鳴宏將他來訪的目的坦然相告，他想查出薛有捷死亡的眞相，想知道當年我爲何會質疑深深，並向我保證，這次無論我說什麼，他都會相信。

我在得知他也同樣被最信任的摯友欺騙，也嘗過跟我一樣的痛苦後，漸漸對他卸下心防，告訴了他我所知道的一切。

過了幾天，他傳訊息說想介紹一個人給我認識，跟我當面商量一件應該能幫上蜻蜻的事。

那個人是大我們三屆的國中學長，名叫車奐予。才和他相處幾分鐘，我就感覺到他的機敏睿智。

原來他也認識薛有捷，並且同樣對他的死因抱持懷疑，因此他打算藉由擔任蜻蜻的家庭教師，暗中調查深深，而這點需要我從中協助。

聽完他縝密的計畫後，我由衷感到敬佩，也覺得可行性很高，於是決定加入。果然，在我和陳鳴宏的通力合作之下，車學長順利成爲蜻蜻的家庭教師，而我和陳鳴宏也因爲有了共同的目標，慢慢建立起革命情感。當他遇上難解的疑問，甚至主動打電話給我，說是想聽聽我的意見。

所謂難解的疑問，其實還是與薛有捷有關。

是什麼樣的父母，會將兒子的遺物丟到一樣也不剩？陳鳴宏對此懷有強烈的疑惑和不解。他還說薛有捷曾向他表示，深深跟他是一樣的人。這句話很耐人尋味，我曾反覆思索過各種可能，卻始終想不出個所以然來。

✦

車學長通常每個月都會透過LINE群組，向我們報告他近來對於蔣深深的觀察。每次他去蔣家爲蜻蜻上課時，深深幾乎都把自己關在房間裡。他從蜻蜻及其父母口中打探得知，深深每天的作息十分規律，多半一放學就會準時回家，此外，她天天彈琴，假日也是如此，鮮少出門，上高中後就不曾再帶同學到家裡來過，雖然在學校還是人緣不錯，但似乎許久未聞她與哪個同學特別要好。

看到最後這句，我內心五味雜陳，說不上究竟是什麼感觸。

與此同時，我也跟蜻蜻聯絡過幾次。她很喜歡車學長，也很滿意他的教學方式，在車學長的指點下，成績得以突飛猛進。

陳鳴宏考完學測後，我趁著過年前，特地約他在車站裡的咖啡館見面。

「學測還順利嗎？」

「還行吧。」他似笑非笑地啜了咖啡一口，看起來沒有考完試的如釋重負，反而有些心不在焉。

「車學長已經確定留任到下學期末了，聽說這還是蜻蜻的意思。」我難掩好奇，「車學長先前是不是有做過家教？不然怎麼那麼厲害？」

「我也不是很清楚，關於他的事，我也只是聽我媽說過一些。」他單手托腮，望著窗外往來的人群，「奐予哥以前家境好像相當不錯，爸爸曾經是某個企業集團的CEO……媽媽家世顯赫，年輕時是電影演員，所以奐予哥可說是在上流社會中長大的。但是，奐予哥的爸媽在他國中時離婚，他媽媽帶他哥哥去美國生活，而奐予哥的爸爸，在他十六歲時生病過世。據說他爸臨終前與前妻協議，等奐予哥滿二十歲，就將房子過戶給他，可是奐予哥卻把房子租出去，自己另租一間小套房居住。」

「爲什麼？」我不懂車學長爲什麼要這麼做。

「我也是經過我爸分析才明白，奐予哥原來的家漂亮寬敞，地段也相當好，轉租出去能收到的房租，比他要付出的房租高出兩倍以上，況且一個人住那種大房子，打掃起來也很費事。奐予哥想得眞透徹，如果是我，恐怕根本不會考慮這麼多。」

我沉吟一會，「但或許，車學長會這麼做，也是因爲寂寞。」

「寂寞？」

「嗯，畢竟他和爸媽、哥哥一起住在那裡過，如今只剩自己一人，就算房子再寬敞漂亮又如何？應該也很孤單吧？」我才說完，陳鳴宏就忽然若有所思地盯著我看，我有些侷促，「怎麼了？」

「我發現妳的心思眞的很細膩，妳總是自然而然就能注意到我不會看見的地方。」他的目光從我臉上移開，澀然一笑，「我這個人其實不太會設身處地站在對方的立場想，只懂得在乎自己的感受。這樣的我，也難怪會被說自私自利、沒有同理心了。」

隱約感覺到他的低落，我一時想不出該怎麼安慰他。

「也因爲這樣，有件事，我希望能繼續聽聽妳的想法，妳能不能幫我？」

「好啊，什麼事？」我不自覺正襟危坐。

「之前我不是跟妳提過，薛有捷的爸媽，將薛有捷的遺物全都扔了？」

「嗯。」

「最近放寒假，我又想起一個疑點。」他神情認眞，「在我的印象裡，薛有捷每年寒假都會回去故鄉找他哥哥，但既然他所謂的哥哥實際上並不存在，那他到底回去做什麼？」

「會不會就只是單純和爺爺奶奶一起過年？」我直接說出第一個想法。

他搖搖頭，「寒假還可以用這個理由解釋，但問題在於那傢伙連暑假都會回去，而且一待就是兩個月，每次都要等到開學前一天才回來，而他爸媽和姊姊卻幾乎每年暑假都留在台北。」

「暑假期間，你有跟薛有捷聯絡嗎？」我想了想，又問。

「每次寒暑假打電話給他，他都不會接。他說他哥哥住的地方比較偏僻，收訊不好，所以他去找他哥哥的時候，索性都不帶手機。」

聽到這裡，我不由得微怔，「那……他會不會是專程回去找爺爺奶奶？只是不敢讓你知道？雖然我也不是很明白這種事有什麼好不敢讓你知道的。」

「我也想過這個可能，所以前陣子，當我遇到放假回來的薛二姊，我刻意與她聊了幾句，問她薛有捷生前跟他爺爺奶奶的感情是不是很好？她沉默幾秒才回答『還不錯』。」他微微瞇起眼睛，「奇怪的事還不只這一件。」

我不自覺屏息，「還有什麼？」

「有次我摁了他們家門鈴，是薛有捷的大姊開的門。她一看到是我，似乎以爲我又忘了帶鑰匙，立刻表明家裡有客人在，不方便讓我留下。但實際上，我只是替我媽跑腿，分送親戚寄來的水果，而我根本沒聽見屋內有其他人的聲音，玄關也一雙鞋子也沒有。」

陳鳴宏這段話，不知怎地，令我隱隱打了個寒顫。

「那次我向薛有捷的媽媽要求看一下薛有捷的房間，她從頭到尾都跟在一旁，像是在監視著我；還有一次，我走在巷子裡，遠遠見他二姊從對面走來，卻突然硬生生地轉進另一條巷子，但我很確定她也看到我了。」他神情肅穆，「妳覺得這是我多心，還是她們其實在刻意避著我？」

我一時半刻回答不了，只能沉默以對。

「這陣子我思來想去，覺得說不定是薛有捷的媽媽和二姊，都察覺到我最近忽然打探起薛有捷的事，導致他的大姊也開始跟著『防備』起我。或許，她們做出這些有違常理的行徑，是不想我再有機會打探薛有捷的事。」

我開始覺得有些毛骨悚然，倘若眞如陳鳴宏所言，他的懷疑算是頗爲合情合理。

「莫、莫非，你認爲薛有捷的媽媽，還有兩個姊姊，刻意隱瞞了什麼？」

「老實說，我的確這麼想。」他放在桌上的雙手緊握成拳，「所以我決定了，我打算自己去找答案。」

「你要怎麼找？」

他深吸一口氣，壓低聲音：「我打算再去薛有捷的老家一趟，見見他的爺爺奶奶，確認他每年暑假是不是眞的有回去？如果有，再問他們那傢伙回去都在做什麼？我上次去的時候，沒見到他的爺爺奶奶，但有跟附近的早餐店老闆聊過。薛有捷過去是那家店的忠實顧客，倘若他生前暑假都有回去，一定會去那兒買早餐吧？」

「那你打算什麼時候去？」

「學測成績公布後還要忙推甄，可能會選在開學後的某個週末去吧。」

「到時我能跟你一起去嗎？」這句話幾乎是脫口而出，我傻了一下，頓時羞紅了臉。

陳鳴宏也愣了愣，燦然一笑，「好啊，有妳陪我去，我也會覺得踏實不少，謝了。」

我這才安下心來，「這件事你告訴車學長了嗎？」

他低頭忖度，搖搖頭，「先不要告訴他，他正忙著關注蔣深深一家人，我不想讓他爲這件還不能確定的事分神。等我找到確切的證據，再讓奐予哥知道。或許這會成爲改變調查方向的關鍵，不能隨便下定論。」

「你說改變調查方向是指……」

「薛有捷眞正的死因。」他微微蹙眉，「如果薛有捷的家人有問題，那麼那傢伙的死，可能不見得只與蔣深深有關。」

後來我和陳鳴宏暫時有一段時間沒聯絡，直到學測成績公布。

車學長在群組裡問他考得怎麼樣，我才知道他拿到七十三級分，心裡正覺敬佩，陳鳴宏卻表示他父母一心期盼他能考上台大醫學系，而這個分數能上的機率不太高，因此還沒開始推甄，他們就鼓勵他再拚七月指考。

另外，儘管車學長仍繼續擔任蜻蜻的家教，但他已經好一陣子沒再提供關於蔣深深的訊息了。不過就算他不說，我也能從媒體上得知深深獲得滿級分的消息，畢竟是第一學府的學生，不用特別去查，新聞也會播報。

況且就算我不問，蜻蜻也會「順便」透過LINE告訴我。

「岳彤姊姊，妳還生姊姊的氣嗎？」

她這麼問我時，我沒有馬上回覆。

「我只擔心妳。」最後我這麼回。

「不用擔心，我沒事的。其實，我還是很希望妳和姊姊可以和好，畢竟妳們會這樣全是我害的，但既然姊姊已經把妳送她的畫撕掉了，那或許妳們是眞的不可能和好了。不過我還是很喜歡妳，岳彤姊姊千萬不要討厭我喔！」

「不會的。謝謝妳，蜻蜻。」

深深仍舊沒有變。

意識到這一點的我，不由得再次爲自己感到無比悲哀。

那段心碎的過往，對我而言仍歷歷在目，她卻早已將之拋在身後，繼續風光走上屬於她的康莊大道，我與她共同經歷過的種種，並不具任何意義。

然而有一天，車學長忽然打電話給我，問我是不是會畫畫？是不是曾畫過深深的畫像送她？

「你怎麼會知道？」我嚇了一跳。

他掛掉電話，傳了一張照片給我。

那是一幅畫，一幅被護貝起來的畫。我盯著那幅畫，心中又是驚訝又是困惑。

車學長再次打來電話，「看到照片了嗎？這是妳畫的沒錯吧？」

「是我畫的沒錯，但……」

「這張畫被深深收在她房間的書櫃裡，是我無意間看到的。」他告訴我他發現那幅畫的經過，「深深說，畫是國中時的好友送她的，但對方已經和她絕交。我第一個想到的就是妳。」

我愣住了，這是怎麼回事？

「畫並不是妳拿去護貝的吧？」

「嗯。」

「果然，我感覺得出深深很珍惜這幅畫，她心裡依然惦記著妳吧？」

紛亂的思緒在我腦中來回翻騰，我啞著聲音說：「可是，這不對呀……蜻蜻明明告訴我，深深早就把那張畫撕了。」

車學長頓了一下，「眞的嗎？」

「嗯，蜻蜻告訴我的，在我跟深深決裂後，她親眼看見深深把畫撕了……」

我百思不得其解，「怎麼會這樣？難道是蜻蜻看錯了？還是她騙我？」

「都不是。」車學長語出驚人地表示，「我推測深深很有可能事先準備好一張複製畫，故意當著蜻蜻的面撕毀，讓她相信妳們已經徹底決裂。」

我也不覺得蜻蜻會騙我，車學長的推論確實是唯一的可能，否則那張被護貝且收藏起來的畫要怎麼解釋？

「……爲什麼深深要這麼做？」我話聲顫抖。

「我也還不明白，不過和妳談過後，我突然覺得，問題或許並不在深深身上，而是蜻蜻。」車學長說話的語速飛快，「我能想像妳現在心情應該很激動，但在查出眞相之前，請妳裝作什麼都不知道，繼續像往常那樣和蜻蜻相處，好嗎？」

我答應了，掛斷電話後，我呆呆望著那張照片。

「我很喜歡。謝謝妳，岳彤。」

「問題或許並不在深深身上，而是蜻蜻。」

最近幾天，我都為了這件事而心神不寧，下午索性假裝身體不適，向學校請了病假，在外頭四處閒晃。

最後，我來到蜻蜻就讀的高中，站在對街，心不在焉地看著魚貫走出校門的學生。

有個女孩迎面朝我走來，「請問妳是……邱岳彤學姊嗎？」

我認出這個女孩是蜻蜻過去的好朋友，時常和她一起來班上找我和深深，她和蜻蜻都讀這所高中，但不同班。

「學妹還記得我？」我有點驚喜。

「當然記得呀，妳怎麼會在這裡？」

「喔，我跟一個……小學同學約在附近碰面。」我隨口扯了個謊，不想讓她猜測我是來找蜻蜻的。

「原來是這樣，不過好久沒見到岳彤學姊了。」她對我笑了笑，眼底隨即浮上清晰的同情，「岳彤學姊，妳一定很痛苦吧？」

「什麼意思？」我不明所以。

「嗯……當初妳也是發現深深學姊對蜻蜻施暴，才會跟她絕交的，對吧？妳為了替蜻蜻主持公道，找深深學姊攤牌，卻讓妳被班上同學孤立，還被罵得超難聽。我們都很爲妳難過。」

我傻住了，「原來學妹也知道深深對蜻蜻施暴？」

「嗯，我們早就知道深深學姊是多麼可怕的雙面人了。」

「妳說『我們』，是指妳跟另外一個同學？我記得妳們和蜻蜻三個人當時總是形影不離。」

「其實一些跟蜻蜻熟識的同學幾乎都知道。蜻蜻說，如果被深深學姊發現她告訴別人，她會被修理得更慘，所以要我們千萬不能說出去，還要我們在深深學姊面前，表現出尊敬她的樣子，才不會讓她起疑心。」她不假思索答道。

我的指甲深深嵌進手心，拚命壓抑內心的激盪，「那蜻蜻有告訴妳們細節嗎？」

「有啊，深深學姊時常偷看蜻蜻的日記，有一次蜻蜻只是寫了句爸媽特別偏愛姊姊，隔天深深學姊就去到蜻蜻房裡，抄起長尺抽打她，她偷偷用手機錄下過程，卻不敢讓爸媽和老師知道，就怕影響深深學姊的前程，她後來還把影片刪了。」學妹愈說愈憤慨。

我沉默片刻，一滴眼淚沿著腮邊滾落，「蜻蜻眞是個傻女孩。」

學妹連忙安慰我：「岳彤學姊，妳別哭。這全是深深學姊的錯，她遲早會有報應的。」

我抹掉眼淚，輕扯嘴角，「對了，可以請妳別告訴蜻蜻，妳今天在這裡遇見我嗎？我不想讓她再回想起這些事。」

「好，我不會告訴她的。」學妹點點頭。

坐在回程的公車上，我凝視著窗外流逝的景色出神。

「姊姊最眞實的模樣，只有我和爸爸媽媽看過。」

原來蜻蜻並不只將深深對她施暴的祕密告訴了我。

當年蜻蜻宣稱她是碰巧錄下深深對她施暴的影片，但是根據學妹的說法，影片卻像是蜻蜻刻意錄下來的。此外，學妹在影片中看到深深在蜻蜻的房間裡抄起長尺抽打蜻蜻，我看到的影片卻是深深在自己的房間拿衣架打蜻蜻，這表示我和學妹看到的，是兩段不一樣的影片。

我看到的那段影片是否眞爲蜻蜻「碰巧」錄下，還是其實是她有意爲之？

況且深深向來謹慎細心，明知蜻蜻平素喜歡拍照和錄影，怎麼不會想到去檢查蜻蜻的手機，讓蜻蜻輕易留下證據？還有，當年我向深深攤牌時，她完全沒問我是怎麼知道的，也沒有辯解，只是用平靜的口吻說自己無話可說。

無話可說。

「因爲我希望妳能當姊姊最好的朋友。」

「我看得出姊姊很喜歡岳彤姊姊，所以我才會來找妳。」

「這件事我只能跟岳彤姊姊說，希望妳能幫幫我。」

「對不起，岳彤姊姊，妳就當作我沒有向妳說過這件事吧。」

將過去蜻蜻對我說的那些話反覆想過許多遍，我不得不萌生一個疑問——蜻蜻究竟是爲了什麼找上我？

蜻蜻刻意錄下那些影片給我和同學看，卻又阻止我們說出去，最後又將影片刪除。如果蜻蜻的目的從來就不是爲了求救，那她眞正的目的到底是什麼？而她接近我、促成我和深深成爲好友，爲的又是什麼？

只是爲了讓我在得知眞相後憎恨深深嗎？

儘管還想不明白蜻蜻的動機，但已能確定兩件事。

第一，蜻蜻沒有全然對我說實話。

第二，車學長的直覺沒錯，問題極有可能出在蜻蜻身上。

而倘若深深確實事先準備了一張複製畫，並故意在蜻蜻面前撕毀，是否代表她蓄意想向蜻蜻傳達什麼？像是讓蜻蜻相信她和我再無和好的可能？

「其實，我還是很希望妳和姊姊可以和好，畢竟妳們會這樣全是我害的，但既然姊姊已經把妳送她的畫撕掉了，那或許妳們是眞的不可能和好了。」

現在回想起來，這些話根本是在我的傷口上灑鹽，向來善解人意的蜻蜻不可能毫無所覺。一邊懇切地表示希望我和深深能夠和好，一邊卻又說出只會讓我對深深更不諒解的話語……這樣的蜻蜻，是眞的希望我和深深能和好嗎？

我不由得打了個冷顫。

忽然間，我感覺蜻蜻變得好陌生，不再是我熟悉的那個天眞無邪的蜻蜻。

良久，我用微顫的手拿起手機，決定聯絡車學長，將今天所聽到的事全都告訴他。

✦

兩週後的週五一早，我和陳鳴宏搭上南下的高鐵，前往薛有捷的老家。

三天前，當他得知週五是我學校的校慶，停課一天，便問我當天能否不去參加校慶，他可以蹺課，隱約感覺到他心急情緒的我，最後同意了。

我漫不經心地望著窗外，而戴著無線耳機、低頭滑手機的陳鳴宏，神情也明顯心不在焉。

不曉得過了多久，他輕拍了下我的肩膀，遞給我一瓶綠茶，應該是他方才在高鐵勤務人員推著商品推車過來時買下的。

「謝謝你，多少錢？」我匆匆要拿錢包。

「不用了，我請妳。」他擺擺手，「妳剛剛在想什麼？」

「也、也沒什麼，只是在想車學長那邊不知道是否有新進展？」

我並未坦然道出自己是在想著蜻蜻身上的矛盾與疑點。陳鳴宏可能還得準備指考，也還在爲薛有捷的事煩心，我暫且不想跟他講太多，免得影響他念書。

「對了，你還記得薛有捷老家在哪裡？」

「嗯，他老家附近有一間幼稚園，等等請計程車司機載我們過去那邊，我應該就有印象怎麼走了。」他頗具信心地說。

「那麼這幾天薛有捷一家有什麼異狀嗎？」

陳鳴宏露出一抹極淺淡的微笑，「他們預計在今年八月搬家。」

「搬家？」我嚇一大跳，「眞的嗎？」

「嗯。」他眼底沒有半分笑意，「我爸三天前從社區管理員口中聽見的，薛媽媽還再三要對方保密，但管理員很八卦，一下子就說溜嘴了。」

「搬家的理由是什麼？」我頓時口乾舌燥。

「聽說是想換個新環境生活。」他冷笑一聲，「得知這個消息後，我就知道不能再拖了，得加快調查的腳步。」

這下子我不得不相信，薛有捷一家人極有可能藏著什麼不可告人的祕密。

就像蜻蜻也是……

電光火石間，一個想法閃現心頭，我猛地抓住陳鳴宏的手臂。

「怎麼了？」這次換他被我嚇一跳。

「薛有捷生前曾對你表示『他跟深深是一樣的』，對不對？」我急切地問。

「嗯，有什麼問題嗎？」他點頭。

事關緊要，我還是把深深與蜻蜻之間的那些矛盾與疑問，都向陳鳴宏全盤托出。

「妳認爲……」他神情複雜，有驚愕，也有了然，「薛有捷那句話的意思，指的可能是，蔣深深跟他擁有一樣的祕密？」

他果然聽懂了。

「我也不敢保證一定是這樣，但我的直覺是這麼告訴我的。」

這次陳鳴宏沒回答，只是一動也不動地安靜坐著。

「邱岳彤，雖然現在還無法確定妳的直覺是否正確，」他直勾勾地望著我，「但我有預感，只要查出薛有捷他們一家隱藏的祕密，蔣深深的祕密也會水落石出。」

多虧陳鳴宏準確無誤的記憶，一個半小時後，我們順利找到一棟三層樓的透天厝，有個老人正蹲在庭院整理盆栽，他應該就是薛有捷的爺爺。

陳鳴宏拉著我低聲說了幾句。

五分鐘後，我扶著一臉痛苦的陳鳴宏，慌慌張張地上前向老人搭話：「老爺爺，請問你家有急救箱嗎？我男朋友不小心受傷了。」

一見陳鳴宏的右手紅腫瘀青，還滲出了血，老爺爺二話不說便領著我們進屋。

熱心的他找出藥膏替陳鳴宏上藥，宣稱這種藥膏很具療效，傷口很快就能痊癒。

我偷偷觀察屋內，在電視機旁的全家福合照中，發現一個熟悉的面孔。

儘管男孩在照片裡才六、七歲左右，但我認出了那一雙大眼睛，他是薛有捷沒錯。

「你們今天不用上課啊？」老人好奇地問。

「我們在台中讀大學，今天沒課，就帶我女朋友來附近走走。」陳鳴宏面不改色地說，「爺爺，你家這邊眞安靜，你是一個人住嗎？」

「不是，我跟我老婆住，她去市場買東西。」

「哇，這麼大的房子就你們兩個人住啊？」

「以前我兒子一家也住在這兒，後來都搬去台北了。當時我兒子媳婦睡二樓，孫子孫女睡三樓，家裡熱鬧得很。」大概平時少有人能陪同聊天，老人顯然談興高昂。

我和陳鳴宏默默交換過一記眼神。

待擦好藥後，陳鳴宏向老人道謝，接著撫著肚子，露出痛苦的神色，「爺爺，可不可以跟你借個廁所？我肚子有點不舒服。」

「你看，就跟你說早餐不要吃那麼多。」我佯裝不悅地對他叨念。

老人哈哈大笑，「廁所就在廚房旁邊，快去吧。」

「謝謝！」

陳鳴宏匆匆跑開後，我走到門前，裝作對庭院裡的眾多盆栽很感興趣，纏著老人一一為我介紹，並繼續與他攀談，好讓陳鳴宏能有機會溜上樓探看。

「爺爺，既然你兒子一家人都搬去台北了，你會不會很寂寞呀？」

「不會啦，習慣了。」

「是喔？如果是我，應該會很寂寞耶。你的孫子孫女都還在讀書吧？他們寒暑假會回來看你嗎？」

老人明顯一頓，隨後才笑容可掬地說：「會呀，他們放假都會回來，他們很乖。」

「那就好。」我就此打住，不再多問，繼續回到盆栽的話題。

十分鐘後，陳鳴宏神態輕鬆地出現，再次向老人道謝並道別。

一走出巷子，我馬上緊張地盯著陳鳴宏受傷的手看，「怎麼樣？還很痛嗎？」

「不怎麼痛了，沒想到那罐藥膏還挺有效的。」他苦笑。

「你也太衝動行事了，萬一骨折怎麼辦？」我還餘悸猶存。

方才我們正在討論該如何找機會進到屋裡，陳鳴宏竟冷不防舉起右手往牆上重重捶落，故意弄傷自己，他說相較於借廁所，這招比較容易讓對方卸下戒心。

「對了，我問過薛有捷的爺爺，他的孫子孫女寒暑假會不會回來看他？他的反應有點微妙，停頓了幾秒才說會。」我馬上向他報告自己得到的情報。

陳鳴宏沉思了一會兒，點點頭，「我知道了。」

「那你有找到薛有捷的房間吧？結果怎麼樣？」

「晚點跟妳說，我們先去另一個地方。」

他說的另一個地方，就是薛有捷常去的早餐店。

現在還不到十點，早餐店裡還有一兩位客人。

早餐店老闆定睛打量著我們，目光有些古怪，搶在陳鳴宏開口前對他說：「你是薛有捷在台北的朋友吧？」

我第一次見到陳鳴宏如此不知所措的模樣，他愣了一會兒才問：「請問你是怎麼知道的？」

「你不是曾來過這裡問我有捷的事？可別小看早餐店老闆的記憶力，我對來過的客人過目不忘唷！」老闆發出爽朗的笑聲，「你怎麼又來了？今天不用上課？旁邊這位是你女朋友？」

老闆不僅記得陳鳴宏，還知道他是薛有捷的朋友，自然無法用剛剛那套說詞矇騙過去。

陳鳴宏不慌不忙地點點頭，鎮定自若說：「最近學測剛放榜，壓力有點大，才想蹺課出來走走。」

「特地從台北來到這裡？爲什麼？」老闆娘好奇插話。

我看了陷入沉默的陳鳴宏一眼，主動接過話：「他跟薛有捷是很好的朋友，他常常跟我提起薛有捷，說有機會想再來這裡看一看，也算是懷念薛有捷。」

老闆和老闆娘看向陳鳴宏的眼神多了幾分感動，老闆娘難掩感慨地說：「眞是有心，有捷能有你這樣的朋友，實在是他的福氣。」

「沒有，我什麼都沒爲他做。」陳鳴宏低垂著頭，聲音比平時沙啞許多。

我相信，這句話是他發自內心的肺腑之言。

老闆烤了幾片厚片吐司請我們吃，隨後坐著跟我們聊了起來，我們也不再拐彎抹角，直接把話題往薛有捷身上帶。

「他每年寒暑假都還是會回來，那他也天天來這兒買早餐嗎？」陳鳴宏問。

「沒有耶，只有寒假他才偶爾過來，他們一家不是每年都會回來過年，有時是他的爺爺奶奶去台北。」老闆娘沉吟了一下，「我好像沒印象在暑假見過有捷。」

「是這樣嗎？」陳鳴宏的聲音變得緊繃。

這次回答的是老闆：「是啊，如果他有回來，一定會來我們店裡買早餐，可是自從他搬去台北，一直到他去世前，他都沒在暑假出現過，倒是他兩個姊姊偶爾會在暑假回來幾天。我問過她們，有捷暑假是不是不會回來這裡，她們說有捷覺得暑假待在這兒太無聊，比較喜歡留在台北跟朋友一起玩。」

儘管陳鳴宏沒有出聲，我也沒去看他的表情，我仍能知道他此刻的心情。

老闆記憶力絕佳，他說的應該不會有錯，況且他也沒有必要撒謊。

我的手心在不知不覺間滲滿了冷汗。

在早餐店待了一個小時，我們起身準備告辭，並拜託老闆和老闆娘別把我們來過的事透露給薛有捷的家人知道。

陳鳴宏笑著解釋：「畢竟薛有捷的爸媽和我爸媽很熟，要是被我爸媽知道我蹺課跑來這裡，我就慘了。」

老闆和老闆娘也笑著同意了。

揶揄了陳鳴宏幾句，老闆忽然提議：「既然都來了，要不要順便去有捷以前讀的小學走一走？就在附近，我可以開車載你們過去。」

盛情難卻，加上還有時間，我們便坐上老闆的小卡車，一同前往那所小學。

當時我們怎麼也沒想到，這一去，竟會有如此出人意表的發現。

抵達學校時，正值下課時間，或許是因爲學校不少師生都是店裡的常客，只見老闆與校門口的警衛熟絡地聊了幾句，我們便被允許進到校園。

接著老闆叫住一名像是老師的中年女子，上前與她站在不遠處交談，過程中老闆頻頻轉頭朝我和陳鳴宏指指點點。

三分鐘後，老闆揮手示意我們過去，「有捷過去的班導仍在這裡任教，我請這位老師帶你們去找他，如果想知道更多關於有捷的事，可以直接問他，他是一位非常好的老師。」

早餐店老闆有事先行離去，我們跟著女老師一路來到導師辦公室，女老師請我們先站在門口稍候。沒過多久，一名自稱姓湯的男老師出現在我們面前，他戴著銀色細框眼鏡，身材清瘦，笑起來和藹可親。

「我已經聽說了，你們是有捷在台北的朋友吧？」他的嗓音和他的笑容一樣充滿暖意，「你們可以再等我一堂課嗎？我們中午再好好聊聊。」

於是我和陳鳴宏來到校園裡的一座小涼亭坐著等候。

「不好意思，邱岳彤，讓妳陪我到現在。」陳鳴宏說。

「不會啦，是我自願要跟的，你不用介意。」我小心觀察他的臉色，「你還好嗎？」

他輕扯嘴角，點了點頭。

但我很清楚他並不是眞的沒事，只是目前還不是討論的時機，所以便把話題扯開。

鐘聲響起片刻，湯老師拎著便當盒走進涼亭，「不介意我邊吃邊聊吧？我身體不太好，醫生叮嚀我一定要三餐正常才行。」

「當然不介意，是我們冒昧來訪，打擾到您用餐眞的很抱歉。」陳鳴宏有禮地說。

「不會，我很高興你們能來。你們吃了嗎？」

「吃過了。」我回答，方才在早餐店吃的厚片土司還沒消化呢。

除了便當，湯老師還帶來一本陳舊的週記簿，姓名欄寫著薛有捷，班級欄則寫著三年三班。

「你們爲了他專程從台北過來，我相信你們會是值得他信任的對象，你們把這本週記拿去看看。」湯老師打開便當盒，「你們跟有捷是怎麼認識的？是同班同學？」

「喔，他搬到台北後，就住在我家隔壁，然後……」陳鳴宏向湯老師講述他與薛有捷的相識過程，我則默默拿起週記簿翻看。

沒過多久，我猛地抬頭看向湯老師，心中充滿震驚。

「邱岳彤，妳怎麼了？」陳鳴宏問我。

湯老師卻是對著我微笑，「妳會有這個反應，表示你們並不知道有捷是這樣的人吧？」

聞言，陳鳴宏立刻湊過來讀那一頁週記，隨後也出現了同樣的反應。

「怎、怎麼會……」陳鳴宏瞪圓眼睛，「這怎麼可能？」

「那孩子在三年級的時候，察覺自己的性向跟一般人不一樣，並寫在週記裡。」湯老師不疾不徐地說：「他發現自己可能喜歡上鄰座的男同學。那個男同學沒有笑他口吃，還會傳紙條跟他聊天，兩人有段時間交情不錯。直到有一次有捷告訴對方，自己好像喜歡他，在那之後，一切就變了。男同學覺得有捷很噁心，把這件事告訴他讀國中的哥哥，並拉著哥哥去找有捷算帳，沒想到他哥哥反倒當著有捷的面，把弟弟痛揍一頓。這些有捷都寫在週記裡。」

我們繼續閱讀薛有捷的週記，才看了兩頁，陳鳴宏就突然表情一變，低喊出聲：「阿魏……」

「喔，那個男同學的哥哥，名叫田家魏，大家都叫他『阿魏』。」湯老師很快又說：「他是個很有意思的孩子，他告訴有捷，如果弟弟又欺負他，就到國中部跟他說，他會教訓弟弟。那個男同學後來聯合班上其他同學孤立有捷、模仿他口吃，故意嘲笑他，不過有捷卻始終沒向他哥哥告狀。

「有捷很憧憬能擁有一個像阿魏那樣的哥哥。他在週記裡寫著，就算阿魏抽煙喝酒、吃檳榔，跟朋友飆車，是大人眼中的壞孩子，卻是天底下最好的哥哥。在阿魏意外離世之前，有捷時常跑去國中部偷看他，偶爾被阿魏發現，阿魏也不生氣，還會帶他去福利社買點心給他吃，算是很照顧他。」

「阿魏意外離世……」陳鳴宏愣愣開口。

「阿魏家境不好，為了賺錢貼補家用，他和朋友假日去工地幫忙搬水泥，不慎發生意外，整個人被壓在幾百噸的水泥牆下，不幸過世。這對有捷來說，是相當大的打擊。」

湯老師說完，我和陳鳴宏面面相覷，一時未能出聲。

過了好一會兒，我才小心翼翼地打破這段沉默，「薛有捷喜歡男生，這件事就只有那位男同學、阿魏，以及湯老師您三個人知道，是這樣嗎？」

湯老師搖搖頭，「有捷的家人應該也知道。有捷在週記上問過我，男生是不是不能喜歡男生？我回他當然不是，就算是男生，也有可能會喜歡男生。結果他又在週記上寫，可是他二姊說他這樣很噁心，難怪同學會跟他絕交。之後，有捷就對此絕口不提。」

湯老師回憶，當時他曾經想透過週記，與薛有捷就喜歡同性一事繼續深入討論，薛有捷卻始終迴避不談，只在週記裡另外夾了一張字條，說以後如果讓爸媽發現他又提起這個話題，他就會被「處罰」，最後薛有捷換了一本新的週記簿，把舊的這本留給湯老師。

湯老師很想找薛有捷的父母談談，然而當時他還年輕，首次在教學生涯中碰上這種情況，他不確定自己這麼做是否能幫上薛有捷，還是會害了他？

「我心裡很掙扎，遲遲做不出決定，再加上有捷後來的週記寫的全是些日常瑣事，這件事就這麼被我擱置了。學期末最後一天，有捷突然告訴我，他要搬去台北了。」

陳鳴宏吶吶地問：「那他搬到台北後，還有跟您聯絡嗎？或是回來找過您？」

「每年他都會寫一張明信片寄給我，但倒是沒來找過我。而且有一點很奇怪，他從不會在名信片上留下地址，像是刻意不讓我有機會回信似的。他透過明信片告訴我，他只有過年才會回來這裡，不過他不想在過年期間打擾我，請我見諒。」

經湯老師提點，我才發現週記簿的內頁夾有薛有捷寄給他的明信片，每張明信片幾乎全都是在每年的二月下旬寄出。

而明信片的內容也大同小異，除了向湯老師問好，薛有捷都說自己過得很好，從未提及任何煩心事，只有在最末寄出的那張明信片上寫著，今年要開始準備會考，有點壓力，但他會加油的。

薛有捷出事後，警方研判他是因為單戀蔣深深，加上考試壓力過大，才會走上絕路。然而深明薛有捷性向的湯老師，馬上排除第一種可能，他猜測薛有捷之所以會自殺，可能眞的是因為考試壓力太大了。

在揮別湯老師前，他把薛有捷的週記簿交給陳鳴宏保管。

前往高鐵站的路上，我和陳鳴宏有過一番討論，薛有捷之所以不在明信片留下地址，或許是怕湯老師一旦回信，就會被他的家人發現。畢竟薛有捷的爸媽應該看過他的週記，那麼也一定看過湯老師在週記裡的批注，說不定會認為是他『教壞』了薛有捷，而薛有捷會轉學，也很有可能與此有關，他爸媽不想再讓他與湯老師接觸。

在回程的高鐵上，我又讀了一遍薛有捷的週記，忍不住瞄了身旁始終沒有出聲的陳嗚宏一眼。

「你還好嗎？」

「嗯。」他的聲音聽不出情緒。

先前我們都對薛有捷鍾情於深深這點深信不疑，不料他喜歡的其實是男生。

「這個……希望你不會介意我這麼問。」我舔舔乾澀的嘴唇，「過去薛有捷的爸媽，對於你和他如此親近友好，有沒有表現出質疑或擔心的態度呢？」

「完全沒有。不過，小學五年級時，同學謠傳我跟別班某個女生交往，這件事傳到薛媽媽耳中，她問我是不是眞的？我告訴她，如果要交女朋友，我會想找薛媽媽，或者薛家兩位姊姊那樣有氣質的女生，刻意討她的歡心。」陳嗚宏忽然輕扯嘴角，露出像是在自嘲的笑容，「姑且不論她的問題是否隱含試探，但她應該沒懷疑過我和那傢伙之間有什麼，否則她也不可能放任我和他天天在一起。」

我沒有說話，側頭看向窗外。

回到台北車站時，已是下午四點多。

「這件事，你打算讓車學長知道嗎？」我問他。

「嗯，畢竟這也算是很重要的線索，至少可以確認那傢伙的死因，與向蔣深深告白失敗無關，但還是要想辦法查出爲何他死時手裡會握著寫有她名字的字條。」

「好，這幾天我也會繼續盡我所能，從蜻蜻身上查找出蛛絲馬跡。如果有什麼事，隨時可以找我商量。」

「謝謝妳，邱岳彤。」陳鳴宏微笑看著我，眼神疲憊卻眞摯，「眞的謝謝。」

我站在原地，目送他的背影緩慢離去。

回到家後，我癱坐在書桌前，雙手扶著額頭，發出一聲長長的嘆息。

薛有捷身上的祕密實在太多了，也帶來太多衝擊了，以致於我都忘了問陳鳴宏，他是否有在薛有捷的老家發現些什麼？

今天這一趟算是收穫不少，也能確定薛有捷暑假從來不曾回去老家，他一直都在欺騙陳鳴宏。可是他爲什麼要說這種謊？

如果每年暑假他都不在台北，也沒回去老家，那他人究竟去了哪裡？

這樣看來，不僅是薛有捷的媽媽和兩個姊姊，甚至連他爺爺都可能有問題……

我搖搖頭，用力拍了拍臉頰，目前手邊的線索不夠，多想無益。車學長和陳鳴宏正在爲了找出眞相而各自努力，我得打起精神，繼續從蜻蜻身上找到更多線索才行。

只是思來想去，我也不曉得接下來該從何處下手，索性打開電腦，地毯式地查看網友對薛有捷墜樓身亡一事所衍生出的各種討論。

有網友聲稱自己認識深深，卻連她的性格都描述有誤；還有網友信誓旦旦地說我被送入精神病院，那些發言很多都是道聽途說，偏偏就是有很多人信以爲眞。

看了一整晚的網路評論，不斷被一堆虛虛實實的文字轟炸，直到半夜一點，我才頭昏腦脹地躺上床。

週末兩天，我也繼續窩在房間，觀看網路上那些關於深深的評論。

週日晚上九點，我揉揉酸澀的眼睛，正想著是否要放棄從網路上找尋線索時，卻忽然被某個網友的留言勾起了興趣。

「她妹也沒有多好。」

有網友兩年前在臉書上轉貼一篇議論薛有捷墜樓的文章，文中提到蔣深深，以及網友對她的評價。那個網友在轉貼時附上一段話：「我覺得那個女生很可疑耶，畢竟這世上雙面人太多了。雙面人都去死吧！」

下面有好幾個人留言附和：

「同意妳的話。」

「我哥也念這所學校，他說蔣深深在事發後，完全沒有半點爲薛有捷難過的樣子，感覺超冷血。」

「這樣聽起來眞的很恐怖，不知道她實際上是怎樣的人。」

「她妹也沒有多好。」寫下這則留言的是一個留著妹妹頭的短髮女孩，名叫王舫亭。有人問她怎麼會知道，王舫亭回：「我認識她妹呀，就覺得她也好不到哪去。」然後這個話題就這麼不了了之。

我馬上點進王舫亭的臉書頁面，她目前是某私立高中的高一生，年紀跟蜻蜻一樣大。既然是兩年前的回應，那麼她不是蜻蜻的國中同學，就是小學同學。儘管王舫亭並未再有其他關於蜻蜻的發言，但已經讓我覺得自己在黑暗中瞥見一道曙光。

與車學長、陳鳴宏合作調查至今，我領悟到一點，無論是多麼渺小微弱的光芒，我都不能忽略。

看著王舫亭的臉書頁面半晌，我點下傳送訊息的按鍵。

✦

週二黃昏，我匆匆抵達王舫亭學校附近的一間小茶館。

女孩已坐在靠窗處等候，她的妹妹頭短髮，讓我很快就認出她。

當我氣喘吁吁地站在她面前，她立刻點頭招呼，一邊打量著我，一邊問好：「邱姊姊嗎？妳好。」

「對，抱歉久等了！」我抹掉額上的薄汗，向店員點了一杯冰紅茶。

兩天前，我傳訊給王舫亭，表示我看到她兩年前的那段留言，希望能與她聊聊蔣蜻蜻，沒想到她不到一個小時就回覆了。

一開始她還對我有些戒心，在臉書上聊了一會兒，她才略微敞開心房。

王舫亭是蜻蜻的小學同學，兩人曾經是好朋友，不過後來漸行漸遠。

她說她受不了蜻蜻愛吹牛、愛炫耀的個性，而且蜻蜻跟她說了很多荒唐的話，讓她愈來愈難以理解對方，兩人也因此鬧得很不愉快。

看到這裡，我決定一定要跟這個女孩碰面聊聊。

王舫亭好奇我爲何要探聽蜻蜻，我坦白告訴她，我發現蜻蜻的一些行爲很讓人費解，所以想知道她到底是怎樣的一個人，於是王舫亭爽快同意與我見面。

「妳說，蜻蜻跟妳說過很多荒唐的話，大概是什麼時候的事？」我問。

「國小一年級的時候吧，到了二年級，我們開始常吵架，三年級一分班就徹底分道揚鑣了。」她想也沒想便答。

「妳還記得她當時說了什麼嗎？」見她不假思索地點點頭，我有些訝異，「小學一年級的事耶，妳記性也太好了吧！」

王舫亭靦腆一笑，「不是我記性好，而是她說的話太過荒謬，才會印象特別深，如果她說的都是眞的，那就太可怕了！」

「那妳可以告訴我她說了什麼嗎？」我馬上切入正題。

王舫亭眼神閃過一絲猶疑，「妳不會告訴蔣蜻蜻是我說的吧？」

「絕對不會，我保證。」我斂起笑容，正色道。

她似乎放心了，張口娓娓道來，「蜻蜻說，有個叔叔常會送她很多禮物。」

「叔叔？」

「嗯，那個叔叔會送她文具用品、芭比娃娃，還有漂亮的新衣服，而且也常帶她和她媽媽出去玩。她三不五時就向我炫耀那個叔叔送了什麼東西給她，一直說他對她有多好。她媽媽都用英文名字稱呼他，而那個叔叔的英文名字發音聽起來很像麥當勞，所以蜻蜻就叫他『麥當勞叔叔』。」

「等、等一下。」我忍不住打斷她的敘述，「妳說的那個叔叔是誰？他常帶蜻蜻和她媽媽出去玩，又是什麼意思？」

「就是那個叔叔常常趁蔣蜻蜻的爸爸不在的時候，帶蔣蜻蜻還有她媽媽到處去玩，蔣蜻蜻後來甚至還叫他『麥當勞爸爸』呢！」

「妳、妳是說……」我頓時懵了，「那個『麥當勞叔叔』，是蜻蜻她媽媽在外面的……男朋友？」

「是呀，不過，一開始我也懵懵懂懂，只是好奇她爲什麼有這麼好的叔叔？也很羨慕她總是可以得到新玩具。每次我說想要某樣東西，她很快就會帶著那樣東西過來，說是麥當勞叔叔買給她的。我很嫉妒，也很生氣，她分明就是知道我很想要，才會拜託麥當勞叔叔買來送她，再跟我炫耀！」王舫亭繼續滔滔不絕說著，「直到蔣蜻蜻告訴我，她改口叫對方『麥當勞爸爸』時，我才覺得奇怪，她怎麼會有第二個爸爸？蔣蜻蜻說她比較喜歡麥當勞爸爸，還說了一堆她爸的壞話。」

我呆若木雞，無法想像自己此刻是什麼表情。

「她媽媽大概有叮嚀她不可以跟任何人說起麥當勞叔叔，所以每次她拿新玩具秀給其他同學看，都說是她爸爸送的，只有在我面前，她才會說是另一個爸爸送的，但我們絕交後，她有沒有再把這件事告訴別人，我就不曉得了。」她聳聳肩，喝了一口飲料，表情和語氣都變得神神祕祕，「更誇張的是小學一年級的暑假，她突然打電話跟我說，她要轉學了，麥當勞爸爸要帶她媽媽還有她一起去國外定居。」

「結果呢？」我忍不住屏息。

王舫亭兩手一攤，一臉啼笑皆非，「結果開學那天，蜻蜻還是來上課了，她難過地說麥當勞爸爸不見了。過了幾天，蜻蜻才憤怒地向我哭訴，她媽媽說，她們母女倆之所以沒辦法跟著麥當勞爸爸離開，全都是她姊姊害的。」

我心中滿是愕然，「蜻蜻有解釋爲什麼是她姊姊害的嗎？」

「沒有，我也沒有多問。從那時起，我開始懷疑這一切可能都是蔣蜻蜻虛構的，根本就沒有什麼麥當勞爸爸，我們時常爲此吵架，她還狡辯說本來是眞的要搬去國外，是她姊姊害她去不成的。」王舫亭用吸管戳了戳杯子裡的冰塊，「如果蔣蜻蜻說的都是眞的，那就表示她媽媽外遇了，而蔣蜻蜻非但不站在自己爸爸那邊，居然還稱呼媽媽的外遇對象爲『爸爸』，就算她當時年紀小不懂事，也還是太誇張了吧。」

我好不容易才找回自己的聲音，「妳確定沒記錯？」

「絕對沒有，我保證。」她篤定答道。

過去我所認知的一切，在這短短十幾分鐘內，扭曲變形成我完全認不出的模樣。

倘若王舫亭所言全部屬實，就表示蜻蜻曾經很厭惡蔣叔叔。

而姑且不論深深當年是否確實曾阻止她媽媽帶著蜻蜻和外遇對象私奔，但她媽媽會這麼告訴蜻蜻，必然也表示她爲此憎恨深深，認定這是深深的錯。

那些我曾經想不通的事，漸漸有了答案。

蜻蜻總是在我面前表現出一副眞心關愛深深的樣子，但她的所作所爲卻又不盡然如此。倘若蜻蜻其實是恨著深深的呢？這麼一來，她所做出的那些不合理的舉動，反倒都有了某種合理性。

她幾次錄下深深對她施暴的影片，並刻意提供給旁人觀看，卻又以不願令深深名譽受損爲由，主動刪除影片。蜻蜻這麼做的目的，並非爲了求救，而是爲了讓原本喜愛深深的人對她改觀，並離她遠去。

從這一點來看，似乎也能解釋，爲何深深明明人緣甚佳，卻鮮少有特別交好的朋友。

當這個想法竄入腦中，我驀地全身一震。

會不會，深深從頭到尾都知道蜻蜻的心思？

否則比誰都聰慧心細的她，不可能沒發現蜻蜻偷偷錄下影片的舉動，除非是她故意放任蜻蜻這麼做。因爲她知道蜻蜻爲了「麥當勞爸爸」的事恨她、氣她，而她也始終對蜻蜻懷抱愧疚，所以才默許蜻蜻一次次以這種方式報復自己……

「我無話可說。」

想起深深當年眼神空洞地說出這句話的模樣，我不由得打了個寒顫。

我萬分希望這只是我腦洞大開的推論，而非事實。

與蜻蜻的小學同學見過面後，我並未像先前一樣，馬上將新發現轉告車學長和陳鳴宏。明知這項發現至關緊要，但愈是接近眞相，眞相就愈是讓我恐懼，我突然間變得無比膽怯，無法繼續追查下去。

只要再多一點負荷，我覺得自己的心就會被壓碎。

此時已近學期末，車學長即將不再擔任蜻蜻的家教，陳鳴宏也即將參加指考。

學測的分發結果出來，陳鳴宏沒考上台大醫學系，在父母的期望下繼續再戰指考。然而他似乎已無心備考，有時還騙父母說自己去圖書館讀書，實際上卻是一個人在外閒晃，或是找我一起喝咖啡。

在一次與車學長的三人會面中，陳鳴宏提到那次他在薛有捷老家樓上的發現。

除了起居室，二樓與三樓的幾個房間全都上了鎖，唯獨只有三樓一間像是儲藏室的小房間沒有上鎖。陳鳴宏特地爲這間小房間拍了好幾張照片，小房間的門上貼有一張符咒，推門而入後，牆上也貼了數張相似的符咒，室內則堆放著一些雜物。陳鳴宏上網查過，那些符咒幾乎都是擋煞驅鬼用。

而薛有捷在台北的家，也有一間類似儲藏室的小房間。

陳鳴宏就住在薛有捷家隔壁，兩家屋內的格局基本上都是相同的，但陳鳴宏家裡並沒有那樣一處空間，因此那極有可能是薛家另外設置的。儘管他非常想去薛有捷家裡查看那間小房間，卻無計可施，薛家人往往能找出各種理由，將他拒於門外，這讓他愈來愈焦躁。

爲了不讓車學長擔心，陳鳴宏只在我面前表露他與日俱增的心煩和焦慮。

就像今天。

同樣在車站的咖啡館裡，他單手拄著下巴，蒼白的臉色襯得他的黑眼圈更加明顯，顯然已經有幾日沒有睡好。

「也許不是薛有捷的房間，而是那間儲藏室有問題。」他面無表情地喃喃自語，「要是還沒來得及查清楚眞相，他們就先搬走了，那該怎麼辦？」

這段期間同樣不好受的我，見他如此，便小心地輕聲勸道：「陳鳴宏，我知道你很著急，但再過幾天你就要上考場了，現在先不要想這些，等考完試再想辦法，好不好？」

陳鳴宏深深嘆了口氣，「我當然知道現在不是想這些的時候，但只要一坐到書桌前，我就會忍不住盯著牆壁，想著住在牆後的那一家人，會不會在我準備考試的這段期間著手打包行李離去？我晚上也睡不好，一睡著就會夢到他們搬走了。」

我沒有再拿話勸他，換做是我，很可能也會和他有同樣的反應。

沉默對坐一陣，我的手機鈴聲倏地響起，是車學長。

「岳彤，現在方便嗎？我有重要的事想問妳。」一接起電話，車學長劈頭就說。

「可以，請說。」我不自覺坐正。

「妳說蜻蜻告訴過妳，深深是爲了報復她爸爸，才故意天天彈奏〈春世〉這首曲子。關於這件事，深深以前有沒有對妳說過些什麼？」

「什麼意思？爲什麼車學長要這麼問？」我不明所以。

「這些年來，深深之所以天天彈奏〈春世〉，並非出自本意，而是她父親逼她的。」

我頓時腦中一片空白，並僵直了身軀。

許是注意到我神色不對，陳鳴宏好奇的視線停在我的臉上。

「深深其實痛恨彈琴。」車學長沉聲道，「這句話是深深親口對我說的。倘若她痛恨彈琴，卻仍天天彈琴，而且多年來就只彈〈春世〉這首曲子，必定有什麼特殊原因，我推測極有可能是受到她父親的脅迫。深深從沒有跟妳說過什麼嗎？」

「沒、沒有。她從未在我面前對彈琴表現過一絲反感。」車學長話中使用『脅迫』這個字眼，讓我心慌意亂了起來，我緊擰眉頭，努力回想，「她只告訴過我，她小學時持續借用學校音樂教室練琴，而她四年級時的班導恰巧是音樂老師，無條件指導她兩年多，直到班導離職結婚，搬去國外爲止。深深沒讓家人知道她在學校偷偷練琴，她說怕會勾起她爸爸過往的傷痛……」

車學長沉吟一會，「倘若深深當時所言屬實，那麼她對鋼琴的情感，應該是在這之後產生了轉變。」

做下這個結論後，車學長向我道謝，旋即掛斷電話。

「怎麼回事？奐予哥跟妳說了什麼？」陳鳴宏問我。

我神思恍惚，慢吞吞地將車學長方才說的話轉述一遍。

「蔣深深她爸強迫她每天彈同一首曲子？怎麼可能？爲什麼？」陳鳴宏的面容浮上跟我一樣的錯愕與困惑，「不過，妳剛剛提到蔣深深四年級的班導離職結婚，搬去國外？」

「嗯，深深是這麼告訴我的，有哪裡不對嗎？」

「那個老師並沒有出國啊。」陳鳴宏馬上解釋，「我和蔣深深念同一所小學，我也認識那個音樂老師，她還曾帶我們班參加合唱比賽。她是離職了沒錯，可是並沒有搬到國外，她一直都在台灣定居，我偶爾還會在臉書上看到她的消息。」

「你是說……深深騙我？」我完全不能理解，「她爲什麼要撒這種謊？」

陳鳴宏思索片刻，拿出手機。

「如果能當面問問老師，或許就能找出緣由。」接著他點開臉書頁面，將手機螢幕轉向我，「找到了，就是她。」

這位音樂老師名叫溫麗媛，跟陳鳴宏還是臉書好友。

「要不要幫妳聯絡她？」他問。

我緩緩點頭，於是陳鳴宏立即私訊對方。

二十分鐘後，陳鳴宏對我說：「邱岳彤，老師回我了，她現在住在宜蘭。明天恰好是週末，我們一起去找她吧。」

我一愣，「可是……」

似是看出我在顧慮什麼，陳鳴宏莞爾，「反正我是讀不下書了，不如跟妳一起去搞清楚是怎麼回事。上次妳陪我去薛有捷老家，這次就換我陪妳吧。」

✦

事不宜遲，我和陳鳴宏翌日上午即前去宜蘭拜訪溫麗媛老師。

個子嬌小、身材圓潤的溫老師，和丈夫及兩個兒子住在約莫三十坪的公寓裡，她丈夫出差，兩個孩子在附近的公園遊玩。目前她仍在一所小學擔任教職。

當陳鳴宏向她說明來意後，她臉上的笑意消失了，眼底除了愕然，還有其他我辨認不出的情緒，她久久未發一語。

就在我緊張地與陳鳴宏對視一眼時，溫老師終於開口了。

「幸好我先生不在，不然這件事，我很難在他面前說出口。」她露出一抹苦澀的笑，「當年我本來的確是要嫁去國外，那時我男友的公司有意派駐他到香港工作，而我也已經接受他的求婚，打算在離職後與他一同前往香港生活。除了父母，這件事我只透露給深深一個人知道，畢竟我每天中午都會教深深彈琴，和她感情特別好，所以我認爲應該先跟她說一聲。可是最後，我男友非但沒能派駐香港，還被毫無預警踢出公司。」

「爲什麼會這樣？」陳鳴宏不解。

「他主管宣稱他涉嫌挪用公款，不由分說便開除他，斷了他原本光明的前程。」她話說得很慢，像是陷入了回憶，「但是幾天後，他主管卻又說一切只是誤會，想讓我男友復職，而我男友拒絕了，他無法原諒公司為他冠上這種莫須有的罪名。後來他簡直像變了一個人，自暴自棄，情緒起伏不定。我們之間的感情也因此出現嚴重的裂痕，不得不走上分手一途。」

「所以老師您現在的先生，並不是當時的男友？」陳鳴宏很吃驚。

「是啊，分手後，我依然按照原訂計畫離職。我覺得很丟臉，也很受打擊，更曾一度不願面對深深。」

「溫老師不願面對深深，也是因為覺得丟臉嗎？」我小心翼翼地探問。

「不是。那是因為我當時的男友一直認為，他會突然遭受那種侮辱，肇因於我私自教深深鋼琴。」

這句話讓我和陳鳴宏再次對望一眼，在彼此眼中都看到了震驚。

「事發前一天，深深的父親打電話到學校找我。」溫老師視線落在她交疊的雙手上，「他問我，平常是不是會在午休時間教深深彈鋼琴。深深曾說不願讓家人知道她在彈琴，我相信這件事不是她告訴她父親的。但我很希望深深的家人能夠接納她的興趣，所以我對深深的父親說，深深非常有天分，我願意無條件指導她，請他讓深深繼續學琴。」

吁出一口長氣，她閉上眼睛，「深深的父親聽完，只回了句原來是這樣，還笑著對我說辛苦了，謝謝我為深深的付出。隔天我男友就被公司開除了，我無法不把這兩件事聯想在一起，畢竟深深的父親在我男友當時的公司任職高層。」

「我男友認定就是因爲我教深深彈琴，才讓他蒙受這種冤屈，他罵我爲什麼要管別人家的閒事？接著深深也忽然跑來對我說，以後不必再教她彈琴，她不想彈了。聽到她這麼說，我對她很不諒解，覺得自己裡外不是人。但奇怪的是，隔天我男友的公司就收回成命，要他回去上班。」

一股熟悉的強烈寒意，在這一刻自我的胸口蔓延至全身。

「我曾試圖聯絡深深的父親，但始終聯繫不上。於是我追問深深，是不是她爸爸逼她放棄學琴的，她堅決否認。從此之後，她對我不再像從前那樣親暱，雖然她還是會對我笑、會跟我說話，但我內心清楚知道一切回不去了。我一邊責怪自己不該未經深思熟慮，就讓深深的父親得知她在學校練琴，一邊與男友大小衝突不斷，最後我身心俱疲，決定離開男友，也離開深深。」

我久久無法忘懷溫老師眼底的無盡惆悵。

我不記得自己是怎麼離開溫老師的家的，回過神時，我已回到台北車站，而站在我面前的陳鳴宏，臉上帶著明顯的擔憂。

「邱岳彤，妳沒事吧？」

我怔怔然，發現自己居然連搖頭的力氣都沒有。

「我送妳回去好不好？」陳鳴宏體貼地提議。

「不，不用了。」我很努力地撐起笑容，「我可以自己回去，那……我先走嘍，拜拜。」

回到家後，我打電話給車學長，但他沒接，轉進語音信箱，我把與王舫亭、溫老師的交談內容，一股腦透過語音信箱全告訴了他。

過了幾個小時，車學長回電給我。

「岳彤，我聽完妳的留言了。」

不知爲何，一聽見車學長這句話，我的淚水立即嘩啦啦滾落。

「之前妳說，深深一直在虐待她的家人，對吧？」

我淚流滿面，無法言語，只能不斷啜泣，我已經知道車學長接下來要說什麼。

「但其實，」他一字一句說得清晰，且殘酷，「一直被虐待的人，是深深。」

第三部

阿魏與春世

車奐予

手機正播放著一段錄影畫面。

影片中有兩個女孩，地點在臥室裡。

長髮女孩用力拉扯短髮女孩的頭髮，一連朝她白皙的臉蛋搧下好幾個巴掌。

短髮女孩被打得毫無招架之力，只能一邊哭號，一邊哀聲乞求對方的原諒。

被逼到牆邊的短髮女孩狼狽地跌坐在地，長髮女孩非但沒就此罷手，反而抄起桌上的那疊書，毫不留情地朝那蜷縮成一團的嬌弱身軀一本一本砸去。

直到桌上那疊書淨空，長髮女孩才從原先的癲狂，慢慢恢復冷靜。

她抬手指向門，以極冷酷的神情和聲音命令對方離開。

雙頰被打到紅腫的短髮女孩，掙扎著爬起，來不及整理凌亂不堪的頭髮與衣衫，哭著朝鏡頭匆匆走近。

下一秒畫面一晃，手機裡的世界倒轉，兩個女孩的身影轉瞬消失在黑暗裡。

影片時長一共兩分三十七秒。

✦

「阿魏老師，你看！」

一走進蔣靖靖的房間，她便迫不及待對我亮出英文與數學段考考卷，分別爲七十五分和七十二分。

她難掩喜悅：「這兩科我進步最多，連學校老師都很驚訝。」

「很棒喔，蜻蜻。」我卸下背包，往裡頭摸索一陣，掏出幾樣東西，「這是獎勵妳的禮物。」

「這不是我上次說想要的漫畫和ＣＤ嗎？老師你要送我？」她驚喜不已。

「是啊，我早就知道妳這次段考一定會進步，所以提前準備好禮物。」

「哇，謝謝老師！」她歡天喜地接過，並迅速收進抽屜。

「明天就只有考英文吧？」我在她身邊坐下。

「嗯。」

「那我們先檢討今天發下來的考卷如何？」

「好呀，有好幾題我一直想不出錯在哪裡。」她立刻點頭。

花了一個多小時檢討完兩份考卷，蜻蜻的神情放鬆不少。

「我終於懂了，還是阿魏老師講解得比較清楚，我問過班上功課最好的同學，卻完全聽不懂他在講什麼。」

我笑了笑，隱約聽見她輕嘆了一聲。

「怎麼了？」

「沒有啦，我拚盡全力，好不容易才能有這樣的成績。相較之下，姊姊從不熬夜念書，也不補習，還常常把時間拿來練琴，卻仍能輕鬆考到滿分，她到底是怎麼做到的？」她感慨道。

「不需要和妳姊姊比，只要和自己比就行了。有些事她能輕鬆做到，而妳不行；但有些事妳能輕鬆做到，她卻不行，妳用不著覺得挫折。」我鼓勵她，「不過，妳曾為此對她感到不滿嗎？」

「怎麼會？」蜻蜻睜圓了眼，「就算姊姊比我聰明，爸媽比較疼愛她，我也一點都不會嫉妒，因為姊姊也非常疼我，我最喜歡她了！」

女孩此時的語氣和笑容，一點也不像是假的。

如果不是岳彤曾將她與蜻蜻在LINE上的對話截圖給我看，恐怕我也不會懷疑蜻蜻。

「功課進步真的會令人感到開心耶，那姊姊一直都是第一名，好像也沒有再進步的空間了，這樣姊姊會覺得開心嗎？會不會反而只能感受到壓力呢？我這樣的想法會不會很奇怪呀？」她歪頭問道。

「當然不會。」我莞爾一笑，「妳有問過她這個問題嗎？」

「我怎麼敢？問出這種問題，會顯得我很自以為是吧？」她俏皮地吐舌。

「妳姊姊從沒失手過？我是指每次考試都她能拿到滿分嗎？」

「嗯……其實也是有啦，只是次數大概五根手指數得出來，而且就算失手，也都是九十八或九十九分，還是跟滿分沒兩樣呀，不過對姊姊來說，卻可能是很嚴重的退步，所以只要沒拿滿分，她就會變得有點奇怪。」

見我低頭翻看講義，沒繼續追問，蜻蜻說：「老師難道不好奇嗎？」

「好奇啊，不過我們得開始專心上課嘍。下次再告訴我吧。」我微微一笑。

花了點時間檢討考卷，導致下課時間比往常超出了十五分鐘，客廳傳來悠揚的鋼琴聲。

「妳姊姊平時都是在這時候練琴吧？感覺我打擾了她的作息，眞不好意思。」我一邊收拾一邊說。

蜻蜻笑道：「不會啦，姊姊不會這麼想的。對了，老師是第一次聽姊姊彈琴吧？是不是很好聽？」

「嗯。」我點點頭，「她彈的這首曲子好像特別長。」

「哈哈哈，阿魏老師你是音痴嗎？姊姊她只是重複彈奏同一首曲子而已。」她笑得樂不可支。

「爲什麼要重複彈同一首曲子？」我面露不解。

「因爲姊姊最喜歡這首曲子，她每天只彈這首曲子。」

「原來如此。」我點點頭，「但天天彈同一首曲子，不會膩嗎？」

「不會啊，姊姊和我都很喜歡這首歌，我每次聽姊姊彈，心情就會變得很好！」她神采飛揚地說，「不過今天我想一邊聽老師送的CD，一邊看老師送的漫畫。」

「好，那妳不必送我出去了。」

從蜻蜻房裡走出來，我緩步走向客廳，很快瞥見蔣深深坐在鋼琴前的身影。

擔任蜻蜻的家教已有一個多月，除了初次拜訪蔣家那天，這是我第二次見到蔣深深。儘管少有機會見到她，但藉由幾次與蔣家父母、蜻蜻的閒聊，還是能探聽到她平時的生活作息非常規律簡單，甚至接近乏味。

若沒其他行程，她放學都會準時回家，吃完飯開始彈琴至九點，然後洗澡回房間讀書；而所謂的其他行程，通常也只是去書店或文具店買些東西。假日她也幾乎都待在家裡，不是彈琴就是讀書。

在我幫蜻蜻上課這段時間，蔣深深會中斷彈琴，回到房間待著，等我離開，才重新坐回鋼琴前。如此這般作爲，表示她無意與我熟識，除非我主動，否則我和她不可能有親近的機會。

而眼前就有個與她拉近距離的機會，趁她一曲彈畢，我拍手鼓掌，她一臉意外地轉頭朝我看了過來。

幾句交談後，我順勢在鋼琴前坐下，彈起那首爸爸生前最愛的〈Too Much Heaven〉，一邊想著爸爸，一邊也想起同樣喜歡這首歌的薛有捷。

彈奏過程中，我不經意抬頭，透過擺放在鋼琴上的鏡子，注意到蔣深深那雙幽深的眼眸始終盯著我在琴鍵上移動的雙手。

她像是對這首歌很感興趣，我告訴她自己只會彈這首曲子，她眼中驀地閃過一道微光。我故意與她聊起〈春世〉這首曲子，她一句話都還沒說完，就被從書房裡走出來的蔣父硬生生打斷，這是我第一次覺得蔣父有點奇怪。

根據岳彤所言，蔣深深每天彈奏〈春世〉，爲的是想讓蔣父痛苦，那麼聽到女兒突然彈起另一首曲子，照理說，他應該會感到驚訝或驚喜才是，而在發現彈奏另一首曲子的其實是我後，他則是應該轉爲失望，然而他自始至終都未有失望之色。

兩天後，我在前往蔣家的路上巧遇蔣深深，我問她平時的休閒娛樂是什麼？她說她喜歡看小說，卻沒說喜歡彈琴。

我刻意將話題轉到〈春世〉上。她說這首曲子是她奶奶爲她寫的，對她有特別的意義，不過她說這話時，語氣卻不帶任何情緒，眼神也一片漠然。

「那妳一定很喜歡妳奶奶，也一定時常彈這首曲子吧？該不會妳也跟我一樣，永遠只彈奏同一首曲子，所以那天妳爸才會在聽見我彈別首曲子後，驚訝地從書房走出來。」

蔣深深沒有回話，面容依然平靜，只是揪著書包背帶的右手，慢慢攥成一個小小的拳頭。

「老師是第一次聽姊姊彈琴吧？是不是很好聽？」

其實在聽她彈琴的那天我就注意到了。

她彈的那首〈春世〉，曲調流暢優美，卻毫無情感可言。我聽不出她的琴聲含有對某個人的深切思念，也聽不出怨懟之意，她只是機械式地把整首曲子彈完罷了。

儘管蔣深深聲稱這首曲子對她具有特別意義，但不管從哪個方面都完全感覺不出來。

由於經常出入蔣家，我偶而會在電梯裡遇到住在蔣深深家隔壁的一名鬈髮婦人。她似乎聽聞蔣晴晴在我的指導下成績得以迅速進步，便主動問我是否也能爲她同爲高一的兒子擔任家教，而她兒子滿臉無奈地站在一旁，一聲不吭。

跟晴晴提起這件事時，她的反應慌張無比。

「老師，你答應她了嗎？」

「沒有，我只說我會考慮。」其實我連考慮都不會考慮，畢竟我是爲了接近蔣深深，才來當蜻蜻的家教，又不是眞打算藉此賺外快。

但蜻蜻還是很緊張，她可憐兮兮地向我撒嬌，「不行考慮啦，阿魏老師你不能拋下我去教別人，你下學期繼續教我好不好？」

我沉吟片刻，點點頭，「如果妳爸媽同意，我可以多教妳一個學期。」

「眞的？不能食言喔，我今天就跟他們說！」

既然還未能從蔣深深身上找到什麼有用的線索，我自然也想再多留一陣。

某次替蜻蜻上完課後，我搭乘電梯下樓，瞥見鬈髮婦人的兒子獨自坐在大廳滑手機，一臉悶悶不樂。

拒絕他母親的邀約，我心中多少有些過意不去，便上前關心他怎麼不回家？男孩倒是很乾脆地據實以告，他爸媽在爲了要不要送他去補習班而吵架，他不想聽他們吵架。

聊了幾句，這個雙頰長滿青春痘的單眼皮男孩，忽然問了我一個匪夷所思的問題，「老師，你會不會覺得蔣家的大女兒怪怪的？」

我過了三秒才意識到他說的是蔣深深。

「怎麼說？」我不答反問。

「就是……她每天都會彈鋼琴，但老是彈同一首曲子，從我去年搬到這裡就一直是這樣，到底爲什麼啊？」

我笑了笑，「你每天都能聽到她彈琴？」

「嗯，我房間靠近她家客廳，只要打開窗戶就能聽得很清楚，連我哥都覺得她這樣很奇怪。聽說她功課很好，一直都是第一名。對了，我還聽說幾年前曾有男生為她跳樓自殺，好可怕。」他打了個哆嗦。

我頓了下才說：「你和他們家熟嗎？」

「我跟蔣蜻蜻同校但不同班，就算路上遇到，也不會交談。」他接著又提到蔣深深，「倒是她姊會跟我打招呼，人是很親切啦，但我還是不敢問她為什麼每天都彈同樣的曲子？後來我也聽習慣了，偶爾她突然彈起別首曲子，我還會覺得很意外哩。」

「所以你還是有聽她彈過別首曲子？」我忍不住挑眉。

「有啊，不過次數很少就是了。」

「你還記得最近一次是在什麼時候嗎？」

他想也沒想便答：「就在前天。」

「前天？」我暗自推算，那天是星期日，「大概幾點？」

「下午一點左右吧，我午覺一睡醒就聽到了，週末她有時會彈琴彈上一整天。」他笑著聳聳肩，「雖然換了首曲子，但她還是一直重複彈那首，直到傍晚才又換回第一首。至今我就只聽她彈過這兩首曲子而已。」男孩自顧自說得起勁，「坦白說，我寧可聽她彈『第二首』曲子，就連我哥都說，她彈『第二首』的時候，聽起來還比較有感情。」

這話引起我的好奇，「你知道第二首是什麼曲子嗎？」

他搖搖頭，「我哥好像知道，他說他聽過。」

男孩的哥哥聽過，那就表示不是自創曲，我靈機一動，「弟弟，能不能跟你打個商量？你幫我向你哥打聽第二首曲子的曲名，還有，要是哪天你又聽到她彈第二首曲子，就跟我說一聲。如果你能幫我這個忙，我會給你一份我替蔣蜻蜻設計的課程講義，你認眞熟讀後，功課應該就能進步了。」

「眞的？」這個交換條件果然打動了他。

「嗯，但你必須保密，畢竟人家是花錢請我去上課，要是他們知道我免費送你一樣的講義，我會不好交代。」

「沒問題，我一定會保密的！」他馬上同意，「不過老師你爲什麼要這麼做？」

「因爲聽你這麼一說，我也很好奇蔣深深爲什麼只重複彈那兩首曲子。再加上我先前拒絕擔任你的家教，總覺得不太好意思，如果能幫上一點忙，多少也能心安些。」我給了他一個冠冕堂皇的說法。

於是我跟男孩交換了LINE，以便他只要聽到蔣深深彈「第二首」曲子，就能即刻通知我。

週四晚上去蔣家替蜻蜻上課時，我在休息時間問蜻蜻，她上週日有沒有去哪裡玩？她說那天和媽媽去逛了百貨公司。

「只有妳和妳媽媽兩人？」

「嗯，爸爸那天跟客戶去打高爾夫球，姊姊說想練琴，所以只有我跟媽媽去。」

我故作若無其事地問：「大概什麼時候去的？」

她偏頭回想，「吃完午飯後，那天我跟媽媽逛到晚餐前才回來，爸爸也差不多在那個時間回家。怎麼了嗎？」

「沒什麼，那天我和朋友也去逛百貨公司，看到一對跟妳和妳媽媽很像的母女，才好奇問一下。」我從容一笑，隨口編出謊言。

將蜻蜻和那個男孩的說法交叉比對，蔣深深應該是趁家人不在時，才彈另一首曲子，待家人返家後，她又繼續彈〈春世〉，但目前還無法證實這是蔣深深刻意爲之，或者純粹巧合。

過了一星期，週六上午十一點，那個男孩傳訊息來，告訴我蔣深深又彈「第二首」曲子了，並說他哥哥已查出歌名。

我看著那歌名，猛地愣住了。

「這首歌叫什麼名字？」

巧的是，同一時間，蜻蜻傳了一張甜點的照片過來，與她一來一往聊了幾句，我得知她與同學在外用餐，蔣父蔣母則是去喝同事的喜酒。

我幾乎能確定這絕對不是巧合，蔣深深似乎只在家人不在的時候，才會彈另一首曲子。她爲什麼這麼做？又爲什麼是改彈這首而不是其他首？

不管怎麼想，蔣深深這些令人費解的舉動，不像是想要報復誰，反而比較像是想隱瞞家人什麼。

男孩還很用心地錄下蔣深深彈琴的音檔傳過來，果然如同男孩哥哥所言，她彈這首曲子時的情感表現，與〈春世〉截然不同。

我一聽再聽，腦中不斷浮現女孩的面容。

下一次去替蜻蜻上課，正好是學測成績公布的隔天。

蜻蜻告訴我蔣深深獲得滿級分，昨天全家還一起出去吃飯爲她慶祝。

「喔？眞是厲害，那妳姊姊現在應該放鬆多了吧？」我問。

「其實我也不知道耶。姊姊還是跟平常一樣，放學準時回家，吃完晚飯彈鋼琴，然後回房間做自己的事，沒有跟同學去慶祝，也看不出有特別開心的樣子。」

聽完蜻蜻的話，我笑了笑，沒有回應。

到了休息時間，蜻蜻去上洗手間，問要不要幫我倒杯茶，我說好，她便踏著輕快的腳步離開了。我隨後也跟著走出房間，停在隔壁那扇緊閉的房門前，敲了敲門。

蔣深深開門發現是我，似乎很意外，我向她表達祝賀之意，她恭敬地輕聲向我道謝，我忍不住盯著她看。

除了〈春世〉，她彈的另一首曲子是〈Too Much Heaven〉。

我很好奇，她選擇彈奏這首曲子的理由是什麼？又爲何要挑家人不在的時候才彈？

儘管很想問她，但最終我只能將這些疑問吞下。

那時我才隱隱約約察覺到，自己會如此想知道關於這個女孩的事，似乎不再只是因爲薛有捷的緣故。

✦

蔣母傳LINE通知我，下週她要陪蔣父去澳門出差一個禮拜，麻煩我多照顧蜻蜻。

就在他們出國那週，好友冠鈞罹患流感，徵狀嚴重，半夜緊急住院，隔天我去到醫院探望他，卻赫然發現蔣深深獨自坐在候診區。

我上前攀談，得知蜻蜻今天去同學家過夜，所以她自己來看病。

她戴著口罩，氣色很不好，還瑟瑟發抖。我迅速解下圍巾替她圍上，要她等我一會兒，便匆匆搭電梯上樓。

走進冠鈞的病房，程迪已經在裡面了。

昨晚宣稱自己快掛了的冠鈞，現在卻精神抖擻地坐在病床上吃著程迪買給他的便當。

「打完點滴、睡過一覺，醒來就好多了，醫生說我下午就可以出院！」嘴裡塞滿飯菜的冠鈞口齒不清地說，一旁的程迪則是無奈翻了個白眼，說從沒看過食欲這麼好的病患。

「你沒事就好，我臨時有事先走了。」我飛快轉身。

「靠，車奐予，你前腳才來後腳就要走，朋友這樣當的啊？」冠鈞瞪大眼。

「我在樓下遇到認識的人，她一個人來看病，我有點不放心。」

程迪擺擺手，要我快去，而冠鈞則在我背後高聲問對方是男是女，我置之不理，逕自快步離開。

陪蔣深深看完診後，我親自送她回家。

見她虛弱得連路都走不太穩，我堅持背她回房，卻不小心碰撞上書櫃，撞落一個牛皮紙袋和一個木偶飾品，牛皮紙袋裡的紙張都掉了出來。

蔣深深用微弱的聲音再三拜託我將其中一張護貝過的畫收好，便昏睡過去了。那是張漫畫肖像畫，雖然筆法還很稚嫩，但頗具蔣深深的神韻。

看了闔眼睡著的蔣深深一眼，我掏出手機翻拍下那張畫，才將地上的東西收拾好，並替她蓋好被子。

環顧房間一圈，我不得不承認這是個很好的機會，若想找出蔣深深的祕密，恐怕就只能趁現在了。我小心翼翼地仔細搜索她的房間，包括書桌、書櫃和衣櫃，卻一無所獲。

抱著碰碰運氣的想法，我趴在地上，往蔣深深的床底下看去，竟在角落處找到一個白色紙盒。盒子裡放著一盒火柴，還有一包已拆封的仙女棒，裡面只剩四根仙女棒。

「你買仙女棒是自己要玩的？」

我的目光慢慢從仙女棒移至蔣深深的睡臉，最後落定在她房間的落地窗。

鳴宏曾告訴我，薛有捷在墜樓前，可能凝望過蔣深深的住處，於是我鬼使神差地走到窗前，拉開窗簾，落地窗後是一座小陽台。

天空烏雲密布，大雨久久不止，遠方建築物全籠罩在一片白茫茫的水霧中。

包括薛有捷出事的那棟大樓。

若是在能見度佳時眺望過去，應該連清楚瞥見那棟大樓，包括樓頂。

此時蔣深深嘴裡忽然發出一陣宛若囈語的微弱呻吟。

我拉上窗簾，走近她身邊，看見她緊闔的雙眼溢出一滴淚水，白皙纖細的指尖布滿厚繭，右手食指甚至起了一粒小小的水泡，一看就知道是練琴過度造成的。

我情不自禁伸出手，試圖抹去她的淚痕，卻在觸碰到她前又收回了手。

回到客廳後，我走向鋼琴，打開琴蓋，原先潔白的琴鍵上竟有著暗褐色的斑斑汙漬，應該是蔣深深練琴過度，手指流血所致。

我坐在沙發上陷入沉思，想得最多的還是那包被蔣深深藏匿在床底下的仙女棒。

那包用剩的仙女棒，跟當年薛有捷在雜貨店買的仙女棒，是同一款的。

這是巧合嗎？那爲什麼蔣深深要把仙女棒藏起來？

倘若薛有捷生前與蔣深深之間，確實存在著什麼祕密，那麼那包仙女棒，說不定不是蔣深深自己買的，而是薛有捷給她的。

我一邊思考這個可能性，一邊回憶當年與薛有捷相處的每個細節，直至夜幕低垂。

蔣深深在深夜十一點多醒來，不僅燒退了，氣色也好多了。

發現我一直陪著她到現在，她難得一改平時的沉穩淡然，顯得倉皇失措。由於已經趕不上最後一班捷運，加上豪雨猶未停歇，我們便一起坐在客廳一邊看電影，一邊閒聊。

我刻意提起那張她在陷入昏睡前交代我收好的肖像畫，她坦然告訴我，那是已絕交的國中好友爲她畫的。

那位國中好友應該就是岳彤吧？假若眞是如此，那麼蔣深深至今仍妥善保存那張畫，是否表示她仍把岳彤放在心上？或許她並非岳彤說的那樣冷血殘酷？

接著，蔣深深主動問起鳴宏，想知道他過得如何？也問我當初是怎麼幫助鳴宏的姊姊鳴琪走出來的？當我回答她，我鼓勵鳴琪從父母身邊逃走，並「捨棄」父母的時候，她眼中驟然閃過一抹奇異的光芒。

「可是，畢竟是自己的父母，眞的能這麼做嗎？」她問我。

「當妳痛苦到再也撐不下去，甚至不惜爲此傷害自己，『是否眞的能這麼做』，就已經不是考慮的重點了。」

蔣深深注視著我，雙唇微微掀動，最終還是什麼也沒說。

然而我卻從她的反應，讀出某種微弱的訊息，讓我向她做出交換祕密的提議。

「爲什麼？」她不解。

「因爲我對妳很好奇。」我向她坦露我最眞實的心聲。

這是我第一次如此渴望看透一個人，甚至不惜拿自己最重要的祕密做爲交換條件。

我想知道她最眞實的模樣，想知道在她那雙眼眸深處，究竟藏著什麼樣的心思？

「但我沒有能跟學長交換的祕密。」她說。

「沒有人沒有祕密。」我靜靜望進她的眼底。

如果她能聽懂我這句話，就會知道這是個暗示。

從她向我問起鳴宏的事開始，我便有預感，這個聰明的女孩也許已經察覺，我會來到這裡，與鳴宏脫不了關係，絕非只是單純的因緣際會。我點到爲止，不打算過於步步進逼，而是先讓她明白，我知道的跟別人所知道的，可能並不一樣。

「蜻蜻明明告訴我，深深早就把那張畫撕了。」

親耳聽到岳彤這麼說時，我心裡便終於有了底。

我們原先相信的一切，很可能全是被誤導的假象。

岳彤從蜻蜻口中聽說的眞相，或許並不是眞的。

「姊姊和我都很喜歡這首歌，我每次聽姊姊彈，心情就會變得很好！」

「她每天都會彈鋼琴，但老是彈同一首曲子，從我去年搬到這裡就一直是這樣，到底爲什麼啊？」

以爲女兒突然改彈〈春世〉以外的曲子，蔣父特地從書房走出來查看；只有家人不在的時候，蔣深深才會改彈另一首曲子。

若光從這兩點看，「蔣深深是因爲要報復父親才只彈〈春世〉」這個假設確實還能成立。

但問題在於蜻蜻，她身上充滿難以理解的矛盾。

要是她確實長期處在蔣深深的暴力威脅下，必然對蔣深深存有畏懼，再如何僞裝，這種心情也很難掩藏得住，我自認敏感細心，卻從來不覺蜻蜻畏懼過蔣深深。

她對蔣深深的親暱，完全沒有一絲一毫的小心翼翼，更不像是因恐懼而衍生出的討好。

而連鄰居都聽到厭煩的〈春世〉，蜻蜻卻不認爲蔣深深如此反覆彈奏很奇怪，還宣稱只要聽蔣深深彈這首曲子，她心情就會很好。

不對勁的也許不是蔣深深，而是蜻蜻。

當我開始朝另一個方向揣想，一切就有了合理的解釋。

蔣深深只有獨自在家才會改彈另一首曲子，不是因爲要報復的對象不在，而是因爲在家人面前，她無法彈其他曲子，就只能彈〈春世〉。

因爲她只能彈〈春世〉，所以當我那天彈了〈Too Much Heaven〉，蔣父才會從書房走出來，爲的就是要知道蔣深深爲何沒有繼續彈〈春世〉？

若是這樣，當時蔣父之所以沒有表露半點驚喜或失望的情緒，也就能說得通了，他並非希望蔣深深別再彈〈春世〉，而是只允許她彈這一首。

這個假設一旦成立，這段期間我所發現的種種不合理之處，也都有了答案。

由於多年來只能彈〈春世〉，導致蔣深深無法再對這曲子投注任何感情；由於受家人逼迫，即使她手指起水泡、流血，也得日復一日繼續彈琴。

一開始我以爲逼她的人是蔣父，直到聽了蜻蜻那句話，我才懷疑她和蔣母也是加害人之一。

我無法將這個假設直接告訴鳴宏和岳彤，尤其是岳彤，這對她無疑將會是巨大的打擊，因此我只能先暗示她，問題很有可能出在蔣蜻蜻身上，讓她先有心理準備。

我不光是從蜻蜻的言行舉止中察覺有異，那晚蔣深深在聽完我給鳴琪的建議後，她眼中那一閃而過的怪異神采，我也曾在鳴琪的眼中看見過。

儘管強度不同，但其中的意義是一樣的，都是求救。

✦

縱然還有許多問題未能釐清，但我看待蔣深深的角度，已經跟過去不一樣了。

待她感冒痊癒後，便換我染上感冒，幸好看過醫生、休息兩天就沒什麼大礙。沒想到蔣深深竟爲此打電話給我，說有東西想交給我，我與她約在捷運站對街碰面。她認爲是她將感冒傳染給我，特地送來一大袋治療感冒的藥品。

她看著我的那雙眼眸裡，先是充滿清晰可辨的愧疚，在得知我已接近康復時，取而代之的是由衷的欣喜，這讓我的心驀地柔軟了起來。

無論多麼細微，她的每個表情變化我都不想錯過——當時我心中湧現這樣的念頭。

事後想想，我很慶幸自己生了病，才能和她稍微拉近距離，甚至能開始與她透過LINE聯繫。

往後的一個月，我們偶爾會互傳些簡單的訊息。雖然大都是我主動，但我在互動上的拿捏十分謹慎，不想讓她感受到壓力，破壞這得來不易的機會。

要想知道這個女孩身上究竟發生什麼事，我就不能操之過急。

但最終我還是搞砸了。

蔣深深十八歲生日那天，我應她爸媽的邀請參與聚餐。

由於地點在高級餐廳，我決定穿上爸爸生前的西裝赴約。

我一邊繫上領帶，一邊看著鏡中的自己，彷彿看見年輕時的爸爸，我不禁回想起全家一同度過的那段幸福美好卻不可能重來的時光。

我準時抵達餐廳門口，與蔣深深一家人會合。

那天的蔣深深身穿純白洋裝，並化了妝，烏黑長髮整齊地盤起，露出耳朵上一對小小的珍珠耳環，與平常的她判若兩人。

身為主角的她，這天並沒有說太多話。

用餐氣氛熱絡，席間聊起夢想這個話題，看著始終安靜用餐的蔣深深，我開口問她，她的夢想是什麼？是否有想要做的事情？

「等到今年七月，我就會知道自己要做什麼了。」

這是她給我的答案，但沒人聽得懂這句話的意思。

接下來，蔣家父母分別用溫柔慈藹的口吻，訴說自己有多愛女兒，蔣深深臉上雖然掛著得體的微笑，眼中卻是虛無空洞。

想起她起水泡的手指、染上血漬的琴鍵，我忍不住插嘴，指責蔣父宣稱的愛，並不是愛。

我多少已經猜到，在蔣父無懈可擊的寬和表面下，可能隱藏著多麼扭曲的心思，但現在還不是撕破臉的時候，於是我在語出驚人後，又主動化解尷尬，讓餐桌上的氣氛重歸融洽平和。

用完餐後，我徵得蔣父的同意，帶蔣深深去一座廣場欣賞燈光水舞秀，做為送給她的生日禮物。

「曾經有個人，他從不在我身邊，卻比誰都了解我。」蔣深深說這話時，眼神空茫一片。

追問之下，我才知道她說的那個人，已經不在世上了。

不知為何，我腦中自然而然地浮現那個男孩的臉。

望著這樣的蔣深深，我情不自禁伸手將她攬入懷裡，並要她跟我做下一年後再見面的約定。

「……為什麼？」

「我遲早會告訴妳理由，只要妳同意。」我擁緊了她，「一年後，讓我見到妳，可不可以？」

她最後在我懷裡點了頭。

之所以突然對她提出這個要求，是因為方才她提起那個已不在世上的人時，她的眼神莫名讓我有種不祥的預感，我才會急切地將她擁入懷裡，深怕下一秒她整個人就會被風吹得支離破碎，從此消失不見。

就連在送她回去的路上，我都不敢放開她的手。

「等到今年七月，我就會知道自己要做什麼了。」

我一直思考為何是七月？

儘管想找機會向她問清楚，然而自那晚起，她便不再回應我的訊息。

我不知道是不是那晚我說錯或做錯了什麼？除此之外，我想不出別的原因。

「老師，姊姊考上台大醫學系了！」蜻蜻大聲對我宣布。

我從講義中抬頭，「眞的？」

「嗯，可是姊姊說她還要再考指考。」

我一頓，「爲什麼？」

「我也不知道，總之姊姊決定七月再考一次。她的第一志願應該就是台大醫學系呀，都已經考上了，爲什麼還要再考指考？好奇怪喔。」

我握著筆，望著遠處出神。

蜻蜻忽然迸出一句：「老師，你是不是很在意姊姊？」

「爲什麼這麼說？」

「因爲我覺得你很關心姊姊，對姊姊也很好，你不是還特別準備了生日禮物給她嗎？」她古靈精怪地對我擠眉弄眼。

我似笑非笑，「妳究竟想問什麼？」

「你是不是喜歡姊姊？」她故意用誇張的嘴型一字一字說。

「如果我說是呢？」我微微挑眉。

「那當然太好了呀！如果你能跟姊姊在一起，我絕對會很開心！」她喜出望外，興奮得幾乎要跳起來，「所以阿魏老師你是眞的喜歡姊姊，對吧？」

「這個……」我刻意拉長尾音賣關子，輕捏了下她的鼻頭，「等妳期末考考完，我再回答妳。」

幾個月前我向岳彤暗示蜻蜻有問題後，過沒幾天，岳彤便告訴我她巧遇一位與蜻蜻頗爲要好的女同學，交談之下，岳彤發現蜻蜻言行不一，並認爲蜻蜻當初接近她、拜託她成爲蔣深深的好友，動機很可能並不單純。

方才見蜻蜻如此欣喜，我想起岳彤這番話，便故意這麼回應蜻蜻。

離開蔣家後，我又傳了訊息給蔣深深，她依舊已讀不回。

在蔣父蔣母也證實蔣深深將參加七月的指考後，這段日子一直盤旋在我心中的不祥之感，又加深了幾分。

有個聲音告訴我，蔣深深打從一開始就決定考指考，這與她是否已透過學測考上理想的大學科系無關。

她的已讀不回，和我的憂心忡忡，讓我晚上輾轉難眠，好不容易入睡，卻又被手機來電鈴聲吵醒。

又是一通無聲電話。

自前幾個星期開始，我時常在半夜三點左右接到這種惡作劇電話，頻率約每週兩次。

不管我說什麼，對方就是不肯出聲，直到我主動掛斷。

幾日後，我和岳彤、鳴宏約好見面。

在我調查蔣深深的這段時間，他們兩人也暗中查出了許多事。

不僅岳彤對蜻蜻起了疑心，鳴宏也懷疑薛有捷的家人有著不可告人的祕密，甚至還爲此特地造訪薛有捷的老家與曾經就讀的小學，也因此意外得知了一些事，像是薛有捷每年暑假的「失蹤」、阿魏哥哥眞有其人，以及薛有捷的性向。

由此可知，薛有捷墜樓身亡，肇因絕非是向蔣深深告白被拒，至於他死前為何握著那張寫有蔣深深名字的字條，應該另有其他原因。

有了這些重要的佐證，我幾乎已經可以猜到薛有捷和蔣深深之間的關聯性，卻也同時開始擔心起鳴宏。他亟欲想找出眞相的焦慮心情，連我都感覺得到，若是讓他繼續追查下去，勢必會影響他的備考，因此我只能勸他放鬆情緒，並暫時停下調查。

不過在說出口的瞬間，我就覺得這眞是最無用的一句勸慰。

「我可不可以不稱呼你奐予學長？而是『阿魏哥哥』？」

晚上幫蜻蜻上完課後，我獨自去往當年薛有捷出事的那棟大樓。

拜天氣晴朗之賜，站在樓頂，我能夠清楚看見蔣深深居住的大樓，不過卻無法分辨出她房間的陽台，而她今天也還是對我傳過去的訊息已讀不回。

正準備離去之際，頂樓鐵門附近的某樣東西，攫住了我的目光。

那是一根燃盡的仙女棒。

那夜我又接到了無聲電話。

同樣是半夜三點，同樣是漫長的沉默，我同樣睡眼惺忪地掛斷，卻在闔眼沒多久後，又慢慢睜開眼睛。

拿起床邊的手機，我仔細調閱過去接到無聲電話的紀錄，竟有了意外的發現。

那些無聲電話，都是在週二、週四的半夜打來，那是我幫蜻蜻上課的日子，而每次上完課，我都會傳訊息給持續已讀不回的蔣深深。

是巧合嗎？

意識到這點後，我刻意在那兩天晚睡。

在我即將結束爲蜻蜻教課的前一週，手機又在週二半夜三點響起，我很快接起。

這一次，我主動與對方攀談，並要對方用敲話筒的方式回應我。

在我循序漸進的探問下，對方很配合地回答每個問題。

直到我問了一句：「妳是不是深深？」

對方再無反應，我忍不住深吸一口氣，難掩心中的激動。

原來她一直都在找我。

確定是她後，我便向她娓娓訴說起一段封藏在心底多年的沉重往事。

「這就是我最大的祕密。現在，妳可以告訴我妳的祕密了嗎？陌生人？」

有那麼一瞬間，我似乎聽見了她的哽咽。

爲了透過岳彤得到更多佐證，我終於告訴她自己的推測——蔣深深很可能一直以來都活在父親的威脅之下。

隔天下午，我臨時外出，卻忘了帶手機出門，返家後手機裡多了好幾則語音留言。

岳彤的敘述夾雜著痛徹心扉的哭聲，我聽了心如刀割，跟著紅了眼眶。

隨著蔣深深的祕密水落石出，曾說過自己與她一樣的薛有捷，生前曾遭遇過什麼事，答案自然也昭然若揭了。

✦

蜻蜻期末考結束的隔天，是我最後一次去她家替她上課，蔣家人特地在家裡爲我舉辦歡送會，坐在客廳邊吃喝邊閒聊，時間很快過去兩個半小時。

蔣父忽然看著蔣深深說：「深深，阿魏要走了，妳彈一首曲子送給他如何？」

「好。」蔣深深放下茶杯，優雅起身走向鋼琴。

我原以爲她又要彈〈春世〉，然而當琴音一響起，我心頭一震，其他人也頓時停止談笑，扭頭朝她望去。

蔣深深彈的並不是〈春世〉。

待她一曲結束，坐回沙發上，蔣母慈藹地問：「深深，妳彈的是什麼曲子？很好聽。」

「〈Too Much Heaven〉，這是我送給學長的餞別禮。」她向我露出恬靜的微笑，輕聲說：「再見，阿魏學長，請你保重。」

從蔣家離開後，蜻蜻自告奮勇要送我去捷運站。

「以後我還可以找你聊天嗎？功課不懂的也可以繼續問你嗎？」她仰起小臉問。

「當然可以。」

「耶，太好了！」她歡呼一聲，「對了，阿魏老師，關於姊姊的那件事，你可以回答我了嗎？」

「什麼事？」

「就是你究竟喜不喜歡姊姊呀？你之前不是說，等考完期末考就會告訴我嗎？」

「喔。」沉吟片刻，我點點頭，「喜歡啊。」

「咦？」蜻蜻傻了一下，連忙又說：「阿魏老師，我是說『愛情』的那種喜歡，不是對『朋友』的那種喜歡而已喔。」

「我知道。」我淺笑，「我確實喜歡妳姊姊。」

蜻蜻先是張大嘴巴，隨即發出欣喜若狂的尖叫。

「我就知道！我就知道！」她興奮地拉著我，「那我可以告訴姊姊嗎？雖然姊姊嘴上沒說，但我了解姊姊，我覺得她其實也是喜歡老師你的。我幫你告訴她好不好？」

「好啊，那就拜託妳嘍。」

「耶！」蜻蜻再度發出歡呼。

幾天後，迎來了七月一日的大學指考，我的擔憂終究還是發生了。

鳴宏只參加了第一天的考試，隔天便不再踏進考場，而蜻蜻也在七月三日晚上哭哭啼啼地打電話給我，約我在她家附近的便利商店見面。

蜻蜻一看到我，便泫然欲泣地說，昨晚她將我的心意轉告給蔣深深知道，卻換來一頓毒打，並讓我觀看她手機裡的一段影片。

影片一開始，是蜻蜻拿著正在錄影的手機走進蔣深深的房間，她先把手機放上書櫃，接著走到姊姊身邊。

蜻蜻告訴蔣深深我喜歡她，還叨叨絮絮地說我有多好，鼓勵蔣深深接受我，沒想到下一秒，蔣深深就一巴掌往她臉上揮落。

這段時長兩分三十七秒的影片，最後在蜻蜻的啜泣聲中結束。

「當時我忘了自己還在錄影，就這麼拍下來了，我原本想刪掉，但是我怕老師你不相信，所以才決定先留下來。」蜻蜻邊說邊掉淚。

我從手機裡抬頭，「她第一次這樣打妳嗎？妳爸媽知道嗎？」

「昨天爸爸媽媽不在，我不敢讓他們知道，否則他們一定會很難過。而且我也很怕如果姊姊發現我去告狀，會更生氣……」蜻蜻愈說愈難過，「偶爾姊姊會像這樣突然打我，應該是我說錯了什麼話，惹她不高興吧？不然平時姊姊眞的對我很好、很溫柔。可能是因爲我一直催促姊姊接受老師，讓她覺得很煩。阿魏老師對不起，都是我害的。」

「蜻蜻妳一點錯也沒有。」我語氣冷硬，「再怎麼樣，她都不能這樣對妳。既然我知道了，就不會容許這種事再發生。」

「你要告訴我爸媽嗎？」她惶恐不安。

「不管從哪方面來看，你爸媽一定得知道。」我面色肅穆，「我會用另一種方式告訴他們，不會讓妳受到傷害，給老師一點時間，蜻蜻妳什麼都不用擔心。爲了避免妳姊姊察覺有異，妳立刻把影片傳給我，然後刪掉原檔，好嗎？」

她破涕爲笑，乖巧點頭。

回到租屋大樓，我沒有進房，而是坐在幽暗無人的樓梯間，陷入漫長的思索。

良久，我拿出手機，撥出一通許久沒有主動打過的電話。

「媽。」我開口喚道。

「奐予？」接起電話的她十分驚詫，「怎、怎麼了？現在台灣應該是晚上十二點了吧？你怎麼會這時候打來？發生什麼事了嗎？」

「沒事，只是有件事我考慮了很久，認為應該跟媽說，還有……」我停頓半晌，「突然很想聽聽妳的聲音。」

媽似乎傻住了，好一會兒沒回應。

「妳在忙嗎？如果妳忙，我就——」

「沒有、沒有，媽媽一點都不忙！」她倉皇否認，聲音帶著哽咽，「你要跟媽說什麼？」

「這個……」闔上微微抽動的眼皮，我啞著聲音說：「故事可能有點長，媽願意聽我說完嗎？」

「當然。奐予你想說多久，就說多久，媽會一直聽到最後的。」

外頭不知何時落下大雨，雨聲清晰迴盪在樓梯間的每個角落。

「你不但人好，還是個勇敢強大的人！」

「因為只要長大了，我就有更多的能力幫助想幫助的人，守護想守護的人。就像你。」

「我希望有一天，能變得像奐予學長一樣。」

翌日半夜一點，我再次來到薛有捷出事的那棟大樓樓頂。

「走到房間的陽台上，往西邊看。」

傳了這則訊息給她後，我從背包拿出一包仙女棒，以及一支打火機，來到圍牆邊，一次點燃五根仙女棒，對著東方的夜空，緩慢畫出幾個大大的光圈。

花火燃盡，我站在原地，繼續眺望遠處。

十五個六十秒過去，寂靜的樓梯間傳來一道慌亂的腳步聲，由遠而近。

頂樓鐵門霍地被人推開，來人凌亂的烏黑長髮、蒼白的面孔、滿頭的汗水，以及激烈的喘息，都顯示她是用怎樣的速度飛奔而來。

蔣深深圓睜雙眼，難以置信地望著我，過去那雙讓人看不清的幽深瞳眸，此刻映著清晰的震驚和錯愕。

默默對視半晌，我拿著燃盡的仙女棒朝她走近。

「用仙女棒畫圈圈，就表示平安。」我打破沉默，「當年薛有捷是這麼告訴妳的，對不對？」

她微微張唇，卻沒有發出半點聲音。

「薛有捷知道妳被家人虐待，妳也知道他和妳處境相同。在他死去之前，你們選擇用這樣的方式偷偷向彼此報平安。」

蔣深深眼底的冰冷開始無聲崩裂，慢慢浮上淚光。

「從妳表明要考指考那一刻起，我就隱隱約約明白了，妳說的那句『到了七月，就會知道自己要做什麼』是什麼意思。」我盯著她看，「等這個月指考成績公布，只要妳拿到榜首，就打算隨薛有捷而去，是不是這樣？」

她的眼淚從眼眶滾落。

我繼續朝她邁步，她卻冷不防後退一步。

「到我這裡。」我向她伸手，「到我身邊來，蔣深深。」

「相信我，我會帶妳逃走。」

她淚流滿面，眼中盛滿悲傷和惶恐，更多的是絕望。

顫抖不止的她搖了搖頭，喃喃自語：「逃不掉的……學長能幫陳鳴宏的姊姊逃走，可是幫不了我。薛有捷都死了，我更不可能逃得掉……」

「我懂妳在害怕什麼，我知道該怎麼做。」

這次她搖頭搖得更用力了，並且再次退後。

「如果你幫我，你也會出事的。就像過去幫過我的人，最後都會遭遇不幸。我爸不會讓你這麼做的，他不會放過你的……」她泣不成聲。

「你爸動不了我。」我信誓旦旦保證，「我知道他對妳身邊的人做過什麼，導致妳不敢求救，也覺得就算求救也沒有用，但既然我可以來到妳家，找出妳和薛有捷的祕密，並欺瞞妳爸媽和蜻蜻直到現在，妳就應該給我機會，試著相信我一次。」

蔣深深緊咬下唇，眼中的絕望仍然沒有減少，與我僵持不下。

「先前妳果斷把我推開，是因爲妳知道，我終究也會在得知妳暴打蜻蜻後憎惡妳，在這之前，妳決定先推開我，卻又忍不住一直打無聲電話給我，只爲了聽聽我的聲音。」我微微瞇眼，「我不相信妳對我沒有半點渴求。」

她還是沒有出聲，只安靜掉著眼淚。

「如果妳不敢開口，就用點頭或搖頭回答我。」我放軟語調，目光灼灼，「妳是眞的再也不想見到我嗎？」

一分鐘後，她緩慢搖了搖頭。

「當妳聽到蜻蜻說我喜歡妳，妳會覺得困擾或厭惡嗎？」

她再次搖頭。

「那妳是想要我的嗎？」我的嗓音不由自主帶上一絲沙啞，「陌生人。」

這一次，她停頓的時間比之前更長。

當那張布滿淚痕的蒼白小臉，漸漸染上一層薄薄的紅暈，我終於看見她點頭。

我一個箭步上前，用力將她拉進懷裡，才發現原來自己也一直在顫抖。

想到也許下一秒就會永遠失去她，這段日子我無時無刻不感到害怕恐慌。

「阿魏學長。」她輕聲說，「你的心跳得好快。」

我莞爾輕笑，低頭看進她的眼睛，毫不遲疑地深深吻住她。

蔣深深

看著奶奶的鋼琴被燒成灰燼，我想起她生前教我彈琴時，曾叮囑過我一句話。

「春世，等妳長大，要離開妳爸爸。」

五歲的我懵懵懂懂聽不明白，但多少知道離開是什麼意思。

「爲什麼呢？爸爸對我很好。」

我以爲是爸爸惹奶奶生氣了。雖然住在一個屋簷下，但奶奶和爸爸的關係相當疏離，我從未見過她和爸爸交談。

「妳爸爸很可怕。」奶奶接續吐露的話語更讓我難以理解，「沒有人知道，我嫁給妳爺爺後，妳爺爺實際上是怎麼對待我，又是怎麼對妳爸爸洗腦的。你爺爺蓄意讓妳爸爸從很早以前就開始恨我，分裂我們母子的感情。」

她摸了摸我的小臉，「我無能爲力改變妳爸爸的想法。現在妳爸爸已經變得跟妳死去的爺爺一模一樣，所以妳以後一定要離開他，不要讓他控制妳，更不要過著跟奶奶一樣的日子。」

奶奶在兩個月後於睡夢中安詳離世，爸爸很快帶著我們搬家，並執意燒毀奶奶的鋼琴。

我哭泣懇求爸爸不要這麼做，他卻無動於衷。

從奶奶逝世到處理完後事，爸爸在外人面前哀痛欲絕，私下卻一滴眼淚都沒掉。

在奶奶的鋼琴化爲灰燼的那一刻，爸爸溫柔地低頭爲我抹去眼淚。

「深深。」他看著我，嘴裡卻喚出一個陌生的名字，「從今天起，妳不叫春世，而是深深，蔣深深。」

「爲什麼？」我嚎啕大哭。

「因爲奶奶死了，『春世』自然也就不在了。」他眼角一彎，笑容極爲陌生，「妳再也不需要鋼琴，還有這個名字了，知道嗎？」

阿姨說爸爸讓人毛骨悚然。

原本在國外念書，前途一片光明的玥瑛阿姨，是媽媽的妹妹。她生病之後回國，有時住在療養院，有時和我們住在一起。狀況穩定時，她會幫忙媽媽照顧我和蜻蜻，與我感情很好，她會教我功課，陪我玩耍、睡覺，也會聽我述說祕密。

儘管對奶奶曾叮囑我的那些話一知半解，但我一直記在心上，也偷偷跟阿姨說過，她聽完微微瞇起眼睛，笑容意味深長。

「妳奶奶是對的，妳爸眞的很可怕。」她也像奶奶一樣摸了摸我的臉，用我聽不出究竟是玩笑，還是認眞的口吻告訴我：「他是我見過最可怕的人。」

偶爾旁人會覺得阿姨因爲生病而胡言亂語，但其實她依然擁有一雙可以洞悉一切的眼睛。

所以當她要我別再對爸爸提起奶奶和鋼琴時，我聽從了她的吩咐。

然而我還是很渴望能彈鋼琴，才會拜託小學老師讓我在午休時間到音樂教室彈琴，阿姨再三囑咐我千萬不能讓爸媽知情，我也乖乖聽話，即便那時我並不明白爲何突然連對媽媽都要保密。

升上小學三年級時，媽媽經鄰居介紹，報名了她很感興趣的插花課程，認識了志同道合的朋友，爸爸不在家的時候，她不是去上課，就是和朋友聚會，並且都會帶蜻蜻同行。媽媽對我說，我長大了，也懂事了，所以她可以放心把阿姨交給我照顧。

我曾聽過媽媽向爸爸抱怨照顧阿姨有多辛苦，因此爸爸才同意媽媽去外面上課，藉此紓解壓力。殊不知阿姨早已察覺媽媽的出軌，也知道媽媽是拿她做爲欺騙爸爸的藉口，表面上是去上課，其實卻是與情人見面。

媽媽的虛僞和謊言全被阿姨看在眼裡，但她沒有拆穿，只是冷眼旁觀。

到了暑假，阿姨才告訴我這件事，以及一個晴天霹靂的消息。

她偷看過媽媽的手機，得知媽媽打算選在我和蜻蜻的開學日，藉著送我們去學校的名義，之後直接趕赴機場與情人會合，與情人遠走高飛。

一想到媽媽要離開這個家，並帶走蜻蜻，我自然無比惶恐，但阿姨要我放心，她說她有辦法讓媽媽留下來。

那段期間阿姨神采奕奕，精神比以往都來得好，開學前一天，她向媽媽提議隔天一起送我跟蜻蜻上學，然後她打算自己去醫院回診。

「我想送深深寶貝到學校。」阿姨笑臉盈盈，「姊，妳不是有一件紫色的套裝嗎？我很喜歡那件，也去買了件一模一樣的套裝，可惜尺寸買大了，妳那件我穿起來應該比較合身，明天可以借我穿嗎？」

「幹麼還特地去買一模一樣的衣服？」媽不以爲然。

「難得嘛，我們小時候也曾經穿過一模一樣的衣服啊，乾脆明天我們姊妹倆都穿那件紫色套裝送深深和蜻蜻去學校吧！」在阿姨強烈的要求下，媽只得同意。

翌日她們果然都穿上了紫色套裝，爸爸直說媽媽和阿姨看起來就像雙胞胎一樣。

到了學校，媽媽為我和阿姨在校門口拍了幾張照，而那也是我跟她最後的合影。

當媽媽牽著蜻蜻、阿姨牽著我，準備各自送我們前往教室時，阿姨卻忽然發話：「姊，還是我送蜻蜻、妳送深深去教室吧？這樣蜻蜻才不會總覺得我偏心深深。」

媽媽眼底似乎隱隱閃過一絲謎樣的光采，旋即莞爾同意：「好啊，就這麼做吧。」

於是阿姨在給了我一記溫柔但意味深長的眼神後，帶著頻頻回頭的蜻蜻離去。

媽媽則牽起了我的手，想到以後可能再也見不到她，我便猛然停下步伐，不肯前進。

媽媽嚇了一跳，不管她怎麼催促，我仍舊固執地站在原地。

隨著時間一分一秒過去，媽媽的表情逐漸從困惑轉為焦慮，情急之下，她甚至出言威嚇：「深深，妳再這樣，媽媽就要生氣了！」

我鐵了心不肯移動腳步，僵持不下之際，媽媽的手機響了。

媽媽慌張地走到幾步外，對著電話另一端急切地解釋：「我也不知道深深為什麼會這樣，她平常很乖……不，她不可能發現，我交代過蜻蜻不能告訴她。你再等我一下，我一帶深深進教室，就馬上過去找你……」

媽媽焦急的嗓音持續透過充滿暑氣的熱風隱隱傳來。

「剛才我妹突然決定改帶蜻蜻去教室，所以我可以瞞著蜻蜻直接去機場，很快就……拜託你再等我一下，再等——」媽媽愈說愈激動，最後話聲卻戛然而止。

見她神色恍惚地盯著手機，我膽怯地上前輕喚她一聲，她立刻朝我投來我從未見過的惡毒眼神，指著腳下滾燙的柏油地面，咬牙切齒道：「妳給我跪在這裡，沒有我的允許，不准起來。」

我不敢違抗，只得頂著毒辣的陽光，跪坐在通往校舍的通道上，並承受往來家長和學生的異樣目光。

媽媽拚命重撥電話，對方卻始終未接，她眼中充滿絕望，像是快哭出來了。

我忍不住再次喚她，她卻置若罔聞，連看都沒看我一眼。

此時一名婦人過來跟我搭話，我漠然以對，待婦人訕訕走開後，我才驚覺媽媽早已一聲不響離去，棄我於不顧。

我一動也沒有動，依然跪坐在原處，也不知道過了多久，一個穿著黃色運動鞋的男孩站到我身邊。

玥瑛阿姨在送蜻蜻進教室後就下落不明。

兩天後，她被人發現投海自盡，身上還穿著媽媽的紫色套裝。

在爸爸面前，媽媽說我「告訴」她，阿姨在送我進教室的途中，忽覺身體不適，去了趟廁所，之後又去教室找我，看著我上課好一會兒才離開，從此不知去向。

而我除了點頭，什麼也不能說。

自那時起，如果有爸爸或蜻蜻在場，媽媽仍會與我有說有笑，扮演好母親的角色，但是當只剩我和她兩個人的時候，她幾乎不會開口跟我講話。

我只能把失去媽媽的惶惑傷心，還有失去玥瑛阿姨的悲慟，全數傾瀉在鋼琴裡。

幸好當時我最喜歡的溫麗媛老師主動表示願意教我彈琴，爲我帶來溫暖的陪伴，就像玥瑛阿姨一樣。我曾向麗媛老師坦露我對奶奶和玥瑛阿姨的思念，也跟她提過，玥英阿姨生前再三囑咐我不能讓爸爸知道我想彈鋼琴。

除了麗媛老師和鋼琴，我還很在意一個男生，那就是陳鳴宏。

當我得知開學那天穿著黃色運動鞋、陪我待在烈日下的那人是他時，此後只要在校園見到他，我都會不自覺多看他幾眼，同時也留意到那個經常與他形影不離的沉默男孩。

就像我會多看陳鳴宏幾眼一樣，那個名叫薛有捷的沉默男孩每次見到我，也總是會多看我幾眼，我以爲那是因爲陳鳴宏跟他提起過我，他才會有那樣的反應。

升上五年級的暑假，一個跟我感情不錯的女同學即將轉學。

轉學的前一天正好是她的生日，她邀請我去她家玩，而她只邀請我一個人，也只把她新家的地址和電話告訴我。

得到爸媽的許可後，我高高興興地準備好對方的生日禮物，但就在出發的前兩個小時，蜻蜻突然說她的頭很痛，堅持要我留在家裡陪她。

爸媽無奈地表示，希望我能留在家裡陪伴蜻蜻，我只得答應。

然而當我悵然地走進蜻蜻的房間，竟看見她趴在床上看漫畫，神態悠閒。

「妳不是不舒服嗎？」我很錯愕。

「對呀，可是我現在覺得好多了，頭一點都不痛了，好神奇唷！」她臉上漾滿笑容。

那時我才懷疑蜻蜻可能是故意裝病。

事後我打電話向女同學道歉，她非常生氣，說以後連朋友都不必做了。

我爲此難過了很久，卻無法跟任何人提起，有誰會相信向來天眞可愛的蜻蜻會做出這種事？況且我也不敢百分之百肯定蜻蜻是故意裝病。

直到後來又發生另一件事，我才確定蜻蜻對我心存惡意。

有一天我和蜻蜻放學後一起回家，她說她同學看到我和溫麗媛老師在音樂教室彈鋼琴。十一歲的我，已經能夠明白玥瑛阿姨爲何生前會那樣叮嚀我，也明白爸爸爲何對奶奶那般冷酷無情，因此我拜託蜻蜻，請她替我保密，她答應了。

兩天後，我被爸爸叫進書房。

「爸爸聽說溫麗媛老師在學校教妳彈鋼琴，所以我今天特地打電話給溫老師，問她是不是眞有這回事？老師不但承認，還說妳其實早從一年級就開始在學校的音樂教室練琴了。」一股強烈的寒意從腳底直竄至頭頂，我因爲恐懼而感到口乾舌燥。

「爸、爸爸，我……」

「別緊張，寶貝，爸爸並沒有生氣呀。」他一臉慈愛，「妳就這麼想要彈鋼琴？不惜瞞著爸爸在學校偷偷練習這麼多年？」

我四肢發麻，不知該如何回話。

「深深，妳是因爲思念奶奶，才想彈琴對不對？爸爸懂的，畢竟從前妳最愛奶奶，奶奶也最疼妳了。」他溫聲說，「沒事了，爸爸只是想跟妳確認這件事，妳快去睡覺吧。」

見爸爸沒大發雷霆，我暗暗鬆了口氣，以爲他並不反對我在學校練琴。

「對了，深深啊。」爸爸忽然又叫住我，「溫老師快結婚了對吧？妳知道溫老師的男朋友，也在爸爸的公司上班吧？」

我不明所以地點點頭。

他微笑，「知道就好，去睡吧，晚安。」

隔天在學校見到麗媛老師時，她卻沒了慣有的溫暖笑容，一副心事重重的樣子。

麗媛老師平時偶爾會跟我聊起一些私事，她也不瞞我，她說她男朋友今天早上忽然被公司開除了。

我腦袋一懵，很快想起爸爸昨晚最後對我說的那番話。

我不敢讓老師知道，她男朋友之所以被公司開除，說不定是我害的。

隔日見她雙目依然浮腫，臉色憔悴，卻仍得在眾人面前強顏歡笑，那一刻，我知道自己接下來該怎麼做了。

那晚我主動走進爸爸的書房，告訴他我不再跟麗媛老師學琴了。

爸爸放下手上的書，摘下眼鏡，瞇起眼睛靜靜看我。

他低低嘆了口氣，站起來走到我面前，雙手搭在我肩上，俯身與我平視。

「那妳要好好感謝溫老師唷。」他的眼神和語氣都極其溫柔，笑容也是，「這段期間她一直無條件用心指導妳，妳一定要鄭重向老師道謝，知道嗎？」

「知道。」我乖順應下。

「乖。」他滿意地彎起眼睛，親了親我的額頭。

「妳爸爸很可怕。」

「妳奶奶是對的，妳爸眞的很可怕。他是我見過最可怕的人。」

那是我第一次清楚體悟到奶奶和玥瑛阿姨這幾句話的意思。

到後來我才逐漸看清，爸爸表面上溫和正直，內心卻是極度扭曲。他控制欲強，思想偏激，行爲極端，無法忍受任何人的辜負與背叛，即使對方是自己的父母、配偶或孩子，他也不會放過。

因此等到我更懂事後，自然也想通了一件事。

或許媽媽早就察覺爸爸的殘酷可怖，才不惜拋棄我和蜻蜻也要離開他，不料卻因爲我而失去逃離的機會，所以她才會這麼憎恨我，甚至刻意引導蜻蜻跟著仇視我。

想明白這一點，對照蜻蜻過往對我做出的那些怪異舉動，也就不令人意外了。

所以我不得不對唯一的妹妹關上心房，不再對她吐露任何眞心話，也與她保持距離。

但這不表示她沒有機會再傷害我。

在我國一、蜻蜻小五時，某日放學我和幾個同學一塊去買東西，蜻蜻突然來學校找我，纏著我跟她去租書店。

我要她自己去，她執意要我相陪，我沒理她，逕自與同學離開。

那天蜻蜻到了晚上八點都還沒有回家。

接到警方打來的電話，爸媽心急如焚趕往醫院，只見四肢布滿擦傷的蜻蜻躺在病床上哭個不停。

警察說蜻蜻是自己走到警局求救的，她說她在回家路上被一名男子挾持，她奮力尖叫，引起路人注意，男子才匆匆逃走。因爲太過害怕，她躲在路邊哭了許久，才走到附近的警局報案。

當媽媽得知我先前拒絕陪蜻蜻去租書店，導致她落單並遭遇綁架，媽媽氣得狠搧我一個耳光，然後又是一個耳光……

這是媽媽第一次動手打我。

但從她看著我的眼神，我感覺得到，她其實早就想這麼打我了。

等到爸爸和護理師出面制止，媽才像是猛地恢復理智，抱著我哭著說對不起，還說再也不會打我了。

經此一事，蜻蜻開始害怕獨自走在路上，於是爸媽要求我今後放學都要陪她一起回家，而我只能照辦，畢竟我確實也對她心懷愧疚。

直到有天蜻蜻主動向我坦白，她很氣我爲了同學而丟下她，才編出被陌生人綁架的謊話，至於她身上的傷痕，也是她故意弄出來的。

此外她也坦承，當年是她把溫麗媛老師教我彈琴的事告訴爸爸的。

蜻蜻說出眞相時，絲毫沒有愧疚或悔意，我瞬間情緒失控，打了她一巴掌。

挨了這一巴掌後，蜻蜻撫著臉頰，既不害怕，也沒有哭號，反而露出欣喜的笑容對我說：「姊姊，妳其實可以對我生氣的唷。」

我這時才深切明白蜻蜻有多恨我，甚至不惜傷害我在乎的人，只爲了讓我孑然一身，所以我不曾再與誰特別親近，不想有一天又重蹈覆轍，害了另一個無辜的人。

只可惜蜻蜻並不就此滿足。

只要我還活著，她就不會輕易放過我。

「其實妳幫我澄清誤會的那天晚上，我就爲妳畫了張畫像。」

在我國二時，有天我幫班上同學邱岳彤解圍，讓她免於背負抄襲的罪名，她送我一張肖像畫做爲答謝。那是我第一次收到這種誠意十足的禮物，心裡很感動，原本已逐漸變得冰冷的心，終於再次感受到溫暖。

隨著我與岳彤的情誼日漸加深，我內心的不安也與日俱增。

那時我想著，無論如何都不能讓蜻蜻知道岳彤的存在。

然而事與願違，某天放學後去逛書店的時候，蜻蜻還是撞見岳彤了，即便岳彤一看見蜻蜻就立即慌張離開。

「姊姊，她是誰？」果不其然，蜻蜻馬上問我。

「同學。」我簡略答道。

「妳們感情很好嗎？」

「還好，見面會打招呼，平常沒什麼交集。」

儘管我刻意回得輕描淡寫，蜻蜻卻顯然起了疑心。

當天晚上，我洗完澡回到房間，竟見蜻蜻蹲在我的書桌前，而書桌抽屜是拉開的。

「姊姊，這張畫是誰畫給妳的呀？」她手裡拿著岳彤的畫。

我背脊一陣發涼，怒火自心底升起，「誰准妳擅自翻看我的抽屜？」

「人家只是想看看抽屜裡有什麼東西嘛，這張畫該不會是今天在書店碰到的那個女生畫的吧？」

「放回去。」我冷著聲音說。

「我想知道這張畫是誰畫的，姊姊告訴我好不好？」

「我叫妳放回去！」我衝上前想搶回那張畫，指甲不慎在她細嫩的臉蛋上刮出一道淺淺的血痕。

蜻蜻摸了摸頰上的傷口，不但沒哭，還笑了，那笑容令人不寒而慄。

「姊姊，妳應該不希望我告訴爸爸媽媽，妳讓我受傷了吧？」

「妳究竟想幹什麼？」

「我只是想知道這張畫是誰畫的而已嘛。只要姊姊肯告訴我，我就不會告訴爸爸媽媽妳害我受傷。」她眼睛彎得像一雙小小的月牙。

我再次嘗到心灰意冷的滋味。

翌日起我刻意與岳彤拉開距離，不再與她談笑，直到暑假來臨。

我怎樣也料想不到，蜻蜻居然會邀岳彤到家裡作客。

從她執意探知那張畫是誰畫的那一刻起，我就有不祥的預感，她果然私下主動與岳彤接觸了。

在其他人面前，蜻蜻永遠都會表現出很喜歡我、很崇拜我的樣子，她嘴巴甜，長得又可愛，輕而易舉就能獲取別人的好感，連岳彤都很疼她。

我很清楚蜻蜻早就看穿了我對岳彤的在乎，才故意引導她來到我身邊，爲的就是等待將來有一天，讓岳彤打從心底對我失望，甚至憎恨我，然後離開我。

而這要怎麼做呢？答案就在過去她對我說過的某句話裡。

「姊姊，妳其實可以對我生氣的唷。」

升上國一的蜻蜻，某天晚上走進我的房間，坐在我的床上。

「姊姊，我今天在公布欄上看到妳這次段考又是第一名了。我同學都說妳好厲害，不但漂亮，頭腦又好，她們都很羨慕我有妳這樣的姊姊。」

「是嗎？」我淡淡地回。

「是呀，不過看到我同學這麼崇拜妳，我就突然很想知道一件事耶。」她湊過來，小小聲地說：「如果她們知道，姊姊妳曾經害我差點被綁架，還動手打過我，那她們還會這麼崇拜、喜歡妳嗎？」

我對上她那雙看似純眞無邪的眼睛，「妳是眞的想知道？」

「是呀，要是她們親眼看到姊姊妳打我的話，應該會更震驚吧？這樣她們就不會認爲是我在說謊了。」她笑容可掬，「而且，姊姊心裡一定早就對我有許多不滿了吧？妳眞的儘管可以對我生氣，沒關係喲。」

沉默許久，我終於開口：「妳到底爲什麼要這樣？」

蜻蜻眨了眨眼睛，臉上笑意不減，「因爲這是姊姊欠我的呀。都是姊姊害我失去了幸福，妳當然要一直一直補償我才行。」

之後蜻蜻又給了我更多的暗示，像是這幾天她會用手機錄影，以及她會開始寫日記，還順便透露日記和鑰匙分別放在何處。

那天深夜，我潛入蜻蜻的房間，果然找到她的日記和鑰匙。

第一天的日記內容並不多，僅有寥寥數語。

今天學校段考成績公布，姊姊又拿到全校第一名了。

我的好朋友都很羨慕我有這樣完美的姊姊。

雖然我沒有姊姊那麼聰明，而且爸爸媽媽也比較偏愛姊姊，讓我有點難過，但我還是很爲姊姊感到驕傲。

隔天晚上，爸爸在書房看書，媽媽在陽台晾衣服，我進到蜻蜻房間，走向正拿著手機的她，狠狠打了她一頓。

我知道蜻蜻將我打她的過程用手機錄下，也知道她把影片拿給同學看，但她沒有讓她們張揚出去。蜻蜻並非要我身敗名裂，而是一步一步讓身邊所有喜歡我的人，全都轉爲憎惡我，最終離我而去。

後來我才明白，蜻蜻那晚說的話，還有日記裡的內容，其實都是給我的提示。

她在日記裡提及了誰，就代表她下一步的行動將與誰有關。

在我讀過她的日記後，她便讓她那些仰慕我的朋友，觀看我對她施暴的影片。

而蜻蜻並未就此罷手。

過沒幾天，我又撞見她偷翻我的皮夾，並找到我藏在皮夾夾層多年的一張奶奶的照片。即便蜻蜻應該不曉得爸爸與奶奶之間的心結，但她知道關於奶奶的話題向來是這個家的禁忌，因此我相信蜻蜻一定會把這件事告訴爸爸，而她也眞的這麼做了。

我以爲爸爸又會找我去詰問，沒想到他竟在幾天之後，一聲不響地買了一架鋼琴送到家裡。

「先前妳小學四年級的班導告訴我，妳午休常去音樂教室練琴，當時爸爸聽了一直很愧疚，所以趁著這次機會，買一台鋼琴送妳。從今以後，妳儘管在自己家裡彈琴，想彈多久就彈多久。」雖然爸爸這麼說，但他眼中卻沒有一絲愧意。

爸爸從未原諒奶奶，自然更不可能原諒再次背叛他的我。

他要我彈琴，我問他想聽什麼，他卻刻意反問我，我覺得他想聽什麼？

「那彈〈春世〉可以嗎？」我木然答道。

我會這麼答覆，是因爲我很清楚，爸爸只會讓我彈這首。

那句「想彈多久就彈多久」，背後眞正的意思是：既然妳那麼思念奶奶，那麼想彈鋼琴，那麼渴望當春世，今後妳就一直彈〈春世〉，永遠不准停下來。

這就是爸爸對我的報復。

此後只要爸爸在家，我就得彈奏〈春世〉，一遍又一遍。

就算爸爸不在，只要被媽媽和蜻蜻聽見我彈別首曲子，我相信她們必然會向爸爸告狀。

「妳要永遠記得玥瑛阿姨對妳的好，也要記得不管發生什麼事，我跟妳爸爸、妹妹，永遠永遠都不會離開妳，知道嗎？」

媽媽曾對我說過的這段話，無非也是對我的報復。

當我看到蜻蜻的日記出現了岳彤的名字，我就明白自己終將失去她了。

當蜻蜻拿著手機進到我房間，她的鏡頭便已對準了我。

她將開啓錄影功能的手機放在手機架上，刻意藉由湊合岳彤與陳鳴宏的話題，暗示我對她動手，打算用最殘忍的方式讓我和岳彤決裂。

我的爸媽還有妹妹，在外人面前，表現得比誰都愛我；但其實心裡卻比誰都恨我。

他們要我這一生都別想擺脫這座牢籠。

我無法逃，也不知如何逃。

因此我曾以爲這個祕密永遠不會有人發現，永遠不會有人向我伸出援手。

✦

「蔣，深深。」

在專爲國三生舉辦的考生交流會結束後，那個有著一雙漂亮黑眸的沉默男孩過來找我，這是他第一次主動跟我接觸。

他透過在手機上輸入文字，開門見山指出我在交流會上分享的故事是謊言。

「就是小學四年級開學，妳阿姨送妳去上學的事。因爲那一天我看見了，也聽見了。」

我心跳霎時加速。

當年他看見什麼？又聽見什麼了？

心神激盪之餘，透過眼角餘光，我察覺有人躲在暗處觀察我們。

於是我悄聲對男孩說：「這裡不方便說話，可以請你到公車站旁的便利商店等我嗎？」

他像是明白我的顧慮，刻意不點頭，逕自轉身離開，而我也刻意返回洗手間，在裡頭待了一會兒再走出來。

等我和岳彤離開學校，她先搭上公車回家，我才前往那間便利商店。

薛有捷已站在門口等候。

與他四目相交後，我移開目光，沒有過去跟他搭話，只是不動聲色繼續前行，他隔著一段不遠不近的距離尾隨在我身後。

最後我們來到一條幽暗的巷子，我停下腳步轉過身，他也跟著停下，安靜地看著我。

「你知道那天帶我來學校的人，其實並不是我阿姨吧？」我問。

他毫不猶豫地點頭。

來到這裡的路上，我已經從他方才的話裡釐清了兩件事。

第一，當時穿著黃色運動鞋、陪在我身旁的男孩，並不是陳鳴宏，而是薛有捷。

第二，既然薛有捷表示他看到了，也聽到了，那麼他必定親眼目睹我和媽媽當時的「對峙」，也聽到我開口喚她，所以他才能肯定對方並非我的阿姨。

我對他說出自己的猜想，他果不其然再次點頭。

雖然不明白當年他爲何會穿著陳鳴宏的鞋子，不過這都不重要了。

如今我更好奇的是，他是否爲此才默默關注我這麼多年？

他第三次點了點頭。

「爲什麼？」我忍不住問。

他在手機裡迅速打出一行字：「因爲我覺得妳跟我可能是一樣的。」

「這是什麼意思？」

這次他輸入文字的時間稍長了些。

「我看到妳媽媽凶狠地叫妳跪坐在那麼燙的地面，不准妳起來，還丟下妳離開，我懷疑她還有對妳做出其他不好的事。妳剛剛在交流會上說，那天是妳阿姨送妳去學校的，我就更加確定我的猜測是對的，妳應該是被妳媽媽虐待了吧，否則妳沒必要說謊。」

我沒有承認，但也沒有否認，重新再讀過一遍訊息，我怔怔抬起頭。

「你覺得……我跟你是一樣的，是指你被你媽媽虐待嗎？」

他點頭。

「她怎麼虐待你？」我的聲音變得緊繃。

他的手指停在手機螢幕前幾秒，才又開始輸入文字。

「她知道我怕黑，每天晚上十點，她會沒收我的手機，把我關進沒有開燈的儲藏室裡，除非上廁所，否則直到天亮之前都不能走出儲藏室。到了暑假，我除了不能使用手機，更不能踏出家門一步。」

我難以置信地望著他，「你這樣……多久了？」

「快六年。」

「爲什麼？沒人阻止你媽這麼做嗎？」

他搖搖頭，臉色很平靜。

「她認爲我做錯事，才用這種方式懲罰我。要是我偷偷溜出儲藏室，我爸和兩個姊姊也會很生氣。小時候我不明白，以爲眞是自己的錯，長大才知道他們其實是在虐待我。」

我萬萬想不到薛有捷竟跟我有同樣的處境，我沒想問他究竟做錯了什麼事，而是問他：「陳鳴宏知道嗎？」

他搖搖頭。

「爲什麼不告訴他？」

「就算鳴宏知道也沒什麼用，沒有證據能證明我爸媽每晚將我囚禁起來，我兩個姊姊也都站在爸媽那裡。他們之所以同意我跟鳴宏交朋友，是因爲他就住在我家隔壁，若是強硬禁止，必然會引起外人的懷疑，而這也是他們對我唯一的寬容。如果我把這件事告訴鳴宏，我爸媽不會放過我，而且我怕這麼做會害了他。」

接著他反問我：「妳有告訴邱岳彤嗎？」

我一時愣住了，我以前從沒想過這個問題，細思之後才發現，我給出的答案也與薛有捷相差無幾。

我並不怕岳彤不相信我，就怕岳彤知道後會想盡辦法幫我，卻因此遭受爸爸嚴厲的反擊，就像麗媛老師一樣。

無論如何我都不想岳彤遭遇那樣的下場。

此時小巷盡頭傳來一陣談笑聲，我和薛有捷互望一眼，有默契地就要離開，我率先步出巷子，突然有人喊出我的名字，嚇得我心臟重重一跳，原來是兩名班上的女同學剛從麵店吃過晚餐走出來，問我要不要一塊去搭公車。

我故作若無其事地答應，側頭往薛有捷的方向偷覷一眼，他已機警地退回巷內。這是我第一次與薛有捷有實際的接觸，卻也是唯一的一次。

幾天後，星期一的早晨，我發現自己的課桌抽屜多了幾樣東西。一包仙女棒，一盒火柴，以及一張字條。

即便那張字條上沒有署名，我還是清楚知道那是誰寫的。

週一、週四的半夜一點半，看向○○戲院所在大樓的樓頂。點燃仙女棒畫圈，表示平安。

該棟大樓距離我家不遠，已廢棄不用多年，從我房間陽台望出去即可看見。當天半夜一點半，我準時從陽台往該處望去，竟看見一小圈閃爍的光圈。

我瞬間明白了，不能自由使用手機的薛有捷，選擇用這種方式與我傳遞訊息。照他先前所言，這時候他應該被關在家裡的儲藏室中。然而他卻冒著隨時會被家人發現的風險，偷偷前往該處，只爲了讓我知道他沒事，同時確認我是否也安然無恙。

我連忙拿出他給我的仙女棒，一次點燃三根，接著依樣畫葫蘆，高舉手臂朝他的方向畫起大大的光圈。

我難抑內心的激動，不禁潸然淚下。我以爲永遠不會有誰洞悉我的祕密，卻早有一個人看見我的處境，察覺我的痛苦。

即便這仍舊不會改變現狀，但光是意識到這一點，就已經讓我覺得無比足夠，甚至覺得被救贖。

知道在這世上有人和我一樣，知道自己並不是孤軍奮戰，就足以讓我萌生繼續撐下去的勇氣，並且開始相信在將來的某一天，我和他能從同樣的牢籠一起逃出去。

那時我真的這麼相信。

後來每次在學校遇見薛有捷，他依然會向我投來目光，又旋即移開，我們之間的眼神交換，已然有了與過去截然不同的嶄新意義。

那段期間，我固定會在每週一早晨，收到一包未拆封的仙女棒。

然而在我收到第四包仙女棒的那個週一夜裡，我卻遲遲沒能等到廢棄大樓樓頂出現熟悉的光圈。

隔天去到學校，我便聽聞薛有捷墜樓身亡的噩耗，並被警察帶往警局問話。

因爲倒臥在血泊中的薛有捷，右手緊握著一張被捏爛的紙，紙上寫著我的名字。

薛有捷的父母和兩個姊姊哭紅了雙眼，激動地問我到底是怎麼一回事？我是不是對薛有捷做了什麼？

尤其是薛有捷的母親，她那副悲痛欲絕的模樣，令不知情者望之鼻酸。如果我說出她一直以來是如何對待薛有捷的，有多少人會相信？有誰會相信？

面對薛家人的憤怒與淚水，我茫然之餘，也在心裡反問他們一句：這是怎麼一回事？你們究竟還對薛有捷做了什麼？

然而我什麼都沒有說出口。

面對薛家人的「質疑」，我的家人自然也理所當然地「相信」並「袒護」著我。

薛有捷的死以自殺結案後，爸爸才將我叫進書房，吐露姍姍來遲的疑問。

「寶貝，妳眞的不知道那是怎麼回事吧？」

「對，我不知道。」

他點點頭，語重心長地說：「爸爸絕不是懷疑妳，只是爸爸很不忍心看到妳莫名其妙碰上這種事，也很擔心那家人哪天會對妳不利，爲了妳的安全起見，爸爸希望能知道妳今後的行蹤，這樣我跟妳媽媽才能放心。妳能明白爸爸的意思嗎？」

「嗯。」我乖順地說，「爸爸想怎麼做，就怎麼做。」

一抹笑意從他嘴角浮現，「深深果然是爸爸的乖寶貝。沒事了，去彈琴吧。」

「妳眞的沒有隱瞞什麼嗎？」

面對陳鳴宏激動的質問，並看到他心力交瘁的痛苦神態，我更能理解薛有捷爲何絕口不對他提起眞相。

所以我只能向陳鳴宏說對不起。

害死了你最重要的朋友，對不起。

那天晚上，我站在陽台上，拆開薛有捷最後一次買給我的那包仙女棒，點燃一根，直至燃盡後，再點燃下一根。

淚眼矇朧望出去，璀璨美麗的花火糊成一團。

直到最後一刻，薛有捷仍然惦記著我，還想著要拯救我。

可是最終我還是辜負了他的心意。

我緊握手裡的仙女棒，哭得一把鼻涕一把眼淚，等到最後一根仙女棒燃盡，我人生中唯一的光芒也徹底熄滅了。

縱使查出眞相，縱使薛有捷的家人都受到懲罰，對我也毫無意義。

那個唯一了解我的男孩，永遠不會回來了。

「姊姊，吃飯嘍。」蜻蜻站在房門邊探頭探腦，「妳在做什麼呀？」

「整理房間。」我把一幅畫撕成碎片，扔進垃圾桶。

眼尖的蜻蜻注意到了，「那不是岳彤姊姊送給妳的畫？妳扔掉了？」

「不需要當然就扔了。」

「是喔……」她一副深感惋惜的樣子，「我好喜歡岳彤姊姊的，沒想到妳們就這樣絕交了。」

蜻蜻離開後，我盯著垃圾桶裡的碎紙片出神。

在失去薛有捷後，我也和我最要好的朋友決裂了。

應該可以用這張複製畫騙過蜻蜻吧，這樣她就不會想著再去操弄岳彤，岳彤也就不會受到傷害。

我希望再也不會有人因爲我而受到傷害。

「我叫車奐予，你們可以叫我『阿魏』。」

當那個男人以爽朗的笑容自我介紹，我不禁多看了他幾眼。

他經由陳鳴宏的媽媽介紹，前來擔任蜻蜻的家教，我本來以為這只是巧合，但向來不喜念書的蜻蜻竟也爽快接受，讓我隱約覺得有些不對勁。

或許這個男人的出現並非巧合……

但我之所以對他產生警戒，並非出於上述原因。

跟這個男人獨處時，我感受到許久不曾有過的心情。

當他第一次在我面前彈琴，他飽含感情的溫柔琴音，一度使我神思恍惚。

反覆彈奏不下數千次的〈春世〉，讓我早就忘記彈琴的快樂和感動，直到聽見這個人的琴音，我才想起原來鋼琴也能有這麼美的聲音。

他彈奏出的每個音符都敲擊在我的心口，像是靜靜在我心裡落下的一場雨。

那曲〈Too Much Heaven〉，令我想起曾經有過的美好，想起已經去到天堂的奶奶、玥瑛阿姨，還有薛有捷。

後來幾次趁家人不在家，我不斷彈奏著這首曲子，並在心裡默默祈禱。

希望我去見他們時，他們會在同一個天堂裡等我。

「那深深的夢想是什麼？」

我的夢想就是再見他們一面。

當我已經放棄所謂的未來，卻發現自己對阿魏學長的好奇與在意卻與日俱增。

我和他相處的機會並不多，但每一次接觸，都令我膽戰心驚。

如果他是從陳鳴宏那裡知道了什麼，別有目的地接近我，我其實並不在乎，但令我詫異的是，他非常敏銳，居然能察覺很多隱藏在表層底下的事。

我問過他，當初是如何讓陳鳴宏的姊姊重返正常生活的，他給我的答案是「逃」。

那時他那雙清澈的眼睛停駐在我臉上，竟讓我有種瞬間被他看透的驚慌。

他彷彿知道我在這個家裡經歷過什麼。

我清楚聽見自己紊亂的心跳聲，也聽見有什麼東西輕輕崩裂了一塊。

如果逃不掉呢？

我差點對他這麼問出口。

從那時起，這個人對我的意義變得不一樣了，我不自覺注意起他的一舉一動，甚至對他萌生「擔心」與「關心」這兩種我早就失去的情感。

以及想去了解某個人的欲望。

從最初的懷疑，到我確定他是眞的知道了什麼，是在我十八歲生日那天。

當他看著我的眼睛，問起我的夢想是什麼？有沒有想做的事？我不僅沒有隨便找個正常的答案敷衍他，反而告訴他，等到今年七月，我就會知道自己要做什麼了。

這時，我才意識到自己心中竟對這個人有著期待。

他會發現嗎？有可能猜到什麼嗎？

我為有這種想法的自己感到難以置信。

然而之後更讓我震驚的，是阿魏學長對爸媽說的這段話：

「雖然伯父伯母口口聲聲說捨不得孩子，想將孩子永遠留在身邊，但我覺得這句話，表面上是出自於愛，實則是打算折斷深深的翅膀，囚禁她一生。」

我永遠也不會忘記爸媽當時的表情。

之後發生的事，對我來說更像是一生僅有這麼一次的夢境。

拉著我逃出牢籠的那雙手、華美絢爛的燈光水舞秀，還有阿魏學長懷裡的溫暖，以及他對我提出的請求。

「一年後，讓我見到妳，可不可以？」

聽到這句話，我鼻頭發酸，眼前的世界一下子變得模糊不清。

他真的察覺到了。

這段夢境美好，但也短暫。

爸爸起了疑心，蜻蜻也向我問起阿魏學長。不出所料，當天夜裡我又在蜻蜻的日記裡看見了阿魏學長的名字。

就算是曇花一現的美夢，就算我不再回覆他傳來的訊息，我仍希望能在他真正對我絕望之前，延續著這場夢。

只有我自己才看得見的夢。

「妳是不是深深？」

幾通凌晨三點鐘的無聲電話後，他再一次發現了我。

無論何時何地，他永遠能找得到我。

他太美好，好到讓我不得不認為，他其實是薛有捷給我的禮物。

所以當我在深夜裡，看到熟悉的金色光圈重現在那棟廢棄大樓樓頂時，我不顧一切地飛奔過去。

在推開頂樓鐵門的那一剎那，我彷彿看見男孩逃出牢籠，飛向無垠星空的身影。

✦

指考分發結果公布後，阿魏學長在週六上午來家裡拜訪。

他在一星期前就請蜻蜻通知爸媽，爸爸特地在客廳等他，媽媽也準備了茶點。

「好久不見了，阿魏，最近在忙什麼？」媽親切問道。

「在忙著搬家，現在住的地方有點小，換了稍大一點的租屋處。」

「眞是辛苦了。」爸爸回，「你說有重要的事要告訴我們，是什麼啊？」

「是關於深深的事。」阿魏學長放下茶杯，看了坐在身旁的我一眼，「這件事非常重要，無論如何都該盡早告訴你們。」

坐在對面的蜻蜻，眼底隱約浮上一抹笑意。

「關於深深的事？」爸爸看向他。

「伯父伯母應該都已經知道，深深考上的是我現在就讀的那所大學吧？」

「對啊，眞的很巧呢。」媽點頭。

「所以我今天其實是來接深深的。」在爸媽反應過來前，他繼續又說：「在深深搬進學校宿舍前，我會先讓她住在我那裡。請放心，這段期間我不會做出任何踰矩的行爲。」

媽媽嚇了一大跳，「阿魏，你在說什麼？深深並沒有要住校，她上大學後還是會住在家裡……」

「即使深深沒有要住校，也會在外租屋，不會住在家裡。」學長回答，眼睛卻是定定望著爸爸，「等到深深滿二十歲，我們就會結婚，今後她將跟我一起生活，不會再回到這個家。」

比番驚人言論令爸媽明顯臉色一變，蜻蜻滿臉難以置信。

「阿魏，這種玩笑話可不能隨便說喔。」爸爸仍保有風度。

「我沒有開玩笑，我是認眞的。」學長牽起我的左手，笑著向大家展示我無名指上的鑽戒，「我向深深求婚了，我們預計兩年後結婚。」

這下媽媽完全失去冷靜，激動地說：「這種事你們怎麼能擅自決定？別說我們，你爸媽那裡——」

「噢，我這邊沒問題，我跟我母親提過了，她尊重並同意我的決定，她下個月會從美國回來一趟，若有需要，我會帶她一起前來拜訪。我知道事先沒有知會你們很不應該，但今天我是一定會帶深深走的，請你們見諒。」學長不疾不徐地說。

「你認爲我們會同意嗎？」爸雖沒大發雷霆，語氣卻已變得冰冷疏離。

「就算您不同意，也是沒用的，伯父。」學長毫無畏懼地回應，「既然我已經知道深深一直以來過的是什麼樣的生活，身爲她的未婚夫，我不可能讓她繼續留在這個家裡受苦。」

「阿魏，你這話怎麼聽起來像是在指控我們虐待深深呢？」爸爸不怒反笑，「你有證據嗎？」

「在我擔任蜻蜻家教這段期間，認識了幾位住戶，他們都分別問過我，知不知道爲什麼深深這麼多年來，每天都重複彈奏同一首曲子，一彈就是好幾個小時？還有人懷疑她是不是被逼的。我親眼看過深深指尖上的水泡，也曾在琴鍵上看過她練琴時留下的血痕，我不相信住在同一個屋簷下的你們會沒發現，但你們卻從未制止她這樣的舉動，這還不夠奇怪嗎？」

爸爸注視著學長的眸光越發冷冽。

「伯父，請相信我這麼做也是爲了您好，若是鬧出『虐待孩子』這種醜聞，您向來良好的形象，恐怕就將毀於一旦，希望您不要讓事情走向最壞的結果。」

「阿魏，雖然你已經成年了，也很聰明，但在我眼中你還是個孩子。光是說那些虛張聲勢的話是沒有用的，你所說的這些，仍不足以證明我虐待深深啊。」爸露出溫文儒雅，卻令人不寒而慄的笑容。

「您說的沒錯，畢竟伯父您並非對深深動粗，而是對她施以精神上的虐待。不過，我相信您比我更清楚，很多時候並不需要證據，就可以使謊言變成真相、真相變成謊言。謠言的力量是很可怕的。」學長話音平淡，卻字字鏗鏘有力，「您其實厭惡孩子學鋼琴，所以向教深深彈琴的老師施壓，讓她的未婚夫被公司開除，導致她與未婚夫分手。這件事我已經從那位老師口中獲得證實。」

他淡淡一笑，「就算這仍不能做爲直接證據，但如果我告訴大家，您爲了懲罰深深，天天逼她彈奏同一首曲子好幾個小時，再搭配鄰居的證詞，您覺得會不會有人相信？就算不完全相信，也多多少少會對您產生懷疑吧？在這種情況下，您應該也沒辦法再繼續逼深深彈〈春世〉了，否則您要怎麼跟鄰居解釋？」

爸登時語塞，面色鐵青，終於失去了先前的沉著。

「倘若伯父不想讓事態演變至此，爲了您好，請您把那架鋼琴送走，並且放手讓深深離開這個家。」學長顯得從容不迫，「從明天起，深深將更換手機門號，在接下來的一年裡，如果你們有事要通知她，請直接聯絡我，我會代爲轉告；有事要見她，我也會陪她一起回來，麻煩你們務必別在我不知情的情況下過來找深深。」

聞言，爸爸目露凶光，眼角不斷抽搐，幾乎是咬牙切齒地開口：「阿魏，我們才是深深的家人，你憑什麼這麼做？」

「我也不願如此，但爲了防止伯父您再做出傷害深深的行徑，我不得不這麼做。」他嘆了口氣，「雖然這只是我的猜測，但我懷疑伯父您這幾年來，一直藉由手機的定位系統，監控著深深的行蹤。」

此話一出，不僅爸啞口無言，連我都猛地看向了他。

「請問伯父，深深生日聚餐那天，我臨時起意帶她去了別處，請問她回家後，您有問她去了哪裡嗎？」

爸爸沒說話，有些狼狽地移開目光。

「您沒問對吧？因爲您早就透過手機定位得知深深去了哪裡，自然沒必要多問。在您點頭答應我帶深深離開前，還特意確認過深深是否有帶手機，那時我就起了疑心，並察覺您對她的掌控欲非比尋常。」

「那是因爲深深幾年前曾捲入一起意外，我擔心她的安危才會這麼做。阿魏，你想多了。」爸爸很快換上無奈的笑容。

「那麼您對蜻蜻也會這樣嘍？」

「什麼？」他愣住了。

「蜻蜻曾提過，她小學時差點被綁架。難道這對一個父親而言，不比深深捲入的那起事件嚴重？但您有對蜻蜻做出同樣的事嗎？」

爸再度笑容盡失。

「伯父、伯母，請相信我，我並不是要深深與你們斷絕關係，我只是無法讓深深生活在你們那種扭曲的愛之下。一年後，如果你們願意改變，也許深深會重新接納你們；但如果你們還是選擇繼續傷害她，那麼我也會不擇手段，帶她去到你們再也找不到的地方，讓她永遠脫離你們的陰影。」

說完，阿魏學長牽著我起身，陪我回房拎起前一晚就整理好的行李，準備離開。

此時，爸爸開口了，聲音沒有一絲起伏，「深深，妳眞的決定這麼做？」

說出這句話的爸爸仍讓我打從心底感到懼怕，只是當我迎上阿魏學長堅定的雙眼，我似乎生出了些許勇氣，用力深吸一口氣，我頭也不回地推門而出。

一坐上計程車，我立刻關掉手機，決心從此擺脫爸爸的控制。

我終於逃出這座無形的牢籠。

「還好嗎？」

在阿魏學長溫暖的臂彎中，我搖搖頭，覺得好不真實，深怕下一個眨眼後，就會發現這終究只是我幻想出來的夢境。

「爸爸應該還是不會接受……」我坦然說出內心深植的擔憂和恐懼。

「我當然知道事情不可能那麼簡單就結束，但我相信你爸爸已經知道，我並不是說著玩的，所以妳別擔心，只要相信我就夠了。」他在我額上輕輕落下一吻。

我仰起頭，「不過，學長的媽媽眞的同意了嗎？」

「嗯，她知道所有的事，她還跟我說，無論如何都想見妳一面。」

「爲什麼？」

「除了心疼妳、跟我一樣想幫助妳，我想最主要的原因是多虧有妳，我才能對她敞開心房，過去我一直沒辦法做到這點。」

我頓了下，「是因爲小時候那場意外嗎？」

「嗯，那次意外後，我和我媽之間便有了難以化解的疙瘩。她對我深感愧疚，而我對她的感情也變得複雜矛盾。我爸死後，她偶爾會打電話關心我，但我們總是講不到幾句，就不知道要說什麼了。直到最近，我開始時常想起她，也想跟她說說話，妳可以說是讓我們母子打開心結的契機。我相信我媽跟我一樣，都是感謝妳的。」他低低嘆了口氣，「其實嗚宏也很感謝妳。」

「怎麼可能？」我鼻頭一陣發酸，「他應該很恨我才對，我明明知道薛有捷的悲傷遭遇，卻還選擇隱瞞……」

「也許一開始他確實很難接受，可是當他明白了妳的處境，他也能理解妳的心情，而且妳願意在最後說出眞相，不讓薛有捷白白死去，這就夠了。等妳積攢起足夠的勇氣，就給嗚宏一次當面感謝妳的機會吧。」他撫著我的髮，「還有岳彤，她很擔心妳。」

聽到岳彤的名字，熱淚立即湧上我的眼眶。

得知她這段日子爲我所做的那些事，我每次想到她就會壓抑不住想要落淚的情緒。

「學長。」我開口，「兩年後，我要把我的名字改回『春世』。」

他靜了一會，「妳是認眞的？」

「嗯，雖然這個名字會勾起許多痛苦的回憶，可是比起『蔣深深』，我更想做回『蔣春世』。我想用這個名字，重新活出另一個截然不同的春世。」

「妳能夠這麼想，那當然很好。」他笑了，「妳知道嗎？『阿魏』這個外號，其實是薛有捷幫我取的。」

我很意外，「是這樣嗎？」

「是啊，這個名字對他而言，有著相當重要的意義，他把這個名字託付給我，讓我來到妳身邊。」見我一臉不明所以，他又笑了，「關於薛有捷從前的故事，等妳跟嗚宏見面，再由他告訴妳會更好。總之，以後我們就是阿魏與春世，對吧？」

阿魏與春世。

望著他的笑顏，我靜靜偎進他的懷抱。

淚水不知不覺浸溼了臉頰。

陳鳴宏

陪邱岳彤前往宜蘭拜訪過溫麗媛老師後，對於蔣深深究竟遭遇過什麼事，我多少已經了然於心，也差不多猜出了她和薛有捷之間的祕密。

我很擔心邱岳彤，傳了幾次訊息給她，她要我別擔心，並說她已經將該說的全都跟奐予哥說了。至於奐予哥有什麼反應，她卻沒有多提。

「鳴宏，明天眞的不用媽媽去陪考？」媽在餐桌上問。

「不用啦。」

「那你要加油，明晚我和你爸去喝喜酒，你就在家好好準備考試，我會帶你喜歡吃的東西回來給你當宵夜。」

「誰的喜酒？」

「對面張阿姨的女兒呀，媽媽早上不是跟你說過了？」媽又想到別的事，「對了，後天上午你姊就回來了。」

指考前一晚，我沒有感覺到緊張，只有無從排解的焦慮。

躺在床上發怔，無意間聽見遠方傳來煙火聲，我起身走到窗前。不知從何處施放的七彩煙火，打亮了一小片的天空，並在轉瞬之間凋萎，消失在沒有星星的黑夜裡。

這一晚，我一頁書都沒看。

不知道是不是睡前看見煙火使然，當晚我作了一個關於煙火的夢，但其實夢裡的事全都實際發生過。

那是在國一暑假的某個晚上。

當時以爲薛有捷在老家的我，從外頭回家時，聽見他兩個姊姊在住家旁的小空地叫我。

「嗚宏，要不要一起玩煙火？」

她們買了各式各樣的煙火，有棒狀煙火、線香煙火、火龍、沖天炮，以及蜂炮。

我很快就加入她們，三個人玩得不亦樂乎。

薛二姊幾次將蜂炮朝向某個位置施放，薛大姊出聲阻止：「欸，妳不要再故意瞄準那邊了，我們會被罵啦，妳想害我們家失火嗎？」

「嘻嘻，我就想往那裡放嘛，我會小心的啦！」薛二姊笑得神祕兮兮，指著她家的氣窗對我說：「嗚宏，我們來比賽，誰放的蜂炮最靠近那裡，誰就贏。」

我在薛二姊的這句話中猛然睜開眼睛，冷汗涔涔，口乾舌燥。

半夜三點，我迅速跳下床，去到當年我和她們一起玩煙火的那塊小空地。

仔細觀察當時瞄準的氣窗，從位置推斷，那極有可能是薛有捷家儲藏室的氣窗。

第一天指考結束返家，爸媽準備去喝喜酒，我問媽薛有捷的父母是否也會參加。

「住在附近的鄰居幾乎都收到喜帖了，他們當然會去。」

「那薛姊姊她們回來了嗎？」

「回來啦，不過她們好像不會去喝喜酒。」調整好耳環，媽媽親暱地走過來摟著我的肩膀說：「好好準備明天的考試，媽媽跟爸爸出門了。」

喜宴七點開席，事不宜遲，我立刻打了通電話給邱岳彤。

七點十五分，我和手裡捧著一個紙箱的邱岳彤，站在薛有捷家門口。

交換一記眼神，邱岳彤對我輕輕點頭，摁下門鈴。

「誰呀？」來應門的是薛二姊。

邱岳彤泰然自若地說：「不好意思，我是二十三號的住戶，不小心拿到你們家的包裹。」

薛二姊不疑有他，把門打開。

埋伏在牆邊的我冷不防跳出來，手持一把大鐵鎚，大步闖進屋內。

薛二姊大驚失色，坐在客廳的薛大姊愣愣地看著我，我飛快奔至儲藏室門口。

狹小的門扉上，貼著一張符，與我先前在薛有捷老家所見到的一模一樣。

我轉動門把，發現房門上了鎖，此時薛家兩位姊姊站在一段距離之外，神色緊張地看著我，不敢輕舉妄動。

「兩位姊姊，」我望向她們，「麻煩請拿給我這個房間的鑰匙。」

「你要做什麼？」薛大姊滿臉錯愕。

「當然是要開門，還是妳們想看我直接將門鑿破？」

「鳴宏，你別開玩笑！」情急之下，她疾言厲色地威脅我，「不然我就要報警了！」

我冷笑，「妳去啊，要不要試試看報警後，眞正倒楣的人會是誰？」

她們倆登時噤聲，僵立在原地。

「拿鑰匙過來，否則我現在就拆了這扇門。」我不耐煩地大吼，「快點！」

接過薛二姊手中的鑰匙，我迅速打開門，正想開燈，卻發現這間儲藏室的電燈開關，竟然設置在門外的牆上。

不到三坪的狹小空間，裡頭僅有幾個堆疊在一起的紙箱，空氣瀰漫濃重的灰塵味，牆壁上貼著兩張符，我很快就找到那面氣窗。

我逐一打開紙箱，沒發現什麼可疑物品，最後我的目光停在被紙箱擋住的那面牆上。走上前細看，乳白色的牆面，有一小塊暗褐色的淡淡汙漬。汙漬的尾端呈拖曳狀，一路蔓延至地板，彷彿有什麼液體流淌而下。

我緊盯那塊汙漬，問：「邱岳彤，好了嗎？」

「好了。」她已經用手機拍下氣窗和那兩張符的照片。

「妳退後。」我舉起手中的鐵錘，朝那塊暗褐色汙漬，用力砸了下去。

站在門邊的薛大姊用快哭出來的聲音對她妹妹大喊：「趕快去叫爸媽回來，快啊！」

我全神貫注地持續猛砸，原本平坦的牆壁漸漸被砸出一條條清晰的裂痕，並漸漸往內凹陷。

十五分鐘後，牆壁被我鑿出一個洞。

我呆呆瞪視著牆洞的另一頭，再也無力握住手裡的鐵錘，鐵鎚應聲掉落在地上。

那是我再熟悉不過的地方，我的房間。

那塊暗褐色的汙漬，與我的書桌只有一牆之隔。

過去我時常在入睡之際聽見的沉悶撞擊聲響，就是源自於此，而薛有捷死後，那樣的聲響就未曾再出現過。

在那些數不清的深夜裡，薛有捷都被關在這間沒有開燈的儲藏室裡，他害怕得不斷拿頭去撞擊牆壁，牆上那塊暗褐色的汙漬，就是那傢伙額頭流下的血。

所以他時常謊稱自己撞到門，所以始終堅持自行修剪瀏海，瀏海的長度更總是及眉。

這麼多年來，他每晚被囚禁在這處狹小漆黑的空間，我卻渾然不覺，天天在這面牆後安穩入睡。

我居然完全沒察覺那傢伙對我發出的求救信號。

這眞相對我而言太殘酷，我陷入崩潰，喉間發出如受傷野獸般的嘶吼。

我抓起地上的鐵錘，轉身衝向薛家姊妹，她們嚇得驚聲尖叫，拔腿逃竄。

「你們這群王八蛋！」我恨不得將她們碎屍萬段，「明知那傢伙最怕黑，還將他關在這種地方！你們害死了他，所以才貼那些符吧，怕他回來找你們報仇？你們根本不配當人，我不會原諒你們，更不會放過你們全家，我一定要殺了你們！」

「陳鳴宏，你冷靜一點！」邱岳彤從背後死命抱住我的腰，深怕我衝動做出傻事。

薛家姊妹早已哭哭啼啼地奔出家門，驚動了整個社區。

這件事理所當然鬧上了警局，而且還是我報的警。

我將這家人過去疑似虐待薛有捷的種種行徑全數通報警方，包括早餐店老闆、湯老師的說法也一字不漏轉述，更指出薛有捷極有可能不是自殺，而是被家人害死的。

由於我自願接受警方偵訊，放棄參加第二天的指考，從警局返家時，碰巧遇見姊姊帶著男朋友回來。

爸媽被我嚇得不知所措，得知我連第三天的指考都不打算參加，媽急得哭了出來，「嗚宏，你爲什麼要鬧出這種事？還打算放棄考試，這樣你之後要怎麼辦？」

「就算不去考試，我的人生也不會就此毀了。」我面無表情地回，「可是薛有捷的人生卻毀了，而且是被他的家人毀掉的。我只是失去考大學的機會，那傢伙卻是連整個人生都失去了。跟他比起來，我的失去根本不算什麼。」

「這跟你有什麼關係？你只要交給警察處理就好，爲什麼要放棄參加考試？你這麼做有意義嗎？值得嗎？」爸完全不能理解。

「什麼樣的事才算是有意義？才算是值得？」我瞪著爸，一字一句咬牙反問：「所以爸是要我無視這一切，當作什麼都沒發生過，心平氣和去應考？也許爸做得到，但我沒辦法。」

爸爸罕見地對我動了怒，厲聲說：「總之，不管薛有捷他們家到底發生什麼事，你不許再插手。明天你無論如何都要去考試，聽懂了沒？」

「薛有捷是我朋友，我最好的朋友！」我跳起來，第一次如此頂撞父親，「管他什麼狗屁指考，考大學又怎樣？考上台大又怎樣？那到底有什麼了不起？我寧可不要這些，也不要變得像你跟媽一樣，我死也不要變成你們這種自私自利的人！」

爸氣得失去理智，掄起拳頭就要朝我落下，一道身影猝不及防地擋在我身前。

爸的拳頭重重落姊姊的背上，她發出一聲痛呼。

我和姊姊的男友趕緊上前攙扶住她，我緊張地喊了聲：「姊！」

姊低喘了一口氣，轉身看向爸媽，「爸、媽，就算只有一次也好，你們可不可以試著站在鳴宏的立場去理解他？而不是只用你們的想法去要求他？還是你們想看到鳴宏變得跟以前的我一樣？」

「倘若你們執意逼迫鳴宏走上他不願意走的道路，我不會再坐視不管。」姊姊的聲音沙啞卻堅定，「我不會再讓你們傷害他。」

怔怔望著姊挺直的背脊，我不知不覺熱淚盈眶。

✦

指考結束兩天後，我把自己關在房裡。

我坐在書桌前，盯著那個暫時被膠布封起來的牆洞，一動也不動。

也不知道過了多久，一陣敲門聲傳來。

姊推開房門，溫聲說：「鳴宏，你朋友來找你了。」

邱岳彤站在門邊對我揮了揮手。

我懶洋洋地稍微坐正了些，「妳來了？」

「我替車學長來看看你。」她在我身旁的地上坐下，吶吶道：「這時候跟你說『生日快樂』……應該不怎麼恰當吧？」

我淺淡一笑，「不會，謝謝妳。」

她抿了抿唇，「聽說警方已經重啓調查？」

「嗯，警方約談了早餐店老闆和湯老師，幸好他們都願意協助作證。警方研判，薛有捷的家人確實有虐待他的嫌疑。」

「只是老闆和湯老師得知薛有捷遭遇過那樣的事，一定相當心痛。」邱岳彤的目光也緩緩落向那被封起的牆洞，「多虧了你，薛有捷墜樓的眞相才有可能水落石出，警方必定會查出害死薛有捷的兇手。」

「妳覺得兇手是誰？」

「我不確定……你有什麼想法嗎？」她似乎不敢輕易下定論。

「我覺得是他爸。」我想也不想便答。

「爲什麼？」

「妳還記得他爸是怎麼敘述他死前那晚的行蹤嗎？每晚一過十點，薛有捷就被關進那間儲藏室裡，那他怎麼可能像他爸說的，在十一點過後去客廳找他爸要空白的紙張算數學？」我淡淡地說。

她圓睜雙眼，略顯激動地問：「你有跟警方提起這件事嗎？」

「該說的都說了。就算找不到他們一家人害死薛有捷的直接證據，但能夠在他們搬家之前，讓他們接受警方的審訊，我就暫時安心了。」我嘆了口氣，「能調查到這一步，大概是那傢伙在冥冥之中幫助我。」

「咦？」

「我曾經兩次夢見他，並在醒來之後發現疑點。」我笑了笑，「妳會不會覺得我在胡言亂語？」

「不，我只是覺得……很不可思議！」她搖頭，眼眶有點紅，不好意思地摸了摸手臂，「我起雞皮疙瘩了。」

聊著聊著，姊忽然連門都沒敲，直接衝進我房裡。

「姊，怎麼了？」我嚇一跳。

「嗚、嗚宏。我剛才收到一件包裹……」她一臉驚慌，「是有捷寄給你的。」

我連忙站起，接過她手上的包裹查看，寄件者確實是薛有捷，字跡也是他的。

腦中轟的一聲，所有思緒被炸得灰飛煙滅，我抱著那個包裹呆立在原地。

比我早回過神的邱岳彤，拿出手機像是在查找些什麼，而後激動地說：「陳嗚宏，這是郵局推出的『未來郵件』服務，這應該是薛有捷以前寄的！」

我木然看向包裹上的郵戳，寄出日期是在三年前的三月，剛好就是他死去的那個月。

直到邱岳彤主動問要不要幫我拆開包裹，我才僵硬地點了點頭。

包裹裡是一個裝在氣泡袋中的銀色MP3，似乎是出於安全顧慮，並未附上電池。

剛好家裡有四號電池，我很快找出來裝上。

MP3裡僅存放著一個錄音檔，我的雙手卻不由自主開始顫抖，遲遲無法按下播放鍵。

許是感受到我內心的激盪不安，邱岳彤不時擔心地看著我。

「該死。」我忍不住低罵一聲，焦躁挫敗地將臉埋入掌心。

邱岳彤遞過來一隻耳機，「陳鳴宏，我陪你一起聽，好不好？」

她溫柔的陪伴，讓我漸漸平復情緒。

於是我們一人一隻耳機，並肩席地而坐，由邱岳彤按下播放鍵。

幾秒鐘後，當耳畔響起那低沉的嗓音，我的心臟有那麼一瞬間幾乎停止了跳動。

鳴宏。

我是，有捷。

不知道，在你聽到，這個錄音檔，的時候，還記不記得，三年前，我曾經，邀你在會考後，一起去，某個地方？

我決定，一帶你，去到那個地方，就要告訴你，我的祕密。

但是我擔心，到時候，我或許又，沒有了勇氣，所以我把，那些祕密錄下來，寄給未來的你，這樣，就算到時，我反悔，總有一天，你還是會知道。

我想先告訴你的，第一個祕密，是關於我哥哥。

之前跟你說，我是養子，還有我跟阿魏哥哥的，那些故事，其實是，騙你的。

那些都是，我捏造出來的，我不是養子，阿魏哥哥，也不是我的哥哥，我更沒有什麼，其他的乾哥哥。

阿魏哥哥，其實是，我很久以前的，一個朋友的，哥哥。

他對我，非常好，會，保護我。但是他發生意外，去世了。

我一直希望他眞的，是我的哥哥，所以，我才會構築出那樣的，謊言。

抱歉，這麼多年來，一直在欺騙你。

然後，我的第二個祕密，是關於阿魏哥哥眞正的，弟弟，也就是我以前的，朋友。

他是我第一個，喜歡的人。

雖然他沒辦法接受，我的喜歡，可是因爲他，我才能，遇見阿魏哥哥。所以我還是很慶幸，以前能喜歡他。

你始終認爲，我喜歡，蔣深深。

但其實，我喜歡男生，我不可能，會喜歡她。

第三個祕密，是關於蔣深深。

你曾問我，爲什麼要一直，注意她？那是因爲我發現，我跟她，有一樣的祕密。

我喜歡男生的事，被我爸媽，還有姊姊，知道後，他們很生氣，說要處罰我，讓我，變正常，然後每天晚上，他們會把我，關進小房間裡，而且不准我，開燈。

你知道，我很怕黑，我因爲太害怕了，每次都忍不住，拿頭，去撞牆壁。你聽到過，也問過我，那聲音是什麼？但我不敢，讓你知道，我爸媽，還有姊姊們，一直都是這樣，對待我。

蔣深深的媽媽，也欺負她。

四年級開學，那天，我親眼看到，蔣深深的媽媽，是如何，虐待她的。

所以我才會知道，蔣深深在考生交流會上，說了謊，當年送她去上學的，是她媽媽，不是她阿姨。

當時我就明白，她果然跟我一樣。交流會結束後，我就去找她，也忍不住，把爸媽虐待我的事，告訴了她。

第四個祕密，是關於，奐予哥。

我跟奐予哥，是偶然間，認識的。你現在聽的，這個MP3，就是他送給我的。

我很，喜歡他。對我來說，他就像是，阿魏哥哥。很厲害，很勇敢，而且值得依靠。

我告訴他，我想要，快點長大，變得像他一樣強大、勇敢，這樣，我就可以，救蔣深深了。

但是奐予哥，說，不用等到長大，我可以從現在起，就讓自己，變強。

因爲他這句話，我開始每個禮拜，買一包仙女棒，給蔣深深，再趁半夜，跑到她家附近的，廢棄大樓，點燃仙女棒給她看，然後再，換她點燃仙女棒，給我看。

我們約好，用這種方式，向彼此，報平安。

雖然我還，不夠強，不夠勇敢，但我可以先用這方式，幫助蔣深深。

奐予哥曾經，問過我，當我身邊的人，遇到危險時，如果我還是，無法開口說話，要怎麼，幫忙呼救？

我會從現在起，努力變強，努力試著說話，而且，奐予哥答應我，只要我願意，開口說話，他就會讓我，叫他「阿魏哥哥」。

第三個和第四個，祕密，我只會透過這種方式，跟鳴宏你說。

因爲我，相信，在那之前，我就已經不再是，以前的，薛有捷了。

如果三年後，我還是，無法幫蔣深深，我就會，請奐予哥幫我，救她。

自從與蔣深深談過後，我就覺得，蔣深深也許比我，更需要「阿魏哥哥」。

我不夠強，所以才一直渴望，有個「阿魏哥哥」，可以保護我。

可是，如果我能自己變強，也許有一天，我就不再需要「阿魏哥哥」，還可以，靠自己的力量，保護別人。

這是我最大的目標，跟夢想。

而讓我立下這個目標的人，除了，蔣深深，還有你。

鳴宏你是我，最後的祕密。

在你第一次，爲鳴琪姊傷心哭泣的時候，我就有，想要守護你的心情。

奐予哥跟我，說過，只要我持續用眞心，對待你，你也會，對我表露眞心。於是我下定決心，要將這些祕密，全告訴你。

我想幫助的人，是蔣深深；而我想守護的人，是鳴宏你。

在失去阿魏哥哥後，如果我不編造，那些故事，我不知道要怎麼讓自己，撐下去。

可是現在我，已經不需要，那樣的故事了。

因爲我有你。

我決定，會考結束後，帶你去我的家鄉，我以前的學校。

我想讓你親眼看看，我跟阿魏哥哥的回憶，然後，不再用文字，而是親口告訴你，我跟阿魏哥哥，眞正的，故事。

如果到時候，我終究還是沒勇氣，坦白跟你說，請你在聽完，這段錄音檔後，別生我的氣。

等你知道一切，我發誓從今以後，我再也，不會對你說謊。

因爲鳴宏你永遠是我，最在乎，最想珍惜，最不想失去的人。

能夠，遇見你，是我人生中，最幸福的事。

謝謝你，讓我成爲，你的好朋友。

祝你十八歲生日，快樂。

錄音檔播畢後，我怔怔然許久，眼淚漸漸淌滿了整張臉，雙手緊握著MP3，最終痛哭出聲。

邱岳彤輕輕將手搭在我顫抖不止的背上，雖然她沒出聲，但我知道她也在哭。

十八歲生日這天，我終於聽見了他的聲音。

雖然再也無法當面聽他開口說話，但他的聲音將從此刻印在我的心裡。

直到永遠。

邱岳彤

透過窗戶看見某個站在對街、正準備過馬路的身影，我拿起手機撥出一通電話。待那人走進店裡，我向她揮手，同時放下手機。

「嗨，蜻蜻。」

「嗨，岳彤姊姊。」她輕扯嘴角，笑容有些勉強。

「妳看起來沒什麼精神，怎麼了嗎？」

「有嗎？還好吧？」她語氣失去了往昔的嬌憨活潑，「岳彤姊姊突然找我有什麼事？」

「好久沒見到妳，想看妳過得好不好。」我盯著她的臉，「妳氣色不太好，是不是深深又對妳做了什麼？」

「沒有啦。」她不怎麼看我，有些坐立難安，語氣隱約透出一絲敷衍與不耐。

「那就是因爲阿魏老師嘍？」

「爲什麼這麼說？」

「阿魏老師在看過妳拍的那些影片之後，並未如妳所願，變得討厭深深，還向深深求婚，並帶著她遠走高飛，所以妳的心情才那麼差，對不對？」

蜻蜻猛地朝我看來，笑容僵硬無比，「岳彤姊姊，妳到底在說什麼呀？」

「妳不是一直想要報復妳姊姊，希望全世界所有人都討厭她嗎？」

「我、我爲什麼要那樣？我那麼喜歡姊姊，我怎麼可能——」

「妳當然會那樣，畢竟如果不是妳姊姊，妳早就可以跟媽媽去到國外，過著幸福快樂的日子。」我向前傾身，「和妳的『麥、當、勞、爸、爸』。」

蜻蜻臉上頓時血色全無，眼睛裡盈滿驚恐，結結巴巴地說：「妳、妳為什麼、會知道……」

「我怎麼知道的不重要，總之我聽說，那位『麥當勞爸爸』本來要帶著妳跟蔣阿姨偷偷私奔到國外，卻因深深從中作梗而未能成行，蔣阿姨宣稱這都是深深的錯，從此妳就對深深懷恨在心，跟蔣阿姨一起聯手報復她。」我說話的速度愈來愈快，「妳騙妳爸媽說妳差點被綁架，讓深深被譴責；妳更故意逼深深對妳動粗，錄下影片給旁人看，為的就是要大家厭惡她，最終離她而去。」

蜻蜻一聲不吭，眼睛死死瞪著我。

我面無表情地迎向她的視線，「為了傷害深深，妳不惜利用身邊所有的人，包括我，以及阿魏老師。」

蜻蜻的眼神漸漸變得陰沉。

「妳不說話，表示妳默認了？」

「岳彤姊姊，妳是早就知道這些，才故意介紹阿魏老師過來當我的家教嗎？」她原本天眞可愛的面孔，因憤怒而變得扭曲。

「我剛剛不是表示，我是『聽說』的嗎？所以我現在才想跟妳確認，這些傳言是不是眞的？如果是我冤枉了妳，妳可以直接指出我哪一點說錯了。」

蜻蜻沉默片刻，忽然冷嗤一聲，露出輕蔑的神情，「是岳彤姊姊妳先前太笨了，不管我說什麼妳都信。」

我頓了下，「妳承認了？」

「是呀，那又怎麼樣？哼，阿魏老師也是個笨蛋，他根本不知道爸爸有多恐怖，爸爸絕對不會輕易放過他，姊姊遲早還是會回來的。」一卸下假面具，蜻蜻便毫不遮掩自己那殘酷的一面。

「所以妳現在又期待蔣叔叔替妳報仇了？看來妳也不是眞的那麼討厭蔣叔叔，既然如此，從前妳爲什麼那麼想跟『麥當勞爸爸』走呢？我看蔣叔叔明明也很疼妳，妳卻站在蔣阿姨的外遇對象那邊，難道妳不會捨不得蔣叔叔？」

「呵，才不會呢。我爸爸表面正直良善，內心其實比誰都冷血惡毒，媽媽早就知道爸爸這個人有多變態，才會想逃離他，卻被姊姊蓄意破壞。姊姊害我們失去逃離爸爸的唯一機會，我跟媽媽當然會恨她，所以姊姊本來就該爲此付出代價，用她的一輩子來補償我們！」

蜻蜻目光狠戾，對深深的恨意溢於言表。

「看樣子不僅是深深，妳對蔣叔叔也是厭惡至極了呢。」

「對，不管是姊姊還是爸爸，我都很厭惡。不過，岳彤姊姊到底想要怎樣呢？難道妳要跟我爸爸說嗎？我爸爸現在一心恨著阿魏老師和姊姊，他才不可能會相信妳說的話。」

「也許吧。」我拿開放在桌上的小手提包，露出藏在提包背後的手機，手指朝螢幕上的停止通話鍵點下去。

蜻蜻一愣，「妳在做什麼？」

「妳不是說，蔣叔叔不會相信我說的話嗎？我也是這麼想。」我揚起微笑，「所以我讓他『親耳』聽妳說。」

蜻蜻宛若被驚雷劈中，僵直了身軀。

「在妳踏進店裡前，我就撥了通電話給叔叔，說有重要的談話內容要讓他聽聽看，請他別掛斷。」我笑得更深了，「蔣叔叔果然沒掛斷，一直聽到最後呢。」

「妳騙人！」蜻蜻失去冷靜，驚恐地大叫。

「妳覺得我在騙妳嗎？說不定蔣叔叔馬上就會打電話給妳嘍。」

就這麼剛好，蜻蜻放在桌上的手機響了。

她驚悸地瞪著手機，雙手不住地發抖，始終不敢接起，看來確實是蔣叔叔打來的。

「妳說妳爸爸惡毒，可是難道妳沒發現，妳跟妳爸很像嗎？」我收起笑容，「妳和蔣阿姨折磨深深這麼多年，現在也該換妳們嘗嘗那種滋味了。比起深深，妳和阿姨當年的背叛，對叔叔來說應該更罪不可赦吧。既然叔叔已經知道誰才是眞正的『背叛者』，以他的個性，我想這輩子妳都別想逃出他的手掌心了。」

蜻蜻霎時因爲極度的恐懼而紅了眼眶，過去我必定會爲她這副模樣而感到心疼，如今我卻連半點惻隱之心也不曾激起。

我從座位上站起，準備離開，又給了她最後一擊，「蜻蜻，既然妳那麼相信妳媽媽說的話，我就再告訴妳一件我『聽說』的事。妳眞以爲阿姨當年打算帶妳一起去國外嗎？事實上根本不是這樣，妳媽媽早就打定注意，那天把妳和深深送往學校後，就自己偕同情人遠走高飛。她從來就沒有打算要帶妳走，妳被她騙了。」

蜻蜻不可置信地抬起眼睛看著我，喉間發出類似哽咽的喘息聲。

「妳若不信，就去問妳媽媽，雖然她必然不會承認。不過現在再追究這件事，也沒什麼意義了吧？畢竟已經有更可怕的事在等著妳們了。」

冷冷說完，我轉身走出咖啡店，來到公車候車亭等待，過沒多久，便等到了陳鳴宏的身影。

「怎麼樣？」我問。

「全錄下來了，清清楚楚。」他很得意。

方才他就坐在隔壁桌，偷偷用手機錄下我與蜻蜻的對話影片。

「不好意思，還麻煩你幫忙做這種事。」我過意不去。

「不會啦，有了這段影片，今後蔣蜻蜻這小鬼就算想拿她姊姊打她的事作文章，也沒有人會相信。況且，我覺得蔣深深的爸爸在得知眞相後，說不定就不會再那麼氣蔣深深和奐予哥了。」他看著我的目光帶著幾分打趣，「話說回來，沒想到邱岳彤妳發起狠來，一點也不輸我耶。」

我難爲情地睨他一眼，「你別糗我。」

「開玩笑的，妳剛才眞的很有魄力，了不起。」他誠心道。

「沒這回事。」我輕咬了下唇，「我剛才一直忍著不朝她臉上潑水，也超想狠狠搧她一巴掌，但這麼做並無法消除我內心的憤怒。過去我那麼疼愛她，她卻把我當作用來折磨深深的棋子，如果我不替深深報仇，我會永遠對不起她，也對不起我自己。」

他點點頭，「那麼，妳決定去見蔣深深了嗎？」

我語塞。

「就要開學了，趁蔣深深還沒搬進學校宿舍，我覺得我們可以一起去奐予哥家見見她了。」

「陳鳴宏你……可以嗎？」我不禁這麼問。

「嗯，一開始得知她隱瞞薛有捷的遭遇不說，我確實很難接受，但當我知道她的處境，以及她甚至已有預謀要走上絕路，我就無法再怨恨她，畢竟這三年來，她才是過得最痛苦的那個人。況且，蔣深深願意出來作證，加上薛有捷寄給我的錄音檔，才終於得以證明那些畜生的罪行，所以再怎麼說，我都還是要謝謝她。」

吁出一口長氣，陳鳴宏對我微微一笑。

「我們一起去見蔣深深吧。」

自車學長將深深從蔣家帶出來那天起，兩人便一起生活。

陳鳴宏把薛有捷留給他的那個MP3交給警方後，蔣深深也在車學長的鼓勵下，決定站出來作證，向警方證實當年薛有捷曾親口告訴她，他遭到家人的虐待。

而如同陳鳴宏先前所猜測，警方在調查過程中，發現薛有捷的父親嫌疑最大。

我相信距離眞相水落石出的那一天，已經不遠了。

這段期間，儘管我和陳鳴宏偶爾會與車學長碰面，卻一直沒能見到深深。

車學長說，深深對陳鳴宏和我懷有強烈的愧疚，始終提不起勇氣見我們。

那次我和陳鳴宏從警局走出來時，車學長就站在門口等著我們，聊了幾句，他突然張開雙臂將我們緊緊擁住，嚇了我們一大跳。

一開始陳嗚宏還有些難爲情，似乎想抬手推開車學長，然而他最後還是沒那麼做，任憑車學長擁抱。

車學長也聽過薛有捷留給陳嗚宏的錄音檔。

薛有捷說自己是因爲受到車學長的鼓勵，才會想要採取實際行動來幫助蔣深深。

車學長心裡極有可能會認爲，薛有捷之所以墜樓身亡，是他間接所導致；再加上他可能也會覺得要不是他執意調查薛有捷墜樓身亡的疑點，陳嗚宏也不會放棄指考。即使車學長從不表現出來，但他所背負的沉痛與愧疚，或許都比我們來得更多。

「奐予哥，謝謝你幫助了那個傢伙，還有我。」過了一會，陳嗚宏也抱住車學長，他用略帶沙啞的聲音開朗地說：「我一點也不後悔。一年後，我絕對會考上台大，你等著吧！」

我眼眶濕潤，跟著輕輕抱住車學長。

「車學長，我也謝謝你。」我打從心底由衷感謝他，「謝謝你救了深深，謝謝你。」

答應和陳嗚宏一起去見深深後，我們便與車學長聯絡，商議好先不告訴深深這件事。在深深即將搬進學校宿舍的前一天，我和陳嗚宏來到車學長的租屋處。

站在大門前，他示意我摁門鈴，我卻久久提不起勇氣。

他拍拍我的肩，低聲說：「加油。」

我看了他一眼，一咬牙，終於摁下門鈴。

不久，對講機傳來一個女人的聲音。

「請問哪位？」

那是我再熟悉不過的溫柔嗓音，我心頭一震，一下子熱淚盈眶。

陳鳴宏笑著用手肘輕輕推我，我深吸一口氣，上前一小步，一字一頓地說：

「我是岳彤。」

尾聲

「會考完一起去個地方？」

週日他和陳鳴宏一同在圖書館念書，看到他傳過去的這張字條，陳鳴宏想也不想便答應了。

「好啊，去哪裡？」

「到時候再告訴你。」

他又寫了張字條回答陳鳴宏。

三個小時後，兩人離開圖書館，途經一間便利商店，陳鳴宏對他說：「等我一下，我去買點喝的。」

他點點頭，目光隨即被隔壁郵局牆上的宣傳單所吸引。

郵局推出「未來郵件」服務，可以指定信件或包裹的送抵日期，最短十五天，最長三十年。

他頓時有了一個想法。

那天晚上，趁著被家人關進儲藏室前，他用車奐予送他的MP3，偷偷錄了一段長長的話，準備寄給三年後的陳鳴宏。

爲了不讓自己有時間反悔，他隔天中午便冒著被教官逮到的風險，從學校後門翻牆而出，奔赴附近的郵局，寄出了MP3。

兩天後的凌晨一點三十分。

他手裡抓著仙女棒和打火機，在空無一人的偏僻街道拔足狂奔，不時驚慌地回頭張望。那台熟悉的車子依然緊追在後。

他萬萬沒想到這天晚上他從家裡溜出來後，竟會在前往那棟廢棄大樓途中，撞見剛跟朋友吃完宵夜、正要開車回家的父親。

醉醺醺的父親一見到他，氣得對他狂罵三字經，隨即坐進車裡朝兒子追了上去。

他機敏地鑽進車子開不進去的小巷，終於搶先一步抵達那棟大樓，他毫不猶豫地奔至樓頂。然而他並未因此放心，他知道父親再過不久就會追上來。

深知自己已經無路可逃，他從口袋掏出隨身攜帶的便條紙本和原子筆，匆忙落筆。

只是才寫完蔣深深的名字，父親便出現了。

「你在幹什麼？你在寫什麼？」父親向他咆哮。

他迅速撕下那張便條紙，同時將便條紙本、原子筆、仙女棒遠遠拋開，只將那張寫著蔣深深名字的便條紙，牢牢握在手心。

「他媽的，居然敢偷溜出來，看老子怎麼修理你！給我過來！」緊貼圍牆的他用力搖頭，見父親逐步逼近，他馬上跨上圍牆，坐在牆頭，雙腳懸空。

「怎麼？你想跳下去？哈哈，好啊，你跳啊。我就不信你敢跳，你給老子跳跳看啊！你不跳老子就揍死你！」父親惡狠狠地對他說，目露凶光。

他因為害怕而全身劇烈顫抖，忍不住回頭看了蔣深深的住處一眼，下意識將手心那張紙握得更緊。

「跳啊！給我跳下去啊！跳！」父親猛然朝他跨近一步。

他心中一慌，身子一晃，整個人往後摔落。

在下墜的這短短幾秒間，他腦中閃過了幾個人的面孔。

阿魏哥哥，車奐予，陳鳴宏，還有蔣深深。

他很慶幸自己已經寄出MP3了，否則他將永遠無法讓鳴宏得知他的真心，蔣深深被家人虐待一事也可能永遠不會被人發現。

他也很慶幸，自己至少在最後留了訊息給蔣深深。

就算這個訊息可能會害了她，但也可能會幫上她。

也許，說不定，也將有其他人發現她的困境。

如果有一個像阿魏哥哥、像車奐予那樣的人，去到蔣深深的身邊就好了。

思及此，他忽然很想問問車奐予。

走到這裡的他，是否有變強了那麼一點點？

堅持到最後一刻的他，是否已算是個勇敢的人了？

他是否有那麼一點點可以保護別人的力量了？

是否？

全文完

後記　如果你也聽說了他

很開心再次跟大家見面，雖然又時隔了一年。（汗）

讀完校稿之後，在撰寫後記時，很自然而然想到了後記的這個標題。

相信讀完這本書的大家，應該可以知道這個「他」指的是誰吧？

其實這個故事和最初擬定的完全不同。

定下書名，寫下大綱寄給總編後，我動筆寫了幾千字左右，不知怎地總是感覺不對，最後便毅然決然將原先的劇情全部改掉，換成另一個截然不同的故事，也就是現在這個版本的《如果你也聽說》。

和上一部作品《來自何方》一樣，這次的故事也是藉由多方視角構築而成，並且擔任敘述的角色還比前作多，坦白說，這種寫法不太容易，也同樣讓我看到許多需要改進的地方，所以在完稿後的最大感想，就是要繼續加油才行哪！

在《如果你也聽說》第一部的初始，以及最後的尾聲，我都沒有寫出「他」的名字，並以第三人稱的視角去寫他，如果問我爲什麼要這麼做，我只能說我也不知道，只是心裡的聲音告訴我就是要這麼寫，我也只能乖乖順從自己的心意。

重新讀過這個故事，尤其是尾聲，我腦中便全是這個男孩的影子，我已經很久沒爲一個角色感到這般深切的悲傷與心疼了。

不知道你們是否也會和我有同樣的感受？書裡最讓你感動的情節又是什麼呢？我很期待

大家能與我分享。

在寫《如果你也聽說》時，我常常會想，如果我是蔣深深，而我的身邊並沒有阿魏學長，我將如何在那樣的家庭自處？是否也會想著，既然一輩子都逃不掉了，索性讓自己以最悲壯的方式獲得解脫？

或許有讀者很難想像，怎麼可能有人會像蔣深深和薛有捷的父母那樣，對親生孩子如此冷血殘酷？遺憾的是，那樣的父母確實存在，甚至多到令許多人早就不相信「天下無不是的父母」這句話了。

我曾經在ＩＧ上問過讀者一個問題：別人對你說過最傷的一句話是什麼？

透過讀者的回覆發現，傷害他們最深的那句話，竟多是由理當與他們最親密的父母口中說出，他們的父母親口否認他們存在的意義。

「當初沒有把你生下來就好了。」

「一無是處，生你幹什麼？」

「早知你是這樣的孩子，當初就把你墮胎掉了。」

「我後悔生你，因爲你注定是個廢物。」

「眞後悔生下妳，妳眞是讓我失望。」

「如果你沒出生，我現在就賺飽錢養老了。」

「你眞是人間敗類。」

這些讓人心碎的惡毒言論，說的人忘記了，聽的人卻從此記在心裡，變成難以癒合的傷痕。

當我看著薛有捷，看著蔣深深，我就會想起讀者那些來自眞實世界的殘酷回應。

因此，如果要爲《如果你也聽說》下個重點，我會說這是個關於受虐兒的故事。

不管是父母對孩子施加肢體暴力、精神暴力或言語暴力，這樣的情節在我的小說裡早已不是第一次出現，而我之所以一再著墨，是因爲我一直以來總是忍不住特別關注遭受這些可怖對待的孩子。

更令我難過的是，我相信將來還是會繼續聽到更多這樣的眞人眞事。

如果你也聽說了他，那個「他」，指的就是像薛有捷這樣，因爲父母的殘虐暴行而從此失去人生的孩子。

儘管明知可能性渺茫，我仍然由衷希望，這樣的故事，這樣的孩子，永遠都不會再出現。

最後，我依然要鄭重感謝總編馥蔓，以及POPO原創。

更感謝又等待我一年多的讀者。

經過這段時間的休息，狀況有慢慢調回來，我會努力不再讓你們等這麼久的。（汗顏）

那麼，我們下一部作品再見嘍。

晨羽

國家圖書館出版品預行編目資料

如果你也聽說／晨羽著. -- 初版. -- 臺北市；城邦原創出版：家庭傳媒城邦分公司發行, 2019.07
面； 公分

ISBN 978-986-97554-8-1（平裝）

863.57 108010820

如果你也聽說

作 者／晨羽
企 畫 選 書／楊馥蔓
責 任 編 輯／楊馥蔓

行 銷 業 務／林政杰
總 編 輯／楊馥蔓
總 經 理／伍文翠
發 行 人／何飛鵬
法 律 顧 問／元禾法律事務所 王子文律師
出 版／城邦原創股份有限公司
台北市南港區昆陽街 16 號 4 樓
電話：(02) 2509-5506 傳眞：(02) 2500-1933
E-mail：service@popo.tw
發 行／英屬蓋曼群島商家庭傳媒股份有限公司城邦分公司
聯絡地址：台北市南港區昆陽街 16 號 8 樓
書虫客服服務專線：(02) 25007718 · (02) 25007719
24小時傳眞服務：(02) 25001990 · (02) 25001991
服務時間：週一至週五09:30-12:00 · 13:30-17:00
郵撥帳號：19863813 戶名：書虫股份有限公司
讀者服務信箱 email：service@readingclub.com.tw
城邦讀書花園網址：www.cite.com.tw
香港發行所／城邦（香港）出版集團有限公司
地址：香港九龍土瓜灣土瓜灣道86號順聯工業大廈6樓A室
email：hkcite@biznetvigator.com
電話：(852)25086231 傳眞：(852) 25789337
馬新發行所／城邦（馬新）出版集團 Cité(M)Sdn. Bhd.
41, Jalan Radin Anum, Bandar Baru Sri Petaling,
57000 Kuala Lumpur, Malaysia.
電話：(603) 90563833 傳眞：(603) 90576622
email:cite@cite.com.my

封 面 設 計／Gincy
印 刷／漾格科技股份有限公司
電 腦 排 版／陳瑜安
經 銷 商／聯合發行股份有限公司
客服專線：(02)2917-8022 傳眞：(02)2911-0053

■ 2019 年 7 月初版
■ 2024 年 8 月初版 19.5 刷
Printed in Taiwan

定價／340元

ISBN 978-986-97554-8-1

城邦讀書花園
www.cite.com.tw

本書如有缺頁、倒裝，請來信至service@popo.tw，會有專人協助換書事宜，謝謝！